明
室
Lucida

照 亮 阅 读 的 人

Die Marlen
Wand Haushofer

隐墙

[奥] 玛尔伦·豪斯霍费尔 著

钟皓楠 译

北京联合出版公司
Beijing United Publishing Co.,Ltd.

今天，十一月五日，我开始了我的报告。我将尽可能准确地把一切记录下来，但我甚至不知道今天是否真的是十一月五日。去年冬天，我有几天失去了记忆。我也无法确定今天是星期几。但我认为这并不是特别重要。我只能指望眼前寥寥几句笔记，因为我从来没想过要写这份报告，我害怕在自己的记忆里，许多事情已经与真正的经历产生了差异。

所有的报告可能都有这个缺点。我现在写作，并非因为它能给我带来什么乐趣；而是因为，我所经历的事情让我觉得，如果不想失去理智，那就必须写下来。这里没有一个人会想到我，关心我。我彻底孑然一身，必须努力熬过漫长而黑暗的冬季。我不指望这些记录有朝一日能被人发现。此刻，我甚至不知道自己是否希望它被人发现。也许写完这份报告我就知道了。

我接受了这项任务，因为它可以阻止我一直凝视着暮色和害怕。我的确害怕，恐惧从四面八方侵袭而来。我不想等到它抵达并击败我。我会一直写，直到天黑。这项全新的、陌生的工作会让我的头脑感到疲惫、空茫和困倦。我不怕早晨，只惧漫长而暮光迷蒙的傍晚。

我不太清楚现在的准确时刻，大概是下午三点。我的手表丢了，但它以前也帮不了什么忙。那是一块小小的金手表，实际上只是个昂贵的玩具，从来没准确显示过时间。我有一支圆珠笔和三支铅笔。圆珠笔很快就干了，但我不喜欢用铅笔。铅笔写出来的字没办法与纸张的颜色鲜明地区分开。细腻的灰色笔画在淡黄色的背景上显得模糊不清。但我别无选择。我在旧日历的背面和泛黄的商务用纸上书写。这些纸来自胡戈·吕特林根，他是一个大收藏家兼疑病症患者。

实际上，这份报告应该以胡戈作为开头，因为如果不是他的收藏癖与疑病症，我今天就不会坐在这里了，我可能早就活不下去了。胡戈是我表姐露易丝的丈夫，一个非常富有的人。他的财富来自一家制锅厂，那里生产的锅具很特别，只有他才会生产。很遗憾，尽管他向我解释过很多次，但我还是忘了那些锅具的独到之处。这一点同样无关紧要。无论如何，胡戈非常富有，以至于不得不把钱花在一些特别的地方，所以他选择了狩猎。他本来也可以购买赛马和游艇，但他既害怕马，又晕船。

就算是参加狩猎活动，他也只是为了维护自己的名声。他总是射不准，也讨厌射杀那些天真无邪的鹿。他会邀请他的商业伙伴，让他们与露易丝还有那些猎人们一起进行符合规定的狩猎。而他双手叠放在肚子上，坐在狩猎小屋前的扶手椅上，在阳光下打瞌睡。这一切都让他感到太过刺激、太过疲倦了，所以他一坐到扶手椅上就开始打瞌睡——一个高大而肥胖的男人，被黑暗的恐惧所困扰，从各个方面都感到不知所措。

我很喜欢他，我们都对森林怀有某种热爱，在狩猎小屋一同度过了几天安宁的时光。当他在扶手椅上打瞌睡时，他并不介意我待在旁边。我会散一会儿步，在经历过城市的喧嚣后享受一下这里的宁静。

露易丝是一个充满激情的猎人，一个健硕的红发女人，和她遇到的每个男人都能聊得来。她讨厌做家务，我就在那段时间里照顾胡戈，煮热可可和那些数不胜数的混合物，这让她觉得非常愉快。胡戈对自己的健康状况持有病态的忧虑，我那时还不太理解，因为他的生活只是一场持续不断的追猎，而他唯一的乐趣就是在阳光下打瞌睡。他非常害怕痛苦，虽然商业头脑（我不得不假设他拥有一定的商业头脑）还不错，但他就像小孩子一样胆小。他非常喜欢完整、有序的感觉，出门旅行时总是带着两支牙刷，每种必需品也都带上好几份，这似乎给了他某种安全感。此外，他受过良好的教育，为人谨慎，但牌技拙劣。

我不记得我和他进行过任何有意义的谈话。有时他会朝着这个方向前进一小步，但每次都会过早地停下来，也许是因为羞怯，也许只是因为这对他来说太费力气了。无论如何，这让我觉得很舒服，否则的话，我们只会感到尴尬。

那时，人们总是谈论核战争及其后果，这促使胡戈在狩猎小屋里储存了一小批生活物资和其他重要物品。露易丝觉得整件事毫无意义，对此感到恼火，担心会传出去，从而招来盗贼。这一点她很可能说得对，但在这些事情上，胡戈会表现出一种不容反对的固执。他会开始心脏疼痛，胃部痉挛，直到露易丝屈服。事实上，她对此也完全无可奈何。

四月三十日，吕特林根夫妇邀请我一起去狩猎小屋。当时我已经守寡两年了，两个女儿都快长大成人，我可以随心所欲地支配自己的时间。但我很少会利用这一自由。我天生就喜欢坐着不动，觉得待在家里才是最舒服的。只有露易丝的邀请我很少会拒绝。我喜欢那栋狩猎小屋和那座森林，甚至愿意坐三个小时的车前往那里。所以在那个四月三十日，我接受了邀请。我们预计一起待上三天，不再邀请其他客人。

那栋狩猎小屋实际上是一栋两层楼的木制别墅，由巨大的原木建造而成，至今依然保持着良好的状态。一楼有一个农舍风格的大型厨房，厨房旁边有一间卧室和一个小房间。二楼有三个供客人居住的小房间，外面有一个木制的阳台。其中最小的房间是我住的。大概五十步开外的地方有一栋给猎人住的小木屋，它位于一个向下延伸到溪流的斜坡之上，实际上是一栋只有一个房间的小屋子，在它旁边，就在道路旁边，是胡戈让人用木板建立起来的仓库。

于是我们开了三个小时的车，在那处村落停了下来，从猎人那里把胡戈的猎犬接走。那是一只巴伐利亚猎犬，名叫"猞猁"，它虽然属于胡戈，却是在猎人身边长大并接受训练的。奇怪的是，猎人成功地让这只猎犬意识到胡戈才是它的主人。然而，它不太会对露易丝表示出尊敬，不仅不服从她，还躲避她。它与我打交道时怀着友好的中立态度，不过还是很喜欢待在我身边。它是一只美丽的动物，有着深红棕色的皮毛，是一只优秀的猎犬。我们和猎人聊了一会儿天，大家约定好胡戈和露易丝在第二天傍晚过来，和他们一起打猎。露易丝打算射杀一只鹿，因为禁猎期恰好在五月一日结束。这种乡间很常见的对话一直继续下去，甚至连从来都听不懂这些话的露易丝也按捺住了不耐烦，以免那些她所需要的猎人觉得扫兴。

将近下午三点时我们才抵达狩猎小屋。胡戈立刻下了车，从汽车后备厢里拿出新的库存，送进厨房旁边的小房间里。我在酒精炉上煮了咖啡。吃过零食之后，胡戈刚刚开始打盹，露易丝就问他能不能再和她去一趟村子里。这当然是出于纯粹的挑衅。无论如何，她一直都觉得保持活动对胡戈的健康来说是必不可少的。将近五点半时，她终于成功地把他拖出了门。我知道他们要去村里的酒馆。露易丝喜欢和木工还有年轻的农夫打交道，从来没想过那些狡猾的人会在暗地里嘲笑她。

我清理完餐桌上的碗，把衣服挂进衣橱里。做完这些，我就坐屋前的长椅上晒太阳。这是个温暖且晴朗的日子，根据天气预报，之后的几天也会保持晴朗。太阳从云杉树上面斜射过来，很快就要沉落了。这栋狩猎小屋位于峡谷尽头的一个小盆地里，在一道陡峭的山脉下方。

当我坐在那里感受着面颊上最后的暖意时，我看到"猞猁"回来了。可能是因为它没有遵从露易丝的命令，作为惩罚，露易丝叫它回来了。我看得出来这只猎犬挨了骂。它走到我面前，忧心忡忡地看着我，把头抵在我的膝盖上。我们就这样坐了一会儿。我抚摸着"猞猁"，对它说了一些安慰的话，因为我知道露易丝对待这只猎犬的方式是完全错误的。

当太阳消失在云杉树后面时，天气开始转凉，幽蓝色的阴影落在空地上。我带着"猞猁"走进小屋，点燃了大炉灶，开始准备做一点猪肉烩饭。当然，我没有必要做这种事情，但我自己也饿了，而且我知道，胡戈肯定会更喜欢吃上一顿真正的、温暖的晚餐。

到了七点左右，他们还是没回来。看起来他们几乎不可能在八点半之前回来了。于是我给猎犬喂了些食，吃了自己的那份饭，最后在煤油灯的照耀下读了胡戈带过来的报纸。在温暖和寂静之中，我开始感受到睡意。"猞猁"躲进了壁炉洞里，发出一声满意的轻叹。九点钟时，我决定上床睡觉。我锁上了门，把钥匙带进了自己的房间。我感到非常疲倦，尽管被子又湿又冷，我还是马上睡着了。

落到脸上的阳光让我醒了过来，我立刻想起了昨晚的事。因为我们只有一把小屋的钥匙，另一把在猎人那里，所以露易丝和胡戈回来的时候一定得把我叫起来才行。我穿着睡袍跑下楼梯，打开前门。"猞猁"以焦急的呜呜声迎接着我，然后从我身边擦身而过，跑到外面去了。我走进卧室，尽管我确信那里没有人，因为窗户全部装了金属格栅，即便没有格栅，胡戈也不可能从那里爬进来。床当然是没有动过的。

那时候是早晨八点，这两个人一定是留在村子里了。我对此感到非常惊讶。胡戈讨厌乡村旅馆的短床，而且他也绝不会如此毫无顾虑地把我一个人留在狩猎小屋过夜。我想不明白到底发生了什么。我回到自己的卧室，换上衣服。天气依然有些凉，胡戈的黑色奔驰车上结了闪闪发光的露水。我煮了茶，让身体变得暖和了一点，然后带着"猞猁"一起踏上了进村的道路。

我几乎没注意到峡谷里是多么清凉和潮湿，因为我一直在思考吕特林根夫妇到底出了什么事。也许是胡戈的心脏病发作了。在与这个疑病症患者打交道的过程中，我们其实早就不把他的身体状况当回事了。我加快了脚步，让"猞猁"走在前面。于是它愉快地吠叫着往前走。我没有想到要穿登山鞋，因此只能脚步笨拙地跟在它身后，在尖锐的石头上跌跌绊绊地走着。

当我终于抵达峡谷出口时，听到"猞猁"发出了痛苦和恐惧的嚎叫。我在一处挡住了视线的柴堆前面转过弯来，发现"猞猁"坐在那里哭嚎，嘴里滴淌出鲜红的唾液。我俯下身来，抚摸它。它颤抖着、呜咽着，向我靠近。它一定是咬到了舌头，或者咬坏了一颗牙齿。当我鼓励它和我一起继续往前走时，它夹紧了尾巴，挡在我面前，用身体把我往后推。

我看不出来是什么东西让它这么害怕。这条道路就在峡谷的这个地方向前延伸，就我所能看到的范围内，沐浴在清早的阳光之下的道路上空无一人，充满了宁静。我不情愿地把猎犬推到了一旁，独自一人继续往前走。幸好有它的阻拦，我放慢了脚步，因为走了区区几步之后，我的额头突然撞到了什么东西，然后我踉踉跄跄地后退。

"猞猁"很快又开始哀叫，紧紧依偎着我的腿。我感到疑惑，伸出手，触摸到了某种光滑而寒凉的东西：那里有一种光滑的、寒凉的阻力，但除了空气不可能有其他东西。我犹豫着又试了一次，我的手好像又一次放到了窗户玻璃上。然后我听到了响亮的敲击声，环顾四周，才意识到那是自己的心跳在耳朵里发出的轰鸣声。在我意识到之前，我的心就已经感受到了恐惧。

我坐在路边的树桩上，试图思考。我没有成功。好像所有的思绪都在一瞬间抛弃了我。"猞猁"爬得离我更近了，它含有鲜血的唾液滴溅在我的大衣上。我抚摸着它，直到它平静下来。然后我们两个都朝那条道路望去，只见道路在晨光中是如此安宁而闪耀。

我又站起来三次，最终说服了自己：在我面前三米的地方，确实有一种看不见的、光滑的、寒凉的事物阻止我继续往前走。我想那可能是一种幻觉，但我当然知道那不是幻觉。

比起这个看不见的可怕事物，我更愿意接受一点轻微的疯狂。但"猞猁"的嘴流着血，而我额头上的肿块开始作痛。

我不知道自己在树桩上坐了多久，但我记得自己的思绪总是围绕着一些非常次要的事情打转，好像无论如何都不愿面对这种难以理解的经历。

太阳升得更高了，照暖了我的背。"猞猁"舔来舔去，终于停止了流血。它受的伤应该不太严重。

我意识到必须做点什么，于是命令"猞猁"坐在那里不要动。然后我小心翼翼地伸出双手，靠近这个看不见的障碍物，沿着它摸索，直到撞上峡谷里的最后一块岩石。从这里开始我就无法前进了。我沿着道路的另一侧，来到了小溪边，直到那时才注意到小溪有些壅塞，溪水已经从河岸上漫出来了，但水量很少。整个四月都很干燥，冰雪融水已经流走了。在"墙壁"——既然它就在这里，我必须得给它起个名字，那就先这样称呼它——的另一侧，有一小段河床几乎已经干涸了，水流在那里变成了涓涓细流。显然，小溪已经穿透了这道透明的多孔石灰岩。也就是说，这道墙壁不可能深入地下。我心中闪过一丝宽慰的感觉。但我不想穿过这条壅塞的小溪。不能假设这道墙壁会突然在某处终止，如果那样的话，胡戈和露易丝要回来就是一件很容易的事了。

突然间，我注意到一直在潜意识里困扰我的一点：这条道路上空无一人。一定有人早就敲响了警钟，否则村民们肯定会好奇地聚集在墙壁前面，那才是自然的事情。即使他们所有人都没有发现这道墙壁，胡戈和露易丝也肯定已经撞到它了。看不到任何人比发现这道墙壁更令我感到困惑。

我开始在明亮的阳光下瑟瑟发抖。离我最近的小农场实际上只是一栋破败的农舍，就在下一个拐角附近。跨过这条小溪，爬上山坡草地后，我应该可以看到它。

我回到了"猞猁"身边，对它一番安慰。它非常通情达理，反而是我更需要它的鼓励。对我来说，还能和"猞猁"在一起突然间成了一种莫大的安慰。我脱下鞋子和长筒袜，涉过小溪。那道墙壁一直延伸到了山坡草地下面。终于，我看到了那栋农舍，它在阳光下保持着安静。那真是一幅宁静、熟悉的景象：一个男人站在井边，右手停留在水光与自己的脸孔之间。那是一个衣衫洁净的老人，他的背带像蛇一样垂了下来，衬衫袖子被卷了起来。但他没能用手够到自己的脸。他根本就是一动不动的。

我闭上眼睛等了一会儿，然后又看了过去。那个衣衫洁净的老人依然一动不动地站在那里。现在我还看到他的膝盖和左手支撑在石槽边缘，也许这就是他没有摔倒的原因。房屋旁边一个小花园，里面除了芍药和荷包牡丹，还种着一些菜。那里还有一株瘦弱、蓬乱的丁香，已经凋谢了。四月几乎已经有了夏日般的温暖，即便是在这深山里。城里的芍药也已经凋谢了。烟囱里没有烟冒出来。

我用拳头捶着那道墙。感觉有点痛，但什么也没有发生。突然间，我再也不想打破那道把我和井边那个老人身上发生的令人难以理解的事情隔开的墙壁了。我小心翼翼地穿过小溪，回到"猞猁"身边，它正在嗅什么东西，似乎忘记了恐惧。那是一只死去的小雀鸟———一只啄木鸟。它的小脑袋受了伤，胸脯上沾满了血。在那个晴朗的五月早晨，一群小鸟以这种悲惨的方式结束了一生，它是其中第一只。出于某种原因，我会永远记住这只鸟。当我观察它时，我终于注意到了群鸟的哀鸣声。我肯定在意识到之前就听到了这些声音。

我突然想离开这个地方，回到狩猎小屋，远离这些悲惨的尖叫声和血迹斑斑的微小尸体。"猞猁"也再度变得焦躁起来，呻吟着紧贴在我身边。在穿过峡谷回家的路上，它一直紧紧地跟在我身边，我便和它说话，好让它镇定下来。我不记得对它说了什么，我在乎的只是打破这一片寂静。在这个阴郁而潮湿的峡谷里，光线透过山毛榉叶片泛出绿色，小溪从我左边没有林木遮盖的岩石之间涓涓流下，发出声响。

我们陷入了一种非常糟糕的处境，"猞猁"与我，我们当时还不知道情况到底有多糟糕。但我们并没有完全迷失，因为我们两个还在一起。

狩猎小屋现在伫立在明亮的阳光之下。奔驰车上的露水已经被晒干了，车顶闪烁着近乎红黑色的光泽。几只蝴蝶在空地上方盘旋，空气中开始散发出温暖的云杉针叶的芳香。我坐在屋前的长椅上，突然间，我在峡谷里看到的一切对我来说都变得非常不真实。这简直不可能是真的，这样的事情根本不会发生，如果真的发生了，那也不会发生在深山的小村落里，不会发生在奥地利，不会发生在欧洲。我知道这个想法有多么可笑，但既然我的确有过这样的想法，我就不想隐瞒。我非常安静地坐在阳光下，注视着那些蝴蝶，我觉得有一段时间里我真的什么都没想。"猞猁"在井边饮过水，然后跳到了长椅上，把头放在我的膝盖上。我为这一亲昵的举动感到高兴，直到我意识到，这只可怜的猎犬已经失去了其他选择。

一个小时后，我走进小屋，为我和"猞猁"加热了剩下的猪肉烩饭，然后煮了一点咖啡，想让自己的头脑变得清醒，在这个过程中还抽了三支烟。那是最后几支烟了。胡戈是个大烟枪，他无意中把四包香烟都放到了大衣口袋里，然后带进了村子，还没有把下一个狩猎季的香烟储备送到狩猎小屋。抽完那三支烟后，我在房子里实在待不下去了，于是又和"猞猁"一起回到了峡谷。那只猎犬不紧不慢地跟着我，紧紧地跟在我的脚后。我几乎一口气走了一路，直到遇到了那垛柴堆，便气喘吁吁地停了下来，然后慢慢地伸出手，直到触碰到那道寒凉的墙壁。尽管我本来也没期待事情能有什么转变，但这一次带来的震惊远比第一次来得强烈。

小溪依然壅塞着，但另一侧的溪流变得更宽阔了一点。我脱下鞋子，开始涉水而行。这一次，"猞猁"犹豫而不情愿地跟着我。它并不怕水，但溪水像冰一样凉，而且漫到了它的腹部。我看不到那道墙壁，这让我感到困扰，因此折断了一捧榛树枝，开始把它们沿着墙壁插在地上。这项活动对我来说似乎是最为紧要的事情，最重要的是，它占据了我很多时间，这样我就不需要思考了。我就这样把树枝插得整整齐齐。道路现在开始攀升了一点，我再次来到了可以看到那栋小农舍的地方。

那个老人依然站在井边，掬水的手对着他的脸。从我这里望过去，那一小片山谷充满了阳光，空气在森林的边缘颤抖着，呈现出金绿透亮的颜色。现在"猞猁"也可以看到那个人了。它吃了一惊，然后伸长脖子，发出一声漫长而可怕的嚎叫。它明白了，井边的那个东西不是一个活着的人类。

它的嚎叫折磨着我，某种东西逼得我也想一起嚎叫。这个声音拉扯着我，好像要把我扯成碎片。我抓住"猞猁"的项圈，拉着它继续走。它陷入了哑默，颤抖着跟随我。我缓慢地沿着墙壁摸索，把一根又一根树枝插在地上。

当我回过头看时，视线可以沿着新的边界直到小溪。这看起来就像孩子们的游戏，一个愉快而无害的春季游戏。在墙壁另一侧，果树的花朵已经凋谢，长出了熠熠发光的鲜绿色的树叶。这道墙壁现在逐渐向山上爬升，爬到了山坡草地中间的一片落叶松那里。从这里，我还可以望见另外两栋农舍和一部分山谷。我开始生自己的气，因为我忘了带上胡戈的望远镜。无论如何，我看不到一个人类，甚至看不到任何活着的生物。那些房屋上面没有升起炊烟。经过一番思考后，我认为这个不幸的事件一定是在傍晚发生的，吕特林根夫妇那时候还在村子里，或者正在回家的路上，然后被吓了一跳。

如果井边的那个男人死了，而且我对此不再怀疑，那么山谷里的所有人肯定都已经死了，不仅仅是人，还有所有动物。现在只有草地上的青草依然在生长，青草和树木；细嫩的叶片在阳光下闪着光芒舒展开来。

我站在那里，用两只手掌紧贴着寒凉的墙壁，凝视着对面。突然之间我什么都不想看了。我呼唤开始在落叶松下面挖掘的"猞猁"，然后我们就回去了，一直沿着那个小小的玩具一样的边界走。跨越了小溪之后，我在通往那块岩石的道路上放置了一些树枝，然后慢慢地走回了狩猎小屋。在经历了峡谷青绿色的幽凉光线之后，当我们踏上林中空地时，强烈的阳光突然扑面而来。"猞猁"似乎已经受够了这次冒险，它跑进房屋，蜷缩在壁炉洞里。和往常一样，当它感到困惑不安时，会发出几声叹息和呜咽，然后就睡着了。我羡慕它的这种能力。现在它睡着了，我开始怀念它一直发出的轻微躁动。无论如何，家里有一只熟睡的猎犬还是比彻底独自一人要好一些。

胡戈自己不喝酒，但还是储存了少量的白兰地、杜松子酒和威士忌，供来这里狩猎的客人们饮用。我给自己倒了一杯威士忌，然后坐在大橡木桌边。我没想把自己灌醉，只是在绝望地寻求解药，想把沉闷的恍惚从头脑里驱赶出去。我注意到，我喝威士忌时把它当成了我的威士忌，也就是说，我不再相信它原来的主人还会回来。这一点让我感到有点震惊。喝了三口酒之后，我就怀着一阵恶心把杯子推开了。酒的味道就像是在碱水液里浸泡过的稻草的味道。我的头脑里一片混乱，全是我无法理解的东西。我确信自己被困住了，被一道一夜之间倒塌或是生长起来的无形的墙壁所困住了，而我无法为此找到任何解释。我感受到的既不是忧虑，也不是绝望，任何感受都不足以应付这种状况。我的年纪已经足够大了，知道自己肯定不会幸免于难。在我看来，最重要的问题是，究竟是只有这座山谷还是整个国家都遭受了这次不幸。我决定先假设是前一种情况，因为这样的话我就还有希望，过几天就可以从这座森林监狱里被解救了。在今天的我看来，我好像是从那时开始就不相信这种可能性了。但并不是那么确定。无论如何，我有足够的理智，因此不会在一开始就放弃希望。过了一段时间，我注意到我的脚开始疼痛。我脱下鞋子和长筒袜，发现脚后跟起了水泡。洗完脚之后，我用油膏和滑石摩擦了一下脚后跟，然后决定重新布置一下狩猎小屋，这好像是我最能接受的解决方式了。首先，我把露易丝的床从卧室推到了厨房，靠着墙，这样就能看到整个房屋和门窗了。我把露易丝的那块羊皮毯铺在了床前，暗暗希望"猞猁"会在那里安睡下来。但没有什么用，它还是睡在壁炉洞里。我还把床头柜从卧室搬了出来。过了一段时间，又把衣柜搬到了厨房。我关上了卧室的百叶窗，然后给厨房的门上了锁。我还把楼上的房间都上了锁，把钥匙挂在大灶台旁边的钉子上。我不知道自己为什么要做这些，可能是出于本能。我必须能够看到一切，并且在遇到袭击时保证自己的人身安全。我把胡戈那支上了膛的步枪挂在床边，把手电筒放在床头柜上。我知道我采取的所有措施都是针对人类的，这些行为我自己都觉得可笑。但既然到目前为止，每一种来自人类的危险都依然能构成威胁，我就没办法这么快适应下来。我在生活中认识的唯一敌人就是人类。我给闹钟和手表都上了发条，然后把堆在阳台下面的砍成段和劈成块的木头拿了进来，放到厨房里，堆在大灶台旁边。

这时，傍晚已经来临，清凉的空气从山上吹进房屋里。阳光依然照耀着林中空地，但所有的颜色都开始逐渐变得更寒冷、更坚硬。一只啄木鸟在林中发出啄木头的声音。我很高兴能够听到它的声音，以及井水的飞溅声。井水涌成一根手臂般粗的水柱，冲进木水槽。我把大衣披在肩上，坐在屋前的长椅上。我可以从这里看到通往峡谷的道路、猎人住的小木屋、那间仓库，以及后面乌黑的云杉树。有时，我想象自己听到了从峡谷里传来的脚步声，但每一次都是错觉。有段时间，我停止了思考，单纯地观察着几只大山蚁，它们排成一小队，匆匆忙忙地从我身边经过。

啄木鸟停止啄木头。空气变得越来越清凉，光线变成了寒冷的幽蓝色。我头顶的一小块天空变成了玫瑰般的粉红色。太阳消失在了云杉树后面。天气预报说得对。这时候我想起了车载收音机。车窗降下来一半，我按了按那个黑色的小按钮。过了一小段时间，我听到了一些轻柔、空洞的嗡鸣声。前一天，露易丝在路上收听了令我感到恼火的舞曲。但现在我很愿意听上一小段音乐。我不停地转动旋钮，但声音没有改变，遥远又轻柔的嗡鸣声，也许这声音只是来自那个小音响的机械装置。当时我就该明白的，但我不想弄明白。我宁可告诉自己是那个东西一夜之间坏掉了。我试了一次又一次，除了那种嗡鸣声，没有任何声音从音响里传出来。

最终我放弃了，再次回去坐到长椅上。"猞猁"从房屋里走出来，把头放在我的膝盖上。它需要一些鼓励。我和它说了几句话，它全神贯注地听着，然后发出呜咽声。最后它舔了舔我的手，用尾巴在地板上犹豫地拍打着。我们两个都很害怕，却试图给对方带来勇气。我的声音听起来非常陌生和虚幻，所发出的只是某种耳语声，渐渐地，与井水的泼溅声难分彼此。这口水井还会吓到我很多次。从某个特定的距离听起来，井水的泼溅声听起来就像两个昏昏欲睡的人在交谈。但我那时并没意识到这一点。我停止了低语，甚至自己都没注意到。我在斗篷下面瑟瑟发抖，看着天空渐渐褪变成苍灰色。

最终我回到了小屋里，开始生火取暖。过了一会儿，我看到"猞猁"走向了峡谷，然后一动不动地站在那里，等待着。过了一段时间，它转过身来，低头小跑着，回到了小屋里。接下来的三四个傍晚，它也一直这样做。最后，它似乎终于放弃了，再也没有这样做过。我不知道它是直接忘记了这一切，还是以猎犬的方式比我提前了解到了真相。

我给它喂了一些猪肉烩饭和狗饼干，在它的碗里盛满了水。我知道它通常只在早晨吃一顿饭，但我不想独自吃饭。然后我给自己煮了一点茶喝，又在那张大桌子旁边坐下来。小屋里现在变得暖和起来，煤油灯把昏黄的光线投射到黑暗的木头上。

直到这一刻我才意识到自己有多么疲倦。吃过饭的"猞猁"跳到我坐着的长椅上，长久而专注地凝视着我。它的眼睛是红褐色的，非常温暖，比皮毛的颜色要稍微暗一点。虹膜周围的白色发出潮湿的淡蓝色光芒。突然间，我很高兴露易丝把这条猎犬赶回来了。

我把喝空的茶杯收了起来，把温水倒进锡碗中进行洗漱，然后，因为已经没有什么事情可以做，便上床睡觉了。

在这之前，我已经关上了百叶窗，锁好了门。过了一小会儿，"猞猁"从长椅上跳下来，走到我面前，嗅了嗅我的手。然后它走到门边，从那里走到窗户下面，再回到我的床上。我温和地和它说着话，最终，在发出了一声听起来几乎像是人类的叹息之后，它回到了自己在壁炉洞里睡觉的地方。

我又让手电筒亮了一会儿，关掉时，房间里似乎变成了漆黑一片。但实际上并没有那么黑。快要燃尽的灶火在地板上投下了一道微弱的、闪烁的光线，过了一段时间我就可以看清长椅和桌子的轮廓了。我在考虑要不要吃一点胡戈的安眠药，但无法下定决心，因为害怕自己会听不到某些声音。然后我突然想到，在夜晚的寂静和黑暗中，那道可怕的墙壁可能正在慢慢地靠近。但我实在太累了，甚至已经感受不到惧怕了。双脚依然疼痛，我仰面朝天地躺着，伸展开四肢，觉得转一转头都很累。发生了这一切之后，我不得不为一个糟糕的夜晚做好准备。但当我接受这个想法后，我就睡着了。

我没有做梦，清早六点钟左右就被吵醒了，那时候小鸟正开始唱歌。我立刻又把发生的一切想了一遍，然后惊恐地闭上眼睛，试图再一次沉陷到睡眠中。我当然没有做到。虽然我几乎没有挪动身体，但"猞猁"知道我已经醒了，它来到了床上，愉快地哼哼着，向我打着招呼。于是我站起身来，打开百叶窗，让"猞猁"跑到外面去。天气很凉，天空依然是淡蓝色的，灌木丛被露水打湿了。阳光灿烂的一天已经醒来了。

突然间，我觉得自己似乎不可能熬过这个阳光灿烂的五月的日子了。但同时我也知道必须在这一天生存下来，我没有任何逃亡的途径。我必须保持绝对的镇静，然后就这样支撑下去。这并不是我生命中不得不以这种方式生存下去的第一天。我越是不抗拒，就越是能忍受。前一天的恍惚感觉已经完全从我的头脑里消失了。我能够很清晰地思考，就像我往常的思考一样清晰，只是当我的思绪靠近那道墙壁时，它们似乎也撞到了某种寒凉、光滑、根本不可征服的障碍。最好还是不要想那道墙壁。

我穿上睡袍和拖鞋，走过潮湿的道路，来到汽车旁边，打开收音机。依然是轻柔、空洞的嗡鸣声，听起来很诡异，非常不像人类的声音，我立刻就把它关掉了。

我再也不相信是那个东西坏了。在寒冷的晨光中，要相信这一点简直是不可能的。

我不记得那天上午我都做了些什么。我只记得在汽车旁边一动不动地站了一会儿，直到湿气渗透了薄薄的拖鞋，让我感受到了惊恐。

也许接下来的几个小时太糟糕了，我不得不忘记它们。也许我只不过是在借助麻醉剂的情况下才度过了这几个小时。我想不起来了。直到下午两点左右，当我和"猞猁"一起在峡谷中穿行时，我才恢复了记忆。

我第一次觉得峡谷中不再充满迷人的浪漫气息，只觉得它潮湿又阴郁。即使是在盛夏时分，阳光也不会照射到谷底。一场雷雨过后，火蝾螈从它们在石头下的藏身之处爬了出来。后来，我在夏天有时可以看到它们。这些火蝾螈数量很多，我常常一个下午就能看到十到十五只。那是一种非常华丽的、有着黑红色斑点的生物，让我越来越想起某种花朵，虎皮百合和头巾百合一类的花朵，而不是那些花纹简朴的灰绿色蜥蜴。我从来没有触摸过蝾螈，但我很喜欢抓蜥蜴。

在那时，五月二日，我没有见到蜥蜴。天没有下雨，我不知道这里是否有蜥蜴的存在。我快步走了出去，想逃离这种潮湿的绿色微光。这一次我改善了装备，穿上了登山鞋、过膝裤子和保暖背心。前一天，我的大衣一直妨碍我前进，当我用树枝在草地上划定墙壁边界时，大衣下摆会拖到地上。我还带上了胡戈的望远镜，在背包里放了一个装有热可可的保温瓶，还有几块黄油面包。

另外，除了我的小刀（一把用来削铅笔的刀），我还带上了胡戈那把更锐利的折刀。我根本就不会使用到折刀，因为用它来砍树枝太危险了，很可能会伤到自己的手。尽管不想承认，但我带上那把刀其实是为了保护自己。它给了我一种自欺欺人的安全感。后来我经常把折刀留在家里，直到"猞猁"死后，才又开始每次出门都带上它。我现在很清楚自己带上它是因为什么，因此不会再试图说服自己带上它是用来砍树枝的。那道墙壁当然一直伫立在原地，并没有像我那天晚上设想的那样，向狩猎小屋靠得更近。它也没有后退，反正我也没有期待它会后退。溪水已经涨到了这个季节通常会达到的水平面，看起来，溪水很容易就在这道墙壁上开凿出了一条道路。我可以穿过溪水，从一块石头跳到另一块石头，然后沿着我那玩具般的边界到达落叶松附近的瞭望点。在那里，我折断了一些新的树枝，开始进一步确认墙壁的边界。

这是一项艰苦的工作，很快，我的脊背就因为经常弯曲而感到疼痛。但我完全痴迷于一个念头，那就是必须尽我所能地完成这项工作。这项工作使我感到平静，给发生在我身上的巨大而可怕的混乱带来了一丝秩序的气息。像这道墙壁一样的东西几乎不可能存在。但既然它已经在那里了，我就要用绿色的树枝把它的界线标记出来，这是我第一次想要尝试把它引到某个可以测量的位置上。

这条道路穿过了两处山坡草地，穿过了一片细嫩的新种植的云杉树，穿过了一丛已经凋敝的覆盆子。太阳熊熊燃烧着，我的双手流淌着鲜血，被荆棘和石屑划出了伤口。我当然只能在草地上使用这些小树枝，在灌木丛里我需要的是真正的木棍。在一些地方，我用小刀在墙壁附近的树上做了标记。这一切对我来说都形成了很大的阻碍，我前进的步伐只能非常缓慢。

在长着覆盆子的高地上，我看到几乎整座山谷都躺在眼前。透过望远镜，我可以将一切看得清清楚楚。在木车工匠的小屋前面，一个女人一动不动地坐在阳光下。我看不到她的脸，她低垂着头，好像睡着了。我看了很长时间，直到眼睛开始流泪，眼前场景的形状和颜色开始变得模糊。门槛上面横躺着一只牧羊犬，头枕在自己的爪子上，一动也不动。

如果那就是死亡，那么它是以一种几乎充满爱意的方式迅速而温和地到来的。也许跟着胡戈和露易丝一起去村子里是更明智的做法。

最终，我从这个平静的场景中挣脱出来，继续放置手里的树枝。墙壁现在又陷进了一个小小的草地洼地，洼地里面有一栋二层楼的农舍。事实上，这只是一栋很小的农舍，就像人们经常会在山上看到的那样，与乡间的方形大农庄根本就没有可比性。

这道墙壁将房屋后面的一小片草地隔成了两块，从一棵苹果树上砍下了两根树枝，而且它们看上去不像是被砍断的，而像是融化了的，如果我们能想象出融化的木头，它就应该是这副样子。

我没有触碰墙壁。墙壁对面的草地上躺着两头奶牛。我注视了它们很长时间。它们的肋骨没有上升或者下降的动作。它们看起来也像是睡着了，而不是死掉了。它们玫瑰色的鼻头不再湿润而有光泽，看上去像是上色均匀、有着细小颗粒的石头。

"猞猁"转过头，向森林望去。这一次，它没有发出惊恐的嚎叫声，只是望向森林里面，好像是下定了决心不去注意墙壁另一侧的一切。在我年幼时，我的父母养过一只狗，它曾以相同的方式回避每一面镜子。

当我还在注视那两头死去的动物时，我突然听到身后传来了奶牛的咆哮声和"猞猁"兴奋的吠叫声。这个声音吸引着我转过身去。只见灌木丛分成了两半，一头奶牛走了出来，一头咆哮着的、活生生的奶牛，后面跟着兴奋的"猞猁"。那头奶牛立刻就走向了我，对着我喊叫，仿佛在诉说它的苦闷。已经两天没有人来给这头可怜的动物挤奶了，它的声音听起来沙哑而粗糙。我马上就试着让它舒服些。当我还是一个年轻女孩时，就学会了通过挤牛奶来自娱自乐，但那已经是二十年前的事情了，我已经忘记了自己受过的训练。

奶牛耐心地忍受着这一切，它明白我想要帮助它。淡黄色的牛奶溅到了地上，"猞猁"开始舔地上的牛奶。这头奶牛产了很多奶，我的手已经开始因为不习惯这样的抓挤而感到酸痛。奶牛突然感到非常满足，躬下身来，把它的大嘴靠近了"猞猁"的棕褐色鼻子。这两只动物相互评估的结果似乎很好，因为它们都显得满意而安心。

于是，我就这样站在森林中央一片陌生的野地上，突然就拥有了一头奶牛。很明显，我没法抛下这头奶牛。我现在才注意到它嘴上沾有血迹。显然，它曾拼命地撞向这道墙壁，这道墙壁使它无法回到家里的牛圈，回去与它家里的人们待在一起。

人的迹象一点也看不到。灾难发生时，他们一定正待在房子里。小窗户里面拉上的窗帘让我越来越相信，这一切都发生在傍晚。当时应该还不算太晚，因为那个老人刚刚洗完澡，那个带着猫的老妇人还坐在屋前的长椅上。如果是在清早，那么老妇人就不会是这样了。此外，如果这场不幸的事件发生在清早，那么胡戈和露易丝早就应该回到家了。我考虑了所有一切，然后立刻告诉自己，这些思考对我来说完全没有意义。于是我放弃了思考，发出引诱的呼叫声，在灌木丛中找寻其他奶牛，但什么也没有发生。如果附近还有奶牛，那么"猞猁"早就该发现了。

我别无选择，只能赶着这头奶牛越过山丘和山谷回家。我划分边界的行动就这样突然结束了。反正天色渐晚，将近下午五点，照到林中空地上的阳光只余下狭窄的条形斑纹。

就这样，我们三个开始了回家的路。我之前已经插好了那些树枝，这是件好事，这样就不用一直摸着墙壁走了。我在墙壁和奶牛之间缓慢地行走着，总是心怀忧虑，害怕它会摔断腿。但它似乎已经适应了在山路行走。我也不用赶着它往前走，只需要确保它与墙壁保持着安全距离。"猞猁"已经理解了我标出的这条玩具一样的边界是什么意思，始终都保持着安全距离。

一路上，我一点也没有想墙壁的事，而是忙着应付这个可怜的弃儿。有时奶牛会突然停下来吃草，然后"猞猁"就趴在它身边，不让它离开自己的视线。如果停留的时间太长，"猞猁"会轻轻地推一推它，然后它又开始顺从地向前走动。我不知道这是不是真的，但在接下来的一段时间里，我有时觉得"猞猁"非常懂得与奶牛打交道。我相信，当猎人在草地上放牧奶牛时，他肯定会在有些时候把"猞猁"当作牧牛犬。

奶牛看起来非常平静和满意。度过惊恐的两天之后，它找到了一个人类，摆脱了奶水给它造成的痛苦负担，甚至没想过要逃跑。附近某个地方肯定会有一个新牛圈，这个新出现的人类会把它赶到那里去。它满怀希望地哼了一声，小跑着来到我身边。当我们努力渡过小溪时，它的步伐甚至加快了，最后我几乎都要跟不上了。

在这个过程中，我意识到这头奶牛虽然是一个恩赐，但也是一项沉重的负担。我再也不能进行大规模的探险了。

这样一头动物需要喂养和挤奶，需要一个在家久待的主人。我是这头奶牛的主人和囚犯。但即使我不想要它，我也不可能抛弃它。它正指望着我。

当我们到达林中空地时，天已经快黑了。奶牛停了下来，把头转向后方，平静而快乐地哞哞叫着。我把它带到外面猎人住的小屋子。屋里只有两张上下铺的床、一张桌子、一张长椅和一个砖砌的炉灶。我把桌子抬到外面，扯下其中一张床铺上面的稻草垫子，将奶牛领进它的新牛圈。这个地方足够宽敞，容纳得下一头奶牛。我从炉灶那里拿了一只锡碗，倒满了水，放到空空的床架上。也许在这个傍晚，我没办法为奶牛做更多事情了。我抚摸着它，向它解释了全新的处境，然后锁上了门。

我太累了，几乎没法拖着步子走回狩猎小屋。双脚仿佛在沉重的鞋子里燃烧着，这种漫无目的的跋涉令我感到浑身疼痛。我给"猞猁"喂了食，然后自己喝了一点保温瓶里的可可。我吃不下黄油面包，因为实在是太累了。那天傍晚，我用井水洗了个冷水澡，然后立刻上床睡觉了。"猞猁"看起来也很疲倦，因为它一吃完东西就爬到了壁炉洞里。

第二天早晨没有前一天那样不堪忍受，因为我一睁开眼，就想起了那头奶牛。我立刻完全清醒过来了，但依然为昨天不同寻常的挣扎感到精疲力尽。于是我稍微睡了个懒觉。阳光穿过百叶窗的缝隙，落下了黄色的条状光线。

我起床后便开始工作了。狩猎小屋里有很多厨具，我选定了一个桶用于挤奶，拎着它去了牛圈。奶牛温顺地站在床前，高兴地舔着我的脸，向我打着招呼。我给它挤奶，但做得比前一天还要糟，因为我浑身都在作痛。挤奶是一项非常费力的工作，我不得不重新适应一下。但我知道正确的挤法，这在我看来才是最重要的。因为没有干草，挤完牛奶后，我把它赶到了森林草地上，让它在那里吃草。我非常清楚，它不会从我身边跑开。

然后我终于吃了早餐，是热牛奶和已经变硬的前一天的黄油面包。我清楚地记得，那一整天我都在为奶牛的事情忙碌。我尽我所能，给它整理出一个牛圈。因为没有稻草，我就把青绿的树枝铺在地上，然后用它的第一坨粪便为小屋旁边的粪堆作奠基。

这个"牛圈"很坚固，是用结实的树干制成的。屋顶下的角落里有一个小空间，后来我在那里铺满了稻草。但那时候是五月，还没有稻草，一直到秋天我都不得不使用刚采摘的新鲜枝叶。

当然，我也思考了这头奶牛的事情。如果我特别幸运的话，它有可能正怀着一头小牛。但我不能依赖于这一点，只能寄希望于它可以尽可能长时间地产奶。

我依然会把我的处境设想成一种临时的状态，或者至少假装它是这样的。

我对于如何养牛没有什么经验。我见过一次小牛出生的场面，却不知道奶牛的孕期有多长。在那段时间里，我从一本农用日历上了解到了这一点，但时至今日，我依然不知道比这更多的东西，也不知道怎样才能把这些东西学会。

我曾经想过把牛圈里的小炉灶搬走，但后来发现它非常实用。如果有必要的话，我在牛圈里就可以烧一点热水。我把桌子和扶手椅都抬到了仓库里，那里已经有许多工具了。胡戈一直很注重拥有良好的工具，而那个猎人是一个诚实的正派人，会确保这些工具随时都处于可以使用的状态。我不知道胡戈为什么那么看重这些工具。他自己从来都没有碰过它们，但每次来访时，他都非常满意地打量着它们。如果这是某种怪癖，那么对我来说就是一种饱含恩赐的怪癖。因为我还活着的这个事实完全要归功于胡戈无足轻重的怪癖。善良的胡戈，上帝保佑他，他肯定还会一直坐在酒吧的桌子前，面前摆着一杯柠檬水，终于不用惧怕疾病与死亡了。现在没有任何人会在一个又一个商业会议之间追着他跑了。

当我忙于修建牛圈时，那头奶牛就在森林草地上吃草。它是一头漂亮的动物，有着柔软的骨骼，浑圆的身体呈现出灰褐色。不知为何，它给我留下的印象是相当愉快而且年轻的。它在灌木丛中吃树叶时会把头转向四下，让我想起了一个优雅俏丽的年轻女子，用湿润的褐色眼睛从肩上回望。我立刻就在心里接受了这头奶牛，能看到它真是令人愉快。

"猞猁"在我身边闲逛，有时注视着奶牛，有时在井槽里饮水，还在灌木丛中来回翻腾。它又变回那只快乐的猎犬了，似乎忘了过去几天发生的恐怖事件。它似乎已经习惯了一件事情：至少在目前的状况下，我就是它的主人。

中午我用豌豆香肠煮了汤，还打开了一罐咸牛肉。吃完饭后，某种强烈的疲惫感将我压倒了。我命令"猞猁"去照看奶牛，然后穿着衣服躺在床上，像被打了麻醉一样睡着了。

这一切发生之后，我本该睡不着觉，但我必须说，在狩猎小屋的前几个星期我都睡得特别香，直到身体适应了这些繁重的工作。失眠在很久以后才开始折磨我。

我在大约下午四点钟醒来了。奶牛已经躺下，在那里反刍着。"猞猁"坐在屋前的长椅上，睡眼惺忪地观察着奶牛。我解除了它的看守任务，它又开始了自己的户外探索。那时候，当我看不到"猞猁"时，我总是焦躁不安。后来，当我知道可以完全信赖它时，那种不安彻底消除了。

天开始变冷时，我把水放在炉灶上烧热。我迫切地需要洗个澡。

临近傍晚，我把奶牛带回牛圈里，给它挤了奶，又重新倒了一碗水放在床架上，然后让它独自过夜。洗过澡，我裹上睡袍，喝了一点热牛奶，然后坐在桌子旁边思考着。我很想知道自己心里到底有没有感受到悲伤和绝望。但我太困了，只好用手撑着头，差点坐在那里睡着了。因为无法思考，我就试着阅读胡戈的一本犯罪小说。但这似乎并不是应该做的事情。在那样的时刻，我对贩卖少女之类的事情没什么兴趣。顺便提一句，胡戈也经常在读这些冷硬派犯罪小说时，在第三页或者第四页的地方打盹儿。也许他把这些小说当作助眠工具。

我也就坚持了最多十分钟，然后毅然决然地站了起来，锁上门，关掉灯，上床睡觉。

第三天早晨，天气冰冷且阴沉，让我意识到必须为奶牛搞到一点干草。

我记得在小溪旁边的草地上看到过一座谷仓，里面可能还有一点干草。我没法使用胡戈的车，他离开时把车钥匙一起带上了。就算车钥匙还在，它对我也没有任何用处。我两个星期前才在女儿们的催促下克服了巨大的困难，在驾校结业，拿到了驾照。但无论如何我都不敢在峡谷里开车。我在仓库里发现了几只旧麻袋，便拿着它们，打算结束了牛圈里的工作就去寻找干草。

在那座谷仓里，我真的找到了一些干草，将其塞进几只绑在一起的麻袋里，拖在身后。但我很快发现，麻袋在运输过程中无法扛过碎石路面的摩擦，所以我把两只麻袋留在路边，把另外两只扛在肩上，拖着步子回到了狩猎小屋。我从仓库拿出工具，放在厨房旁边的房间里，然后回去找留在路上的麻袋，扛回来后便把里面的干草倾倒在仓库里。

下午我又出门取了两次干草，第二天又去了一次。那时还只是五月初，山里依然能感觉出明显的凉意。只要天气保持清凉，而且降雨量不多，我就可以让奶牛在森林草地上吃草。它似乎对自己的新生活感到非常满意，怀着耐心接受了我笨拙的挤奶手法。有时它会把大脑袋转向我，好像是在嘲笑我的努力，但它站在那里一动不动，从不踢我。它很友好，甚至常常有点兴致过高。

我给我的奶牛起了一个名字，叫贝拉。这个名字不适合这个地方，但很短，也很好听。奶牛很快意识到自己现在的名字是贝拉，我一叫它，它就会转过头来。我很想知道它以前叫什么：蒂德尔、格蕾特，或者可能是格劳厄？实际上，它并不需要什么名字，它是这座森林里唯一的奶牛，也许也是这个国家唯一的奶牛。

就连"猞猁"也有一个非常不合时宜的名字，这个名字证明了人们的无知。但这边山谷里的所有猎犬都会被称为"猞猁"。真正的猞猁早就灭绝了，山谷里没有人知道它们长什么样子。也许是"猞猁"的某个祖先杀死了最后一只真正的猞猁，并将它的名字作为战利品保留了下来。

阴沉的天气变成了持续的降雨，后来甚至变成了暴风雪。贝拉一直待在牛圈里，被喂食干草，我突然得到了时间和安宁用以思考。在我的，也就是胡戈的日历上，五月十日有一次标记：盘点库存。

那个五月十日是一个真正的冬日。刚刚开始融化的积雪停止了融化，而且还下了更多雪。

那天醒来时，我感觉自己完全得不到庇护，完全被遗弃了。我的肉体不再疲惫，于是思绪开始了冲击。十天过去了，我的处境没有任何变化。我一直在用工作麻痹自己，但那道墙壁依然存在，没有人来找我。我别无选择，最终只能面对现实。那时的我还没有放弃希望，远远没有。即使最终我不得不承认再也等不到救援了，这种疯狂的希望依然存在于我的心里。这是一种违背理智和信念的希望。

在那个五月十日，我已经肯定这场灾难的规模是巨大的。

一切都在证明这一点：救援人员迟迟不到，收音机里听不到人类的声音，以及我自己透过墙壁看到的那一点点东西。

直到很久以后，当几乎所有希望都在我的心里死灭时，我依然无法相信我的孩子们也可能都死掉了，死去的方式有可能就像井边的老人和屋前长椅上的女人一样。

我现在想起孩子们时，总是想起她们五岁左右的样子，好像她们在那个时候就远离了我的生活。也许所有的孩子都在这个年龄段开始离开父母的生活。他们慢慢地变成陌生人，偶尔会过来一起吃饭。但这一切都发生得无声无息，人们几乎无法察觉到。尽管某些瞬间我会意识到这种可怕的可能性，但就像其他任何母亲一样，我很快就抑制住了这个念头。因为我必须继续生活，有哪个母亲意识到这个过程后还能继续生活下去？

当我在五月十日醒来时，我想起了我的孩子们还是小女孩时的样子，她们手牵着手在操场上蹦蹦跳跳。那两个被我留在城里的半大孩子，两个不讨喜的、得不到爱的、爱争吵的孩子突然变得非常不真实。我从来没有为她们感到伤心，只为那些孩子，那些她们多年以前曾是的孩子感到伤心。这听起来可能很残酷，但我不知道我现在还应该隐瞒什么事情。我允许自己把真相写下来。那些我在一生中对之说过谎的人都已经死了。

我在床上冻得瑟瑟发抖，思考着该怎么办。我可以自杀，也可以尝试挖通那道墙壁，这可能只是一种更为费力的自杀方式。当然，我也可以留在这里，努力活下去。

我并没有那么年轻，不会认真地考虑自杀。主要是一想到"猞猁"和贝拉，我就不太想自杀了，此外，我还怀有某种好奇心。那道墙壁是一个谜，我也许永远无法摆脱这个谜，我的面前立着一道解不开的谜。多亏了胡戈的考量，我拥有了能够撑过整个夏天的储备品、一个家、足够用一辈子的木柴，还有一头奶牛。这头奶牛也是一个未解之谜，也许它会生出一头小牛。

我愿意等等看，至少看看这只小牛到底会不会到来，然后再做出进一步的决定。关于那道墙壁，我不再绞尽脑汁地思考。我猜这是某大国成功地在保密的状况下使用的一种新武器：一种理想的武器，可以让地球保持完好，只杀死人类和动物。如果人们可以使这些动物幸免于难，那当然会更好，但这肯定是不可能的。只要人类存在，他们就会相互屠杀，不会考虑动物的问题。我将它想象成某种毒物，一旦它失去了效用，人们就可以占领那片土地。从那些受害者平静的样子来看，可以认为他们没有遭受什么痛苦。整件事情在我看来，就是人类大脑所能想象出来的最人性化的恶魔行径。

我无法预料这片土地荒无人烟的状态还会保持多久，但我认为，只要它再次变得可以让人类利用，那道墙壁就会消失，胜利者将会入驻。

如今，我有时会想，这个实验——如果发生的事情可以称之为实验的话——是不是过于成功了。胜利者也让人等得太久了。

也许根本没有什么胜利者。思考这些毫无意义。也许一个科学家，一个毁灭性武器的专家，会比我了解得更多，但这对他来说也没有什么用处。就算凭借他所有的知识，他也不能比我做得更多，只能等待，努力活下去。

我用尽经验和才智做了所能做到的一切，把事情安排好。之后，我掀开被子，开始烧热壁炉，因为那天早晨很冷。"猞猁"从壁炉洞里爬出来，向我表达了安慰。然后是时候去牛圈照顾贝拉了。

早餐过后，我开始把所有储藏品都搬运到卧室里，并且列了一张清单。这份清单就放在我面前，我不想把它照抄下来，因为在这份报告中，几乎所有我拥有的东西都会被提及。我把食品从小房间搬到卧室里，因为那里即使在夏天也很阴凉。这栋房屋靠在山脚下，背面总是处在阴凉的地方。

我手头的衣服很充足，甚至用来点灯的煤油和用来烧小炉子的酒精也非常多。还有一捆蜡烛、两个手电筒以及备用电池。药箱里的药物很丰富，除了绷带和止痛药，几乎所有的药物都一应俱全。胡戈对这个药箱十分用心。我想，大多数药物早就过期了。

对生存来说，最重要的东西是一大袋土豆、大量火柴和弹药。当然还有各种各样的工具，一支步枪、一支猎枪、一个望远镜；镰刀、耙子和草叉，这些工具可以用来收割干草，以便喂我捕获的猎物；还有一小袋豆子。如果没有这些东西——这些要归功于胡戈的恐惧和偶然行为——我可能早就死了。

我发现我已经消耗了太多食物。用这些食物来喂"猞猁"尤其是一种浪费，对它的身体也不好，它需要的是鲜肉。如果非常俭省的话，面粉还可以吃上三个月，但我不能指望到了那个时候就会被人发现。总之，我不能指望自己还会被人发现。

支撑我未来生活的最大财富是土豆和豆子。无论如何，我必须找一个地方，在那里开垦出一小块田地。尤其重要的是，我不得不下定决心去获取鲜肉。我知道怎么用枪，经常射中靶子，但从未射击过活的野生动物。

后来，我在喂养猎物的地方找到了六块红色的盐矿石，便把它们保存在厨房里干燥的地方。在很长一段时间里，我只有这些粗盐。夏天，我可以用露易丝的渔具钓一些鳟鱼。我以前从未做过这种事情，但这不可能给我造成太大的困难。尽管我不喜欢屠杀活动，但如果想让自己和"猞猁"活下去，我就别无选择。

中午，我煮了牛奶粥，没有放糖。尽管我非常节俭，但八个星期后，一块糖也没有了，我以后将吃不到任何甜食。

我还决定每天给钟表上发条，每过一天就在日历上划去一天。这在那个时候对我来说似乎很重要，我几乎是在紧紧抓住身上仅存的人类秩序，不肯放手。另外，我从来不会放弃某些特定的习惯，每天都洗澡、刷牙、洗衣服，并保持房间的整洁。

我不知道自己为什么要这么做，好像有一种内心冲动在驱使着我。也许是因为我担心如果不这样做的话，自己就会慢慢变得不再是人类，很快就变得肮脏、恶臭，发出难以理解的声音。我并不害怕变成动物，这没有那么糟糕，但人类永远不会变成动物，而是会掠过动物的阶段，直接坠入深渊。我不希望这种事情发生在自己身上。近一段时间里，我最惧怕的恰恰就是这种事情，恐惧驱使我书写这份报告。当我写完这份报告时，我就会把它藏起来，再把它忘掉。我不希望自己有一天可能会变成一个古怪的东西，然后发现这份报告。我会不惜一切代价避免这种转变的发生，但是我并没有足够的自信心，不足以坚信之前发生在许多人身上的事情不会发生在自己身上。

今天的我已经不再是曾经的那个人了。我怎么知道要往哪个方向走呢？也许我已经离自己太远了，甚至都没有注意到这件事。

现在回想起墙壁进入我的生活之前我曾是的那个女人，我在她身上认不出自己了。但是，那个在五月十日的日历上写下"盘点库存"笔记的女人在我的眼里也变得很陌生。她留下一些笔记是非常理智的做法，这样我就可以在记忆里再次唤醒她。我突然注意到，我没有写下我的名字。我几乎已经忘了我的名字，在这种情况下，事情也应该是这样。没有人会叫我的名字，所以它已经不存在了。我也不希望这个名字有一天会出现在胜利者的杂志上。很难想象，世界的某个地方依然有杂志存在。但为什么就没有呢？如果这场灾难发生在俾路支，那么我们就会完全无动于衷地坐在咖啡馆里，在报纸上阅读相关消息。今天，我们这里就是俾路支，一个非常遥远、陌生的国家，人们几乎不知道它在哪里，生活于其中的人也许根本不是真正的人类，没有进化完全，对痛苦不是那么敏感，那些只不过是外国报纸上的数据和数字。没有什么理由可以打破平静的生活。我记得非常清楚，大多数人的想象力是多么贫瘠。这可能对他们来说是一种幸运。想象力使人们变得过于敏感，太容易受伤，太容易信任别人。也许想象力实际上是一种退化的迹象。我从来都不责怪那些缺乏想象力的人，有时我甚至羡慕他们。他们的生活比其他人的更轻松、更愉快一些。

其实这些东西都不属于我的报告内容。但我有时候会难以避免地思考一些对自己来说没有什么意义的事情。我是如此孤独，无法避免毫无结果的思考。而且自从"猞猁"死后，情况就变得更糟糕了。

我会尽量避免经常偏离日历上的笔记。

五月十六日，我终于找到了一块可以种土豆的地方。我花了好几天的时间和"猞猁"一起寻找。田地不应该离小屋太远，不应该在背阴处，最重要的是，要有肥沃的土壤。最后一项要求几乎是不可能满足的。

这里的腐殖质只有石灰岩上薄薄的一层覆盖土。我几乎要放弃对土质的要求了，直到我在向阳面的一小块空地上找到了合适的地方。这块空地几乎是平坦的，而且干燥，四周都被森林保护着，那里有真正的土壤。那是一种非常奇特的轻质的土壤，黑色，中间散布着微小的煤炭颗粒。很久以前，这里一定有过一个炼煤厂，而现在，森林里已经没有煤炉了。

我不知道土豆是否喜欢被煤烟熏透的土壤，但还是决定把它们种在这里，因为我知道，在其他地方找不到这么深厚的土层了。

我从小屋里拿出了铁锹和鹤嘴锄，立刻就去开垦土地。这没有那么容易，因为土地上面还长着一些灌木，还有一种非常坚韧的草本植物，长着长长的根须。这项工作持续了四天，使我感到过度劳累。做完以后，我休息了一整天，然后马上去种土豆。我还隐约记得种土豆时要把土豆切开，而且要确保每一块上面都至少有一个芽眼。

我把土堆了起来，然后回家了。我现在能做的只剩等待和希望。

我在猎人住的小屋里发现了一大块鹿油，便用鹿油涂抹自己酸痛的手。当我刚刚恢复过来时，我就开始在牛圈旁边开垦田地，把豆子种到了地里。豆子只够种满一个小小的菜园，我不知道它们会不会发芽。它们可能已经太老了，或者是经过了什么化学处理。无论如何，我不得不试一试。

就在这期间，天气有所好转，阳光与阵雨交替出现。甚至有一场轻微的雷雨，森林变成了一个绿色的、冒着热气的大锅。雷雨过后，我觉得值得记录一下，天气有了夏日的温暖，森林草地上的青草变得高大而茂盛。这是一种异常坚硬、像荆棘一样扎人的草，草叶很长，我觉得它不太适合充当牲畜的饲料。但贝拉似乎很满意。它每天都在草地上度过，我觉得它好像变得更圆润了。为了安全起见，我把谷仓里最后一点干草都运了回来，这样，即使是在突然出现恶劣天气的情况下，它也有干草吃。每隔一天，我就为贝拉的住所砍一些铺地板的新鲜树枝。我希望我的奶牛能够在干净有序的环境中茁壮成长。照顾贝拉对我来说是一项繁重的工作。现在我和"猞猁"有足够的牛奶喝，但就算贝拉不再产奶，我也不可能不像现在这样好好照顾它。很快，它对我来说已经不再是为了自己的利益才饲养的奶牛。也许这种态度并不理智，但我不可以也不想压制这种态度。我现在只有这两只动物了，我开始觉得自己是我们这个奇特家庭的一家之主。

在雷雨过后的第二天，也就是五月三十日，下了一整天雨，那是一场温暖的、有利于耕种的雨，如果我不想在几分钟内被淋得湿透，就不得不待在小屋里。傍晚时，天气变得异常凉爽，我点燃了壁炉。在牛圈里干完活儿并且洗漱后，我穿上睡袍，准备在灯光下多读一会儿。我发现了一本供农民使用的日历，觉得它值得一读。里面包含了许多关于菜园耕种和饲养牲畜的知识，而我正急需这些知识。"猞猁"躺在壁炉洞里，在温暖的室内舒服地呼噜着，我则喝着苦涩的茶，听着雨水均匀的响声。突然，我好像听到了孩子的哭叫声。我知道这只可能是幻觉，于是继续把注意力集中到日历上，但之后"猞猁"也抬起头聆听着，一声微弱、悲伤的哀鸣又传来了。

一只猫就在那天晚上来到了我的房子。它像一个湿透了的灰色包裹，蹲在门前呻吟着。

后来，在小屋里，它惊恐地用爪子抓住我的睡袍，冲着吠叫的"猞猁"发出愤怒的嘶嘶声。

我大声呵斥猎犬，它不情愿地爬回了壁炉洞，难过地蜷缩在里面。我把猫放在桌子上时，它还在对"猞猁"发出嘶嘶声。它是一只瘦小的、灰黑色带条纹的农家小猫，全身湿透，看上去非常饥饿，但依然准备好用爪子和牙齿来保护自己。直到我把"猞猁"赶到卧室里，猫才平静了下来。

我给它喝了热牛奶，吃了一点肉，它匆匆忙忙地吞下了我摆在它面前的所有东西，一边吃一边环顾四下。然后它接受了我的爱抚，从桌子上跳下来，穿过房间，平滑地跳到了我的床上。它在那里坐下来，开始舔舐自己。它的皮毛变干以后，我发现它是一只美丽的动物，体形不大，但模样标致。它最美丽的地方就是眼睛，又大又圆，呈现出琥珀的金黄色。它可能是井边那个老人的猫，是在结束了夜间的狩猎，走回家的路上撞到了那道墙壁。它已经四处游荡了四个星期，也许早在它鼓起勇气靠近这栋小屋之前，它就一直在观察着我。这里诱人的温暖和灯光，也许还有牛奶的味道，战胜了它心里的怀疑。

"猞猁"在被关禁闭的房间里哀叫着，我抓住它的项圈把它牵了出来，给它看了看那只猫，我先抚摸它，然后抚摸猫，把猫作为家里的新成员介绍给它。"猞猁"表现得非常通情达理，似乎明白了是怎么回事。但那只猫保持了好几天的敌意，一直躲避"猞猁"。它可能有过某种不好的经历，当"猞猁"好奇地靠近它时，它会发出愤怒的嘶嘶声。

晚上，那只猫睡在我的床上，依偎着我的腿。我并不觉得这样很舒服，但是随着时间的推移，我就习惯了。那只猫早晨会跑开，直到黄昏才回来，吃饭、喝奶，在我的床上睡觉。这样大概保持了五六天。然后它就和我一直待在一起，从此以后表现得像一只真正的家猫了。

"猞猁"并没有放弃接近那猫的努力，它本来就是一只非常好奇的猎犬。最终这只猫克服了恐惧，停止了嘶叫，甚至允许自己被"猞猁"闻嗅。然而，它对此似乎不太舒服。它非常紧张和多疑，听到任何声响都会耸起肩来，大部分时间都处在准备逃跑的紧张状态。

它花了几个星期才平静下来，不再害怕我会把它一脚踢走。奇怪的是，它放下对"猞猁"的怀疑比放下对我的怀疑要早一些。显然，它觉得"猞猁"是不会突然产生什么恶意的，便开始像一个情绪化的妻子对待自己笨拙的丈夫那样对待"猞猁"。有时它会冲"猞猁"嘶叫，会打"猞猁"，当"猞猁"退缩时，它就再次靠近，甚至会在"猞猁"身边睡着。

它在过去与人类相处的经历一定非常糟糕，而且我也知道，乡下的猫经常会遭受很差的对待，所以我并不感到惊讶。我对它一直都表现得友善，慢慢地靠近它，而且在这个过程中会和它讲话。六月底，当它第一次从桌子上站起来，跃过桌子走向我，用小脑袋蹭了蹭我的额头时，我觉得这是巨大的进展。从那时起，我们之间的坚冰就被打破了。虽然它并没有对我表现出过多的柔情，但它似乎已经做好了准备，要忘记自己在人类那里受过的伤害。

即使是现在，有时如果我的动作太突然，它仍会感到害怕，或者逃到门口。这一点让我很受伤，但谁知道呢，也许这只猫比我更了解我自己，它可能预感到了我有能力做出什么事情。当我写这些文字时，它正躺在我的桌子上，金黄色的大眼睛越过我的肩头，注视着墙壁上的一个地方。我已经转过身来看了三次，但除了古老的深色木头，什么也看不到。有时它会盯着我看上很长时间，但从来没有像盯着墙壁的时间一样长，过了一段时间，它开始变得不安，便把头转过去，或者紧闭眼睛。

我注视"猞猁"很长一段时间后，它也会把目光转开。我并不觉得人类的眼睛有催眠的作用，但我可以想象它们太大、太亮了，会令小动物感到不舒服。我自己也不想被一双大眼睛盯着看。

"猞猁"死后，猫变得越来越亲近我。也许它意识到我们只能依赖彼此了，但它曾经嫉妒"猞猁"，只是一直没有表现出来。事实上，不是它更依赖我，而是我更依赖它。我可以和它说话，抚摸它，让它身体的温暖透过手掌渗入我的内心，并因此得到安慰。我认为这只猫并不像我需要它那样需要我。

随着时间的推移，"猞猁"对它产生了一定的喜爱之情。对"猞猁"来说，它是我们的家庭或社群成员，为了保护它，"猞猁"会攻击任何进攻者。

所以我们四个在一起，牛、猫、"猞猁"和我。"猞猁"和我是最为亲近的，它很快就不仅是我的猎犬，而且是我的朋友——我在这个充满辛劳和孤独的世界里唯一的朋友。"猞猁"能够理解我所说的一切，无论我是悲伤还是快乐，它都能感受出来，并试图用它简单的方式来安慰我。

猫就完全不一样，它是一只勇敢而顽强的动物，我尊敬它，钦佩它，所以始终让它保留着自己的自由。它对我一点兴趣也没有。当然，"猞猁"别无选择，它必须依赖一个主人。没有主人的猎犬是世界上最可怜的生物，即使是最邪恶的人也能让他的猎犬感到欣喜。

猫很快开始对我提出某些要求。它想要随心所欲地来来去去，即使是在夜间。我能理解这一点，但因为天气寒冷，我不得不把窗户关上，所以我就在柜子后面的墙壁上凿了一个小洞。这是一项非常费时的工作，但是值得，因为这样我在夜里就拥有了安宁。冬天时，柜子可以阻挡冷空气。夏天时，我当然就把窗户打开，但猫还是会使用自己那个小小的出口。它过着非常规律的生活，白天睡觉，傍晚离开，直到第二天早晨才回来，在我的床上暖暖身体。

我可以在它那双大眼睛里看到自己的脸，微小而扭曲。我和它说话时，它开始习惯做出回应。今晚不要走开，我说，森林里有猫头鹰和狐狸，留在我身边的话，你就会又暖和又安全。它便发出呃、呃、呼呼的声音。这可能意味着，我们走着瞧，人类女士，我可不想委身在你身边。然后它立刻站了起来，拱了拱背，伸展两次身体，从桌子上跳下来，无声地潜入黄昏的微光。然后我会轻松地入睡，在云杉树的窸窣声和井水的飞溅声中入睡。

第二天清早，当那个熟悉的小身体紧紧地贴在我腿边时，我甚至还会睡得更沉一点，但不会睡得太沉，因为我必须保持警惕。

可能会有一个看起来像人的东西从窗户里溜进来，背后藏着一把斧头。

我的枪就挂在床边，而且上了膛。我必须仔细聆听，判断是否有脚步声靠近这栋房子，或者牛圈。最近，我一直在考虑重新收拾卧室，好在这里给贝拉建一个牛圈。做这件事情有许多反对的理由，但能够听到它在门外的声音，知道它就在很近的地方，还保持着安全状态，会让我感到非常平静。当然，我需要在房间的墙上凿一道通向外面的门，还得拆掉地板，修建一条排水沟。我可以把这条排水沟一直引到房子后面的污水池。唯一让我担心的是门。要凿出一道门的话需要费很大的力气，而且随后还得正确地装上一扇门，我不认为自己可以完成这件事。每天晚上，我躺在床上时都会思考凿门的事，有时会因为自己的笨拙和无能而哭泣。尽管如此，在我对这件事思考了很久之后，我觉得自己还是可以把门凿出来的。到了冬天，贝拉将在厨房旁边感到很暖和，它还可以听到我的声音。只要天冷而且下雪，我就没办法做任何事情，只能思考这件事。

在那个六月，贝拉的牛圈给我带来了新的任务。小房间里的木地板被牛尿浸透了，开始腐烂和发臭。不能再这样下去了。我拆掉了两块木板，然后挖了一条排水沟，这样尿液就可以从里面排出来了。小屋有一点倾斜，尿液可以顺着一直延伸到小溪边的斜坡排出去。多年来，房屋的地基一定沉降了一点，这对我的工作非常有利。通过吸水的石灰岩土壤，一切都可以畅通无阻地排出去，渗到土壤里。

夏天，牛圈后面闻起来有点臭，但我从来不去那里。至少现在的牛圈是整洁且干燥的。牛圈后面的斜坡一直是一个特别阴暗、几乎令人不安的地方，总是处在阴影里，生长着浓密的云杉树，非常潮湿。那里长着白色的蘑菇，闻起来总是有点霉味。牛的排泄物可能会渗入溪水里，这一点并不令我感到困扰。因为井水来自狩猎小屋上方的一处水源，水质清澈而冰凉，是我喝过的最好的水。

我突然意识到，我从未在日历上记录过猎杀动物的日期。回想起来，我很反感把这件事情记录下来，不得不进行狩猎就已经够了。即使是现在，关于这件事我也不想写太多，只想说，在经历了几次失败之后，我成功地为我们提供了足够的鲜肉，而且没有消耗掉太多的弹药。尽管我是一个在城里长大的孩子，但我母亲来自乡村，就在我现在居住的这一带。她和露易丝的母亲是姐妹，我们总是一起在乡下过暑假。当时去里维埃拉度假还不流行。虽然我在乡村度过的暑假就像在玩游戏一样，但我听过、见过的很多事情依然留在记忆里，给我现在的生活提供了帮助。至少我对乡村不是一无所知。甚至在小时候，我就开始和露易丝一起练习射击了。我甚至做得比露易丝还要好，但反倒是露易丝成了一个满怀激情的猎人。在这里的第一个夏天，我捕到了许多鳟鱼。杀鱼对我来说就轻松多了。我不知道为什么；现在看来，我射杀鹿时总是觉得这是特别值得谴责的，几乎像是一种背叛。我永远也不会习惯这种行为。

　　储藏品消耗得太快了，我不得不极度节省。我特别想念水果、蔬菜、糖和面包。我尽可能用荨麻菜、生菜和幼嫩的云杉针叶来帮助自己渡过难关。后来，当我满怀期待地等待土豆的收获时，我就像怀孕时一样嘴馋。我想象着美好而丰盛的饮食，这些东西甚至出现在了我的梦境里。幸好这种状态没有持续太久。我在战争时期起就经历过这种感觉，但我已经忘记了依赖于无法满足的身体是一件多么可怕的事情。当第一批土豆长出来时，我狂野的饥饿感突然消失了，我开始忘记水果、巧克力和冰咖啡的味道。我甚至不再想念现烤面包的味道。但我永远无法完全忘记面包。时至今日，对面包的渴望偶尔还会袭击我。黑面包对我来说已经是一种难以想象的珍馐。

回想起那个夏天，我觉得充满劳累和苦恼。我只是勉强才完成了必须做的工作。因为不习惯如此繁重的劳作，我总是感觉精疲力尽。我不会进行正确的工作安排，总是进行得太快或太慢，在经历了许多挫折之后，我才开始学会正确地进行每一项工作。我变得瘦弱无力，甚至光是牛圈里的活儿对我来说都太繁重了。我不知道自己是怎么熬过那段时间的。我真的不知道；可能是因为我下定决心要做到，也因为我必须照顾这三只动物。持续的过度劳累使我很快觉得自己就像可怜的胡戈，一坐在长椅上就睡着了。除此以外，我白天和晚上都在幻想好吃的东西，但等到吃饭时，却几乎吃不下几口。我想，那段时间里我只是依靠贝拉的牛奶活着。牛奶是唯一不让我反感的东西。

绝大多数时间我都深陷在辛苦的工作中，以至于无法清楚地对自己的处境进行全方面的审视。因为我决心坚持下去，所以就坚持了下来，但我已经忘记了为什么坚持下来是一件很重要的事情，我只是活了一天又一天。我不记得那段时间我是不是经常去峡谷里，也许并没有。我只记得有一次，六月底，我到溪边草地上寻找草叶，途中透过那道墙壁张望了一下。井边的男人已经倒了，现在仰卧在地上，膝盖微微曲起，掬水动作的手依然朝着脸的方向。一定是一场暴风雨把他吹倒了。他看起来不像尸体，更像是从庞贝古城里挖掘出来的物品。当我站在那里，凝视着那件石化的东西时，我看到有两只鸟躺在墙对面的灌木丛下高高的草地上。它们也一定是被风从灌木丛上吹下来的。它们看起来很漂亮，就像上色精美的玩具，眼睛像抛光的石头一样闪闪发亮，羽毛的颜色也没有褪色。它们看起来不像是已经死了的，而更像是从来都没有活过的东西，完全属于无机物。但它们的确曾经活过，温暖的呼吸曾经计纤细的喉咙动起来过。和我形影不离的"猞猁"转过身，用鼻子顶了顶我。它想让我继续走。它比我更理智，所以我就让它带着我离开了那些石化的东西。

当我后来不得不去那片草地时，我在大多数情况下都会避免透过那道墙壁张望。墙壁附近的植被在第一个夏天几乎已经完全长大了。我插在那里的一些榛树枝奇迹般地扎下了根，墙边很快就长出一道碧绿色的篱笆。石丁香、相思树和一种高大的黄色植物的花朵在溪边草地上盛开着。与峡谷相比，这片草地显得明朗而欢快，但因为它与墙壁相接，我没办法和它成为朋友。

由于有贝拉在，我被束缚在了狩猎小屋附近，但我还是想要稍微探索一下附近的地方。我记得有条路通往一个更高处的狩猎小屋，从那里可以下到对面的山谷里。我想去那里。因为不能长时间地让奶牛自己待着，我决定在夜间出发。那天恰好是满月，天气清朗而温暖。我在深夜给贝拉挤了奶，把干草和水留在牛圈里，把牛奶放在炉灶前面给猫喝。在第一缕月光下，大约十一点钟时，我带着"猞猁"出发了。我携带了一些干粮，还有步枪和望远镜。尽管这些东西让我感到不堪重负，但我不敢手无寸铁地上路。"猞猁"对这次深夜散步感到兴奋，表现得非常快乐。我首先登上了狩猎小屋上面的山坡，那里还属于胡戈的领地。小路保存得非常完好，月亮的光芒也足够明亮。我从来没有在夜晚的森林里感到过恐惧，而我在城里却总是提心吊胆。我不知道为什么会这样，可能是因为我从没想过能在森林里遇见人。我爬了将近三个小时的山路。当我从树林的阴影里走出来时，一小片空地和其中的小屋在皎洁的月光中出现在我面前。我想回来时再搜查小屋，就坐在小屋前面的长椅上休息了一会儿，喝了点保温瓶里的茶。这里要比山谷盆地里凉快许多，但也许这种印象只是那皎洁而冰冷的月光造成的。

　　近一段时间以来，所有沉闷的沮丧都从我身上悄悄地飘走了，让我感到轻松和自由。如果我曾经感受过平静，那就是在那个六月的夜间，在月光照耀的林中空地上。"猞猁"紧靠着我坐着，平静而专注地注视着墨黑的森林。我觉得很难再站起来继续走下去。我穿过被露水打湿的草地，再次潜入树木的阴影中。有时候，黑暗中会传来沙沙的响动，可能是有一群小动物正在活动。"猞猁"无声地紧紧跟在我身边，也许它以为这是一场夜间的狩猎。我沿着小路在森林里穿行了半个小时，不得不慢慢走，因为落在小路上的月光非常微弱。一只猫头鹰叫了起来，它的叫声听起来并不比任何其他动物的叫声更可怕。我发现自己表现得特别谨慎和平静。我别无选择，某种东西正在迫使我这么做。当我终于走出森林时，第一道晨光已经破晓。它朦胧的光芒与正在消逝的月光混淆在一起。登山小路现在穿过一片落叶松与杜鹃花，在熹微的晨光中，它们看起来就像大大小小的苍灰色块状物。有时候，我的脚会踩到一块松动的石头，然后它就会从山坡上滚落到山谷里。到达最高点后，我就坐在一块小岩石上等待着。大约在五点半，太阳升了起来。一阵清新的风吹了起来，拂过我的发丝。灰粉色的天空转为橙色与火红色。这是我第一次在山里看日出。只有"猞猁"坐在我身边，和我一样凝视着光芒。它费了很大的力气，才没有发出高兴的吠叫声，我可以从它耳朵的抖动和背部肌肉波纹般的运动中看出这一点。突然，四周变亮了。我站起来，开始下山，进入山谷。这是一个长长的、林木茂密的山谷。通过望远镜，除了树木什么也看不到。对面有一道逐渐升高的山脊挡住了我的视线。这很令人失望，因为我原本希望从这里至少能看到一个村落。我现在知道，如果想要开阔的视野，那么我必须继续穿过那些落叶松。那边有一处高山牧场，从那里才能看得更远。但我不能马上就去到那个山谷和牧场，所以我决定先探查一下这座山谷。这对我来说似乎更为重要。也许我依然愚蠢地希望，不会在下面发现墙壁的存在。恐怕就是这样，我害怕墙壁依然存在，不然我也不会走这一趟。我现在进入了邻居的领地，据我记得，这个地区租给了一个富有的外国人，他每年只会在鹿群交配期来一次。也许这就是道路状况不佳的原因；到处都能看到春雪融化之后侵蚀路面的痕迹。在胡戈的领地里，这种损坏一经发现就会立即得到修复。而这条路的有些地方几乎像河床一样。这里没有峡谷。小溪两侧是林木繁茂的山坡。总体来说，这座山谷显露出了比我的山谷更友善的面孔。我写的是"我的山谷"。如果真的有一个新的征服者，那么他也还没和我进行接触。如果这条道路没有那么破败，我会把这次远足仅仅当作散步。我越是接近山谷底部，越是小心翼翼。我把登山杖伸到前面探路，确保"猞猁"能够很顺利地走过去。看起来，它似乎没有被任何不好的预感或者记忆所困扰，在我身边快乐地小跑着。当登山杖碰到那道墙壁时，我依然在森林里。我非常失望。我所看到的只有森林和一小段路。这里的墙壁距离最近的房子比那边的墙壁更远。连那栋大型的狩猎屋舍——建于两年前，据说配备了一切豪华设施——到现在都不见踪影。

突然，我感到非常疲惫，几乎是精疲力尽。一想到还要走上很长一段回程，我就几乎要瘫倒在地。我慢慢往回走了一段路，来到一栋伐木工人的小屋，我之前没有注意到它。它的位置在一个紧贴着山体的洼地里，入口处长满了荆棘。在小屋里，除了一只锡碗和一块被老鼠咬过的发霉的肥肉以外，什么也没有。我在粗糙的桌子旁边坐下，把我带的干粮拿出来。"猞猁"去小溪那里饮水了。我可以透过敞开的大门看到它，这让我稍微平静了一点。我喝了保温瓶里的茶，吃了一点米布丁，之后也给"猞猁"吃了一点。这里的寂静和笼罩在屋顶上的阳光诱发了我的睡意。但我害怕这里的稻草床垫里有跳蚤，此外，只睡上一小觉会让我感觉更加疲惫。最好还是不要屈从于这种欲望。所以我把行李收拾好，离开了小屋。

昨天夜间和今天清早的好兴致已经消散殆尽，厚重的登山鞋让我的双脚酸痛。太阳烤着我的头顶，就连"猞猁"看起来也非常疲惫，不再做出什么让我振作起来的举动。往上攀登的道路并不算陡峭，但非常漫长和乏味。也许只是在我心情压抑的状况下它才显得如此乏味。我一路上跌跌撞撞，没怎么注意周围的环境，而是沉陷在忧愁的思绪中。

现在，我已经探索完了不用离开几天就能到达的地方。我依然可以登上那座高山牧场，俯瞰周围的景色，但我不敢再次进入狭长的山脉。如果那边没有墙壁，那么人们肯定会发现我的。是的，我不得不这么告诉自己，如果是这样的话，他们早就应该发现我了。我可以平静地待在家里等着。但我一次又一次地觉得，我得做点什么来应对这种不确定性。我现在什么都做不了，只能等待，这是我一向特别厌恶的状态。我之前太经常、太长久地等待过那些从未到来或是太晚到来的人或事，以至于它们对我来说已经毫无意义。

在漫长的回程中，我想起了我以前的生活，发现它在各个方面都有着不足。我几乎没有得到我想要的任何东西，而已经得到的我都不是那么想要了。也许我的人类同胞经历过相同的事情。这些是我们还会互相交谈时从不谈论的事情。

我不相信我还有机会再和其他人谈论这些事情。所以我只能靠猜测。当时，在返回山谷的路上，我还没有清楚地意识到，我过去的生活就这样戛然而止了，也就是说，我很可能已经知道了这件事情，但只是我的头脑知道了，我的心里并不相信这一点。只有对一件事情的认知在全身慢慢地传播开来时，人们才能真正地理解这件事。我也知道，有朝一日我肯定会像所有生物一样死去，但我的手、脚及内脏还不知道这件事，这就是为什么死亡在我看来是如此不真实。自从六月的那一天起，时间已经流逝了很久，我逐渐开始理解，我再也回不去了。

下午一点左右，我回到了那条穿过落叶松的小路上，在一块石头上休息了一下。森林在正午的阳光下雾气腾腾的，落叶松向我散发着温暖的香气。在这一刻我才注意到，杜鹃花正在盛开。它们像鲜红的缎带一样翻山越岭。现在比在月夜里要沉寂许多，好像这座森林在金黄色的阳光下睡着了。一只猎鹰在蓝色高空中盘旋着；"猞猁"在睡觉，耳朵抽动着；巨大的寂静像钟罩一样笼罩着我。我希望可以永远坐在这里，感受阳光、温暖，脚边是一只猎犬，头顶是一只盘旋的猎鹰。我早已停止了思考，好像忧虑和记忆都与我分离了开来。当我不得不继续行进时，我感到深深的遗憾。在返回的路上，我又慢慢地变成了唯一一个不属于这里的生物，一个被混乱的思想紧紧钳制住，用笨重的鞋子踩弯树枝，参与血腥的狩猎行当的人类。

后来，当我到达高处那栋狩猎小屋时，我又变回了旧日的自己，急切地想在小屋里找到一些有用的东西。几个小时以来，我心中依然残留一丝微弱的遗憾。

　　我清楚地记得那次远足，也许因为那是我几个月单调工作中的第一次远足，它就像一座突起的高峰，使我暂时摆脱了日常的劳苦。此外，从那以后我就没有走过那条路。我一直都想再走一次，但并没有这样做，自从失去"猞猁"后，我再也不敢进行长途远足。我再也不会在正午的阳光下，坐在杜鹃花的旁边，聆听那巨大的寂静。

　　小屋的钥匙挂在一块松动的瓦片下面的钉子上，不难找到。我立刻到小屋里进行搜查。当然，它比我的狩猎小屋要小得多，只有一间厨房和一间小卧室。我找到了几条毯子、一块帆布和两只坚硬的楔形枕头。我不需要枕头和毯子。帆布是防水的，我把它带上了。我在这里没有找到任何衣物。在厨房炉灶上方的一个小橱柜里，有面粉、猪油、烤面包干、茶叶、盐、鸡蛋粉，还有一小袋李子干，那个猎人一定是把它们当成了灵丹妙药，因为我记得他一直在嚼李子干。此外，我还在桌子抽屉里发现了一副很脏的塔罗牌。虽然我只看过别人玩塔罗牌，但是因为我很喜欢纸牌，所以把它们也带上了。后来我用这副牌发明了一种新的游戏，一种适合一个孤独的女人的游戏。许多晚上我都是靠摆弄这副旧塔罗牌度过的。上面的角色对我来说是那么亲近，好像我早就认识他们了。我给他们起了名字，并且偏爱其中几个。我和他们的关系变得亲密，就像把狄更斯小说中的人物读了二十遍一样。如今我不再玩这个游戏了。一张卡片被"老虎"，也就是那只猫的儿子吃掉了，还有一张被"猞猁"用耳朵扫到了水盆里。我不想经常看到它们，因为一看到它们就会想起"猞猁"和"老虎"。但狩猎小屋里还有什么东西不会让我想起它们吗？

　　我在山上的狩猎小屋里还找到了一个旧闹钟，它对我来说依然很实用。尽管我自己有一个小闹钟和一块手表，但闹钟很快就被摔坏了，而手表从来就没有显示过准确的时间。如今，我只有从那栋狩猎小屋拿来的旧闹钟，但它也早就停摆了。我只能依靠太阳计算时间，如果没有太阳，我就按照乌鸦的到来和离去计算时间，还依靠各种其他迹象。既然现在已经没有人类了，我很想知道准确的钟点是否依然存在。有时我会想起，在过去，准时出现是多么重要，绝不能迟到五分钟。我认识的许多人似乎都把手表视为小偶像，我在过去也一直认为这是非常合理的。如果人们已经生活在奴役社会中，那么遵守规则，不去违抗主人就是很好的做法。我不喜欢有人给我报时，人造时间被人造时钟的嘀嗒声所切割，这常常让我陷入麻烦。我一直都不喜欢戴手表，我的每一块手表都会在戴了一段时间以后神秘地坏掉，或者消失。我甚至都不知道我是怎么如此系统地毁掉所有手表的。当然，现在我已经知道这一切是怎么回事。我有这么多时间用来思考，随着时间的流逝，我会了解自己的所有方面。

　　我可以承担这种活动，这对我来说没有任何影响。即便我在突然之间得到了最令人兴奋的认识，这对我来说也不会有任何意义了。我依然不得不每天清理两次牛圈，砍木头，去峡谷里拖干草回来。我的头脑是自由的，它可以胡思乱想，只要不抛弃理智就行，我和这些动物们需要能够让我们生存下去的理智。

在山上的小屋里，厨房桌子上放着两份四月十一日的报纸、一张填写完整的字谜、半盒廉价的香烟、一个打火机、一卷麻线、六颗裤扣和两根针。这就是那个猎人在森林里留下的最后踪迹了。事实上，我原本应该放一场大火，烧掉他的所有物品。那个猎人是一个正派、善良的人，而他再也不会回来了。我一直都没有怎么关注他。他是一个看起来很愁闷的中年人，不留胡须，瘦骨嶙峋，对一个猎人来说，皮肤过于白皙。他身上最引人注目的是那双明亮的、蓝绿色的眼睛，它们特别锐利，而这个谦虚的男人对自己的眼睛似乎很自信，他每次拿起望远镜时都流露出轻蔑的微笑。这就是我对那个猎人的全部了解了，此外就是，他非常尽职尽责，喜欢吃李子干，还是个驯狗专家。在最初的那段时间里，我有时会想到他。很有可能胡戈每次来这里都会带上他。也许有他陪伴的话，我在过去的几年里会过得更轻松一些。然而现在，我已经不那么确信了。谁知道被拘禁在这里会对这个不太起眼的人造成什么影响。无论如何，他比我强壮，我会依赖于他。也许今天他会懒洋洋地躺在小屋里，指使我工作。能够把工作移交给其他人，这对每个人来说都是一种巨大的诱惑。为什么一个不害怕批评的人还要工作呢？不，最好是让我独自一个人待着。如果和一个更弱小的同伴在一起，这对我来说也没有什么好处，我会让他成为一个阴影，让他死掉。我就是这样的一个人，就连森林也没有改变我。也许只有动物才能够忍受我。如果胡戈和露易丝也留在了森林里，那么久而久之，我们之间肯定会产生无休无止的冲突。我看不到任何能让我们的相处变得愉快的因素。

思考这些也没有什么意义。露易丝、胡戈和那个猎人都已经不复存在了，实际上，我也不希望他们能够回来。我已经不再是两年前的那个人了。如果能有一个陪伴的人，我希望是一个有点上了年纪的女人，一个聪颖能干、诙谐幽默的上了年纪的女人，因为我有时会被这样的人逗笑。因为我现在很少能笑得出来了。但她很可能会先于我死去，而我又会变成孤身一人。这比从未认识她还要糟糕。那样的话，笑声的代价就太大了。而且我一定还会回忆起这个女人，这对我来说就太艰难了。我现在只有一层薄薄的皮肤覆盖着自己堆积如山的回忆。我不想再承受更多。如果这层皮肤破裂了，那么我该怎么办？

如果我把头脑里闪现出来的每一个想法都记录下来，那么我将永远也不会完成这份报告。但现在，我已经丧失了继续报告这次远足的兴致了。我也记不起自己是怎么回到山下小屋里的。无论如何，我带着一个装得满满的背包回来了，给贝拉挤了奶，然后立刻就上床睡觉了。

第二天，正如我在日历上记录的，牙痛开始了。牙齿的疼痛非常厉害，所以我对日历上的记录并不感到奇怪。从来没有一颗牙让我这么痛过。我从未想过牙的事情，可能是因为我清楚地知道这不是什么大问题。这是一颗蛀牙，已经加入了补牙的填充物，牙医告诉我三天后返回复诊。然后三天就变成了三个月。我用掉了许多胡戈的止痛药。第三天，我感到昏昏沉沉，只有付出极大的努力才能完成必要的劳作。有时，我觉得我快要发疯了，这颗牙好像长着细长的根须，正在穿透我的大脑。第四天，那些止痛药完全失去了效用，我坐在桌边，用手臂抱着头，聆听着大脑里狂怒的排山倒海。"猞猁"趴在我身边的长椅上，情绪低落，但我没办法对它说上一句好话。我一整夜都坐在桌子旁边，因为躺在床上会使疼痛加剧。第五天，牙齿那里长了一处溃疡，在绝望和愤怒之下，我用胡戈的剃须刀割开了牙龈，伤口的疼痛几乎是令人舒适的，因为这种疼痛一度消除了另一种疼痛。那里流出了许多脓液，我变得如此衰弱，呻吟着，尖叫着，觉得自己要晕过去了。

但我没有晕过去。我从来没有晕倒过。最终，当我还能思考时，我颤抖着站了起来，清洗掉了脸上的鲜血、脓液和眼泪，然后躺到了床上。接下来的几个小时充满了纯粹的幸福。就这样，我开着小屋的门睡着了，一直睡到了晚上，直到"猞猁"把我叫醒。于是我站了起来，整个人仍然摇摇晃晃的。我把贝拉赶进了牛圈，给它喂了食，挤了牛奶，一切都进行得缓慢而谨慎，因为我只要加快动作，就会感到晕眩。之后，我喝了一点牛奶，给"猞猁"喂了食，然后就坐在桌子旁边睡着了。从那时起，那个脓疮偶尔会出现积液，然后破裂，并再次愈合。但这已经不再令我觉得痛苦了。我不知道这种情况还会持续多久。对我来说，配一副假牙是关乎性命的事情，但我的嘴里依然有二十六颗自己的牙齿，包括那些很久以前就已经不太好用，但出于虚荣心而镶上牙冠的牙齿。有时，当我在凌晨三点醒来时，一想到这二十六颗牙齿，冰冷的绝望情绪就笼罩了我。它们像定时炸弹一样牢牢地固定在我的下腭上，我想我永远也没有能力给自己拔牙。当痛苦袭来时，我只能忍受。如果我在森林里经过这么多年无休无止的努力，最终却不得不死于蛀牙，那真是太可笑了。

在这段牙痛的病史之后，我恢复得非常缓慢。我想这是因为服用了太多止痛药。我在射杀下一头雄鹿时消耗了太多弹药，因为我的手一直在颤抖。我在那段时间里几乎没吃什么东西，但是喝了很多牛奶，我相信是牛奶最终治愈了我的药物中毒。

六月十日，我去了土豆田。绿色的植物已经长得很高。几乎所有的块茎都长出来了。但杂草也长得很高。由于前一天下过雨，我立刻开始除草。我很清楚，我必须保护自己的田地。虽然我并不认为野生动物会吃土豆叶，毕竟在周围能找到更好的草叶，但还是有可能某些动物会啃食这些珍贵的土豆块茎。因此，在接下来的几天里，我用粗壮的树枝把土豆田围了起来，用棕褐色的藤蔓将它们编结在一起。这不是特别辛苦的工作，但需要一定的技巧，我不得不先掌握这些技巧。

完成这项工作后，我的小田地看起来就像树林中间的一座堡垒。它的四面都已经得到保护，但我没办法对付老鼠。当然，我也可以用煤油把老鼠洞填满，但我承受不起这样的挥霍。此外，那样做的话，也许那些土豆尝起来就会有煤油的味道了？当然，我不知道，而且出于非常明显的原因，我也没办法做许多实验。

牛圈旁边的豆子只有一半发了芽。也许这些豆子真的已经太老了。就算天气保持良好状态，期望中的收成也不会多。事实上，我种这些豆子纯属碰碰运气，与其说是深思熟虑的结果，不如说是为了好玩的想法。后来，我才逐渐意识到这些豆子对我来说有多么重要，它们不得不取代面包，成为我的主食。如今，我已经拥有一个很大的豆田。

我还给豆田装上了篱笆，因为我可以想象，贝拉会在无人看守的情况下去咬食豆藤。如果我的工作还能留给我一点时间，比如下雨的时候，我就会立刻陷入忧愁和焦虑的状态。虽然贝拉总是产出同样多的牛奶，而且身体明显变得更圆润，但我依然不知道它是否怀上了一头小牛。

如果它真的怀上了一头小牛呢？我坐在桌子旁边，待了几个小时，双手抱着头，思考着贝拉的事情。我对牛所知甚少。如果我不能帮助贝拉把小牛成功地生下来，如果贝拉无法活过这次生产，如果它和小牛都死了，如果贝拉在草地上吃到了有毒的草，摔断了一条腿，或者被毒蛇咬了，那该怎么办？我还隐约记得，当我在乡村过暑假时，听到过一些关于牛的可怕故事。有一种疾病，人们必须用刀刺进牛身上某个特定的部位。我不知道这个部位在哪里，即使知道，我也永远无法将一把刀刺入贝拉的身体。我宁可一枪打死它。也许草地上会有钉子或者玻璃碎片。露易丝在这方面一直都很大意。钉子和玻璃碎片可能会刺穿或划破贝拉的好几个胃。我甚至不知道一头牛有几个胃。我曾经为了通过考试学习过这些知识，然后又把它们都忘掉了。尽管贝拉是我最操心的，但不仅是它一直处在危险之中，"猞猁"也可能会落入旧日设下的陷阱，毒蛇也会咬它。我不知道为什么自己当时那么害怕毒蛇。在我来这里的两年半时间里，我甚至没有在空地上看到过一条蛇。我想象不出我的猫会遭遇什么可怕的事情。我也没办法保护它，因为它在晚上会跑进森林，完全从我身边跑开。猫头鹰或狐狸可能会抓住它，它甚至会比"猞猁"更容易落入陷阱。

尽管我努力地把这些想法从脑海中赶走，但从未真正做到。我也不认为这些担忧是妄想，因为我在森林中照顾好这些动物的可能性要比它们意外死亡的可能性小得多。从我记事时开始，我就一直受到类似的担忧的折磨，只要把任何生命托付给我，我就会一直忍受着这种担忧的折磨。早在那道墙壁存在之前，我就时常希望自己死去，这样就可以最终卸下重担。我一直对这种沉重的负担保持沉默。男人们不会理解我，而女人们都像我一样。因此，我们更喜欢谈论时装、朋友和戏剧，一起发笑，眼中则流露出隐秘的、折磨着我们的忧虑。我们每个人都知道这是怎么回事，因此从来都不谈论它。这是为了爱的能力而付出的代价。

后来，我把这件事情讲给了"猞猁"，这么做只是不想忘记该怎么说话。它面对所有不幸都只有一种治疗的方法，那就是在森林里跑上一圈。猫虽然会专心致志地听我讲话，但只有在我没有情绪失控的情况下才会如此。它对最轻微的情绪波动都感到不满，当我情绪失控时，它就会直接离开。贝拉的话，不管我对它说什么，它都只是过来舔我的脸——这虽然能给人很大的安慰，但并不能给出解决方案。实际上，并没有解决方案，就连我的奶牛也知道这一点，只有我还在自欺欺人。

六月底，猫身上发生了一种非常可疑的变化。它开始变得肥胖，脾气也变得暴躁。有时，它会以一种难看的姿势蹲坐好几个小时，似乎是在倾听自己的心声。如果"猞猁"靠近它，它就会粗鲁地打"猞猁"的头，而它对我的态度要么就是过于敌视，要么就是比以往更加温柔。我应该能够很清楚地发现它的状况，因为它没有生病，还能正常吃东西。就在我一心只想着小牛的时候，小猫在那只猫的身体里悄悄生长着。我给它喝了很多牛奶，它比以前更容易感到口渴。

六月二十七日，一个下着雷雨的日子。晚餐以后，我听到柜子里传来了一阵微弱的呜咽声。柜子是我去牛圈时打开的，里面放着几本露易丝的旧杂志。这就是那只猫选择的产房，就在《优雅女士》的封面上。

它大声地打着呼噜，湿漉漉的大眼睛骄傲而幸福地看着我。我甚至得到了抚摸和观看它的孩子的许可。有一只就像母亲一样有着灰色的斑纹，另一只则是雪白色的，皮毛蓬乱。灰色的已经死了。我把它带走，埋在牛圈的旁边。那只猫似乎并不挂念它，而是全神贯注地照顾着那个雪白色的、皮毛蓬乱的小家伙。

当"猞猁"好奇地将脑袋伸进柜子里时，那只猫突然被激怒了，发出威胁的声音，"猞猁"怀着惊恐和愤怒逃到了外面。那只猫依然待在柜子里，不想挪到任何其他地方。所以我让门开着，用一根绳子拴着，防止开得太大。小猫在暮色中躺着，被母亲保护着。

那只猫是一个满怀激情的母亲，它只在夜间离开一小段时间。它现在不必去寻找猎物了，因为我给它提供了足够的肉和牛奶。

第十天，那只猫向我们展示了它的孩子。它叼着小猫的后颈皮，把小猫带到了房间的中央，放在了地板上。小猫现在看起来已经很漂亮了，呈现出白色和粉红色，但它的毛依然比我见过的任何小猫的都要杂乱。它呜咽着逃回了母亲温暖的怀抱，展示环节结束了。那只猫很骄傲，每当它把小猫从柜子里叼出来时，我都必须抚摸它，表扬它。它就像所有的母亲一样，意识到自己创造了一个独一无二的生灵，并对此感到自豪。事实也的确如此，因为即便都是小猫，也不可能完全一样，它们的外表和固执的小小灵魂都是不一样的。

没过多久，小猫独自从柜子里爬了出来，时而跑到我身边，时而跑到"猞猁"脚边，没有表现出一丝一毫的恐惧。只要老猫不在附近，"猞猁"就兴致勃勃地观察它，闻嗅它。但老猫几乎总是在附近，用怀疑的目光看着即将发展的关系。

我给小猫起名叫珍珠，因为它是如此雪白和粉嫩，透过小耳朵上的皮肤甚至还能看到血管在其下闪烁。后来，它的耳朵上长出了一层厚厚的毛发，但是当它还很小时，在它身体的许多地方都能透过薄薄的皮毛看到皮肤。那时我还不知道它是一只母猫，但它那温柔、略显扁平的脸不知为何让我觉得有母猫的气质。珍珠觉得"猞猁"非常有吸引力，开始和它一起躺在壁炉洞里，玩它长长的耳朵。但晚上珍珠还是和母亲一起睡在柜子里。

几个星期后，我开始看明白，珍珠这个皮毛蓬乱的小东西即将变成一只非常美丽的猫。它长出了非常长、丝绸一般的毛发，从外表上看应该是一只安哥拉猫。当然，我只是说外表；它肯定有一个长毛猫祖先。珍珠是一个小小的奇迹，但那时我就知道，它生在了一个错误的地方。一只白色长毛猫在森林中注定会早夭。它没有什么机会。也许这就是我如此喜欢它的原因。我又有了新的要为之操劳的负担。一想到它要出门，我就感到害怕。没过多久，它就在小屋前面和它母亲或者"猞猁"一起玩耍。老猫很担心珍珠，也许它感觉到了我所知道的事情，也就是它的孩子面临着危险。我命令"猞猁"照看好珍珠，当我们在家里时，"猞猁"不会让珍珠离开它的视线。老猫最终厌倦了繁重的母职，很高兴"猞猁"充当了珍珠的保护者。这只小猫的天性与普通的家猫不太一样，它更安静、更温柔，也更娇嫩。它经常在屋前的长椅上坐上很长时间，目光追随着一只蝴蝶。几个星期后，它的蓝眼睛变成了绿色的，像宝石一样在洁白的脸孔上闪烁。它的鼻子比母亲的鼻子钝一些，颈部有一圈华丽的卷毛。每次看到它坐在长椅上，前爪放在蓬松的尾巴上，专注地望着光亮的地方时，我都会感到宽慰。然后我开始说服自己，它会变成一只家猫，最多只会像现在一样，坐在阳台下过着安逸的生活。

当我回想起第一个夏天时，比起自己的绝望处境，我对那些动物更操心，也更感到担忧。这场灾难带走了我以前的巨大责任，而在我意识到之前，又带来了新的负担。当我终于对形势有了一点了解时，我早就没办法改变任何事情。

我认为自己的行为并不是出于某种软弱或者多愁善感，我只是遵循了一种深植于内心的本能，如果我不想毁灭自己，就无法对此做出反抗。我们所能拥有的自由是非常可悲的。也许自由仅仅存在于书面上。也许根本就不存在外在的自由，但我也从来不认识可以做到内在自由的人。我从未觉得这是值得羞愧的。我看不出来，像所有动物一样承受着强加的负担，最终像动物一样死去会有什么不光彩之处。我甚至不知道什么是荣誉。出生与死亡都没有什么荣誉可言，这些事情会发生在每一个生物的身上，除此之外，没有任何意义。就连墙壁的发明者也无法按照自由意志来行动，只是遵从本能的好奇心。为了维护大秩序，人们原本应该阻止他们将发明付诸实践。

但我更想讲述一下七月二日，那天，我意识到我的生存取决于余下火柴的数目。这个想法就像所有不愉快的想法一样，在凌晨四点的时候袭来。

直到那时，我在这方面都表现得非常轻率，没有考虑到每一根燃尽的火柴都会让我失去一天的性命。我从床上跳下来，从房间里取出了储藏品。胡戈是个大烟枪，他想到了备下一些火柴，还有一盒点火用的燧石。不幸的是，我从来没能让这些点火器成功地发挥作用。我还有十盒火柴，大约有四千根。根据估算，我可以用五年。今天，我发现自己的估算大致上是正确的，如果非常俭省的话，我的储藏品还可以用上两年半。那时我松了一口气。因为五年对我来说似乎是很长的时间。我没想到我真的会用尽所有的火柴。如今，最后一根火柴也用尽的日子似乎就在眼前。但即使是在今天，我依然告诉自己，这一天永远也不会到来。

两年半很快就会过去，然后火焰将熄灭，我周围的所有木材都无法拯救我于饥饿或者寒冷的危机。然而，我心里依然有着某种疯狂的希望。思考过后，我只能对这些希望抱以嘲笑。带着这种顽固的执着，我就像孩子一样，希望自己永远不会死去。我把这种希望想象成一只盲眼的鼹鼠，蹲在我的内心深处，沉浸于它的妄想。既然我不能把它从我的内心赶出去，只能对它放任不管。

总有一天，我和我的盲眼鼹鼠会面临最后一击，那时候，在我们都要死亡之前，连它也会知道这一点。我几乎为它感到遗憾，我本该因为它的坚忍而给予它一点成功的机会。从另一方面看，它其实已经疯了，我不得不为自己还能够控制住它而感到庆幸。

顺便提一下，还有一个至关重要的问题，那就是弹药的问题。这些弹药还够我用上一年。自从"獬猁"死后，我需要的肉类就少了很多。在夏天，我偶尔会去捕鳟鱼，心里希望土豆和豆子能够丰收。如果有必要的话，我可以只靠土豆、豆子和牛奶生活。但只有当贝拉再次怀上一头小牛时，才会有牛奶。无论如何，我更害怕的是寒冷和黑暗，而不是饥饿。如果寒冷和黑暗降临，那么我就不得不离开森林。对未来考虑太多是没有意义的，我只需要注意保持健康和适应环境的能力。事实上，这几个星期以来，我并不太担心这些。我不知道这是好兆头还是坏兆头。如果我那时候知道，贝拉的确正怀着一头小牛，也许一切就会有所不同。有时，我觉得如果没有这头小牛反倒会更好。因为这不只会推迟不可避免的结局，还会给我带来新的负担。但有全新的、年轻的生命来到这里是一件美好的事情。尤其对可怜的贝拉来说，这是件很好的事情，它那时正孤独地站在黑暗的牛圈里等待着。

事实上，我现在很喜欢住在森林里，很难再离开了。如果我能在墙壁的那一侧活下去，我还是会回来的。有时我会想象，如果能在森林里抚养我的孩子，那该多么好。我相信那样的话，森林就会成为我的天堂。但我怀疑孩子会不会这么喜欢森林。不，这里毕竟不是天堂。我相信根本就没有什么天堂。天堂只可能存在于大自然之外，我无法设想这样的天堂。一想到这件事我就感到厌烦，我并不渴望什么天堂。

七月二十日，我开始收割干草。天气非常炎热，溪边草地上的草叶又高大又肥美。我把镰刀、耙子和草叉都带到了那个有干草的谷仓里，之后就把工具留在那里，因为没有人会偷走它们。

当我就这样站在小溪旁边，仰望山坡草地时，我产生了一种永远无法干完这份活儿的感觉。我在年轻的时候就学会了割草，在沉闷的教室里坐了很长时间以后，割草能够带来很大的乐趣。但那已经是二十多年前的事情了，我早就忘了该怎么做。我知道只能在清晨或者傍晚有露水的时候才能割草，所以我在清早四点钟就离开了小屋。当我割下最初的几捆草时，我注意到割草的节奏依然留在自己的身体里，紧绷的肌肉也松弛了下来。当然，工作进行得还是很慢，而且非常费劲。第二天我就做得好多了。第三天下雨了，我不得不休息一天。雨下了四天，草地上的干草腐烂了——不是所有的干草，只是放在阴凉处的那一部分。在那个时候，我还看不懂各种天气迹象，现在我已经可以靠它们在一定程度上预测天气。那时，我一直无法判断天气是会一直很好，还是第二天就会下雨。在整个干草收割期间，我都不得不与无法确定的天气进行斗争。后来，我总是能够找到最合适的时间，但在第一个夏天，我无助地被天气摆布着。

我花了三个星期才收割完了这片草地。这不仅仅是由于天气变幻莫测，还归咎于我的笨拙和体力衰弱。八月时，谷仓里的干草终于晒干了，我感到精疲力尽，坐在草地上哭了起来。一种强烈的沮丧情绪向我袭来，我第一次清楚地意识到自己遭受的是何种打击。如果不是我对这些动物所怀有的责任迫使我至少完成了最必要的工作，我不知道会发生什么。我非常不想回忆那段时光。我用了十四天的时间才终于能够振作起来，重新开始生活。"猞猁"因为我的糟糕情况受了很多苦。它完全依赖着我。它总是努力使我振作起来，如果我不搭理它，它就变得非常不安，蜷缩在桌子下面。我想，最终是它让我深深地感受到了愧疚，于是我开始假装心情好，直到最终恢复平静而稳定的心态。

我并不是一个喜欢抱怨的人。我想，那时候只是身体上的疲惫让我失去了抵抗的能力。

事实上，我当时有充分的理由感到满足。收割干草的繁重工作已经结束。这花费了我太多力气，但又有什么关系？为了重新开始生活，我犁平了土豆田，然后开始为即将到来的冬天砍木头。我进行这项工作是非常理智的做法，可能正是我的软弱迫使我这样做的。就在小屋上方的道路旁边，有一个七立方米的大柴堆。上面用蓝色粉笔标记着，这是加斯纳先生的冬季储备。不管加斯纳先生是谁，他都不再需要这些柴火了。

我把木柴放在仓库里的一个锯架上，很快发现我使用锯子的能力很糟糕。锯子一次又一次地卡在木头里，我不得不费一番力气才能把它拔出来。到了第三天，我终于明白该怎么操作，也就是说，我的手、胳膊和肩膀都弄明白了，突然间，我变得好像是一辈子都在锯木头一样。我继续工作，缓慢却稳定。我的手很快起了水泡，最终都破了，渗出了脓液。然后我休养了两天，在手上涂了鹿油。我很喜欢做木工，因为可以在那些动物旁边干活儿。贝拉站在森林草地上，有时候会向我望过来。"猞猁"一直在我的身边转来转去，珍珠则坐在阳光下的长椅上，半闭着眼睛，目光追随着飞舞的胡蜂。而在房间里，老猫睡在我的床上。一切都很顺利，我不需要担心。

有时候，我用胡戈的尼龙刷子给贝拉刷毛。它非常喜欢这样，在刷毛的时候一动不动。我也给"猞猁"刷毛，还会用猎人小屋里一把蒙尘的旧篦子给两只猫篦跳蚤。它们跟"猞猁"一样，身上总会有一些跳蚤。它们对这种待遇表示感激。幸运的是，这种跳蚤似乎对人类的血液不太感兴趣，它们很大，是黄褐色的，看起来几乎像小甲虫一样，不怎么会跳动。永远指望得上的胡戈却没有考虑到它们，也没有储存杀虫粉，他可能甚至不知道自己的猎犬身上有跳蚤。

贝拉身上没有跳蚤。它是一只非常爱干净的动物，总是留意不要躺在自己的排泄物上。当然，我也会把牛圈打扫得干干净净。牛圈旁边的粪堆慢慢变大了，我计划在秋天用这些牛粪给土豆田施肥。粪堆周围长满了高大的荨麻菜，那是一种无法根除的烦恼。此外，我一直在寻找幼嫩的荨麻菜，这是这里唯一一种能找到的蔬菜。但我不想采摘粪堆附近的荨麻菜。我认为这是一种愚蠢的偏见，直到今天，我也没有成功地改掉它。

细嫩的云杉针叶已经显现出墨绿色，并且变得坚实，吃起来没有春天的好吃。但我依然会吃它们，我无法抑制自己对绿色蔬菜的渴望。有时，我会在森林里发现酸甜可口的野韭菜。我不知道它的学名是什么，但我从小就喜欢吃。我的食物当然非常单调。余下的物资已经很少了，我急切地等待着丰收。我知道土豆和山里的所有东西一样，会比平原上的要成熟得晚一些。所以我非常节约地对待剩下的库存，主要靠鲜肉和牛奶来维生。

我变得非常消瘦。在露易丝的化妆镜里，我有时会惊讶于自己的新样貌。头发长得蓬蓬乱乱的，我就用指甲剪把头发剪短了。现在我的头发很光滑，被太阳晒得褪了色。我的脸瘦削而黝黑，肩膀棱角分明，像个正在长个子的男孩。

我的双手总是布满水泡与老茧，它们已经成了我最重要的工具。我早就把戒指摘了下来。谁会用金戒指装饰自己的工具呢？那对我来说显得荒谬又可笑，我以前竟然做出这样的事。奇怪的是，我那时看起来比过着舒适生活的时候还要更年轻一些。二十世纪四十年代的那种女人味已经从我身上消失了，我不再拥有鬈发、小小的双下巴和圆润的臀部。与此同时，我也失去了身为一个女人的意识。我的身体比我更聪明，已经适应了环境，而且将女性身体的沉重负担降到了最低限度。我可以安心地忘记自己是一个女人。有时我是一个正在寻找草莓的孩子，有时是一个正在锯木头的年轻男人，或者，当我坐在长椅上，把珍珠放在我消瘦的膝头，看着夕阳时，我又是一个非常年老、没有性别的生物。如今，那时从我身上散发出来的独特魅力已经彻底消失了。我依然很瘦，但是肌肉发达，脸上布满了细小的皱纹。我还不算丑，但也没有什么魅力了，更像一棵树而不是一个人，一段坚韧的棕褐色的小树干，需要用尽所有的力量才能生存下去。

当我在今天回想起我曾是的那个女人，那个有着小小双下巴的女人，那个努力让自己看起来更年轻的女人时，我心里没有多少同情。但我不想对她做出太苛刻的评价。她从来没有机会去有意识地塑造自己的生活。在她还年轻的时候，她就不知不觉地承受了沉重的负担，组建了一个家庭，从那时起，她就一直被限制在一个充满令人压抑的责任与烦恼的世界里。只有巨人才能挣脱束缚、解放自己，而她绝对不是一个巨人，她始终都不过是一个饱受折磨、资质平平、受到过高要求的女人，而且她生活在一个对女性来说充满敌意、陌生而可怕的世界。她对许多事情略知一二，又对许多事情一无所知。总体来说，她的头脑里是一片可怕的混乱。这些东西用来应付她所生活的社会已经足够了，这个社会就像她本人一样无知而急躁。但我得承认一点：她总是感到一种隐隐的不安，心里知道自己所了解的太少了。

我经历了两年半的折磨，因为这个女人对现实生活准备不足。即使是在今天，我也不能钉好一根钉子，一想到我要为贝拉凿出一道门，我的后背就开始起鸡皮疙瘩。我当然没有想到自己能够做到这一点。同时，我对其他事情也几乎一无所知，甚至不知道溪边草地上那些花朵的名字。我曾经在自然历史课上从书本和插图中学过，但我忘记了，就像我难以置信地忘记了其他所有一切。我曾经花了好几年计算对数，却不知道它们能派上什么用场，到底有什么意义。我觉得学外语是一件很容易的事情，但由于缺乏机会，我从未学会说外语，而且我也忘记了它们的拼写和语法。我不知道查理六世生活在什么时代，也不知道安的列斯群岛在哪里，住在那里的都是什么人。尽管如此，过去我一直都是好学生。我不知道为什么会这样，我们的学制一定是哪里出了问题。陌生世界的人会从我身上看出我这个时代的人的弱点。而且我很肯定，我认识的大多数人不会比我强到哪里去。

我再也没有机会弥补这些缺憾了，因为即使能在死寂的房屋里找到许多书本，我也记不住自己阅读过的东西。刚出生时，我曾经有过这样的机会，但无论是我的父母、老师还是我自己，都没有抓住这个机会。现在已经太晚了。我再怎么努力，也失去了时机。我在前半生始终保持着一种很业余的水平，而在这座森林里，我也永远不会有所改变。我唯一的老师和我一样无知，没有受过培训，因为老师就是我自己。

几天以来，我意识到，我依然希望有人会读到这份报告。我不知道为什么我会有这样的期望，这毕竟不会产生什么区别。但是，当我想象人类的眼睛会停留在这些字行之上，人类的手会翻动这些纸页时，我的心跳就加快了。然而，更有可能的是，这份报告会被老鼠啃食。这座森林里有许许多多的老鼠。如果没有那两只猫，那么房子早就被老鼠占领了。但总有一天，那两只猫将死去，到时候老鼠就会吃掉我的储藏品，甚至会吃掉每一张纸。它们可能就像喜欢吃白纸一样喜欢吃书写过的纸。也许铅笔的铅会让它们感到恶心，我甚至不知道这种铅有没有毒性。为老鼠而写作是一种很奇怪的感觉。有时候，我必须想象我是在为人类写作，这样就感觉好多了。

整个八月都是持续的晴朗天气。我决定第二年把收割干草的时间推迟一些，这个想法在后来被证明是合理的。我记得我在一次狩猎的路上发现了一丛覆盆子。它离房子大约有一个小时的路程，但在那个时候，对甜食的渴望足以让我走上两个小时。因为我一直都听说，覆盆子灌木丛是毒蛇最喜欢的场所，所以我把"猞猁"留在了家里。它万般不情愿地服从了，郁闷地溜回了房子里。我在鞋子外面又套上了曾经属于那个猎人的旧皮护腿，它们高过了我的膝盖，非常妨碍走路。当然，我在灌木丛没有看到一条毒蛇。如今，我已经不再担心毒蛇了。要么就是这里的蛇很少，要么就是它们会回避我。我对它们来说可能就像它们对我来说一样危险。

覆盆子刚刚成熟，我摘了一大桶带回家。因为没有糖，没办法烹煮，所以我必须马上把这些果子全部吃掉。每隔一天我就去一次灌木丛。这是一种纯粹的幸福，我沉浸在甜蜜之中。阳光照暖了成熟的覆盆子，和覆盆子的野性气味一起笼罩着我，使我陶醉。很遗憾，"猞猁"没在我身边。有时，当我从灌木丛中站直身体，伸展脊背时，我会突然意识到自己是孤独的。那不是恐惧，只是忧虑。在覆盆子灌木丛中，独自面对荆棘植物、蜜蜂、黄蜂和苍蝇时，我明白了"猞猁"对我来说意味着什么。那时我无法想象没有它该怎么办。但我从未带它去覆盆子灌木丛。我依然被可能有毒蛇的想法困扰着。我不能仅仅因为有它在身边会感到舒适，就把"猞猁"置于如此危险的境地。

直到很久以后，在高山牧场上，我才真的看到了一条毒蛇。它正躺在一个碎石坡上晒太阳。从那时起，我再也不怕蛇了。那条毒蛇非常漂亮，当我看到它躺在那里，沐浴在金黄色的阳光中时，我可以确定它没想过要咬我。它的思绪离我很远，什么也不愿意想，只想静静地躺在白色的石头上，沐浴在阳光和温暖之中。尽管如此，我很庆幸那天把"猞猁"留在了家里，但我并不认为它会靠近那条蛇，我从来没见过它攻击过蛇或者蜥蜴。有时它能抓住一只老鼠，但在满是石头的地上，它很少能抓住。

采摘覆盆子持续了十天。我在那几天里变得很懒，坐在长椅上，把一颗又一颗覆盆子放进嘴里。我很惊讶自己的血肉竟没有变成覆盆子果肉。然后，突然之间我就吃腻了。我并没有感到恶心，只是受够了覆盆子的甜蜜味道。我把最后两桶浆果裹在一块布里挤压，把果汁装进瓶子里，然后把瓶子放在井槽里，那里的水即使在夏天也能保持冰凉。虽然浆果很甜，果汁尝起来却酸而清爽，它不能长久保存，这让我觉得很可惜。我此前没有尝试过，但是如果不加糖，果汁很有可能会在井里发酵。由于没有配套的锅盖，我也不能用蒸汽加热浓缩。我对甜食的渴望暂时得到了满足，在接下来的几个月里，它始终保持在可以忍受的范围内。如今，我不再受到这种渴望的折磨了。没有糖，人也可以活得很好，久而久之，身体会失去对糖的成瘾性欲望。

我最后一次去灌木丛的时候，太阳尤其强烈地照在我的背上。天空依然万里无云，但几乎是铅一样的灰白色，空气灼热而浓稠。已经十四天没有下雨了，我不得不担心有下起暴风雨的风险。直到那时，我没有遇到过猛烈的暴风雨，但我有点害怕，因为我知道山里的暴风雨可能会多么猛烈。即使没有任何自然灾害，我的生活也已经足够艰难和劳累了。

下午四点左右，云杉树后面突然升起了一道由云砌成的黑暗墙垣。我的桶还没有完全装满，但我决定离开。黄蜂和苍蝇一直在我身边绕来绕去，在我头顶恶毒地嗡嗡作响，逼得我要发怒。灌木上面也有几只胡蜂，它们之前一直都表现得很收敛，但今天就连它们也变得咄咄逼人，像愤怒的梭子一般在空中飞速穿行。它们看起来就像是用纯金做成的，虽然很漂亮，但我觉得最好还是让它们留在灌木丛里。

黄蜂一直跟着我，直到我进了树林，它们才放弃。在云杉树与桦树下，热气开始凝聚，就像被困在一个巨大的绿色钟罩里一样。那道云墙逼近了，太阳像被一层薄纱蒙着。走最后一段路的时候，我几乎是在奔跑。除了回家，我没有别的想法，我得把贝拉带回牛圈，然后躲在房间里。

"猞猁"呜咽着迎接了我，抬头看天空，充满了忧虑与不安。它感觉到了将要来临的暴风雨。贝拉很快就一路小跑过来，在井边饮过水，心甘情愿地被带回到牛圈里。苍蝇和牛虻整天都在惹它气恼，它似乎很高兴能回到牛圈里。我给它挤了奶，然后关上百叶窗，转动锁上的钥匙。在暴风雨中，只把门关上似乎还不够安全。

然后我走进小屋，给"猞猁"和两只猫喂了食，把覆盆子挤出汁来，再把果汁倒进瓶子里。但我没有把瓶子放进井里，我害怕它在暴风雨中撞碎。这时已经六点或六点半了。天色完全阴沉了下去，灰黑色的天空现在显现出某种丑陋的硫黄色。这可能是冰雹或暴风雨将至的征兆，看起来非常可怕。尽管现在的太阳只是在森林上空呈现出散漫的光线，但可怕的暑热依然笼罩在空地上。我感到呼吸困难。一丝微风都感觉不到。我喝了一点冷牛奶，吃了一块米布丁，完全没有胃口。然后我就什么也做不了了，于是上楼检查了一下百叶窗，把窗户关好。厨房的窗户还是开着的，门也是开着的，但没有一丝风吹进来。

老猫吃过东西后就走进了森林。珍珠坐在窗台上，凝视着黑黄相间的天空。它的耳朵往下压低，肩胛骨高高地抬着，整个姿势都表现出不安和恐惧。"猞猁"趴在门槛上，伸出舌头，大声喘着气。我抚摸着珍珠，它的白色皮毛噼啪作响，在我的手下喷溅着静电。当我的手抚过我自己的头发时，我的发丝也发出噼啪声，手臂和腿上像蚂蚁在爬一样。我决定保持冷静，便坐在了屋前的长椅上。我为可怜的贝拉被留在那个闷热、黑暗的牢笼里感到难过，但它不得不忍受一下，我无能为力。暴风雨随时都有可能来临，但现在，四下依然保持着寂静。

森林里从来都不会出现完全的寂静。人们只是以为很安静，但其实总有许多声音。远处有一只啄木鸟啄着树木，有一只小鸟发出尖叫，风在林中的草叶之间窸窣作响，一根树枝敲打在树干上，当小动物从树枝下面穿过时，树枝就沙沙作响。万物都在生活，万物都在运作。但那天晚上几乎是完全寂静的。许多熟悉的声音都陷入了沉默，这一点令我感到惧怕。就连溪水飞溅的声音听起来也变得克制和沉闷，好像水流只是在倦怠而不情愿地流动着。"猞猁"站了起来，费力地跳到长椅上来找我，用鼻子轻柔地碰了碰我。我太疲倦了，没有抚摸它，但轻声地和它说了说话。我被那种可怕的寂静吓到了。

我不明白为什么暴风雨还是没有下起来。天黑得就像已经很晚了，我突然想起了城里的暴风雨是多么温和，几乎是舒适的。透过厚厚的窗户观察暴风雨非常令人安心。大多数时候，我几乎注意不到暴风雨。

然后天色突然变得漆黑。我站起身，和"猞猁"一起走进房子里。我有点困惑不安，不知道该怎么办。于是我点燃了一根蜡烛。我不想点亮煤油灯，这可能是出于古老的迷信，认为光会引来闪电。我锁上了门，但是没有关上窗户，然后坐在桌子旁边。那根孤零零的蜡烛安静地燃烧着，没有一丝风把它的火焰吹乱。"猞猁"走进壁炉洞里，犹豫了一下，然后转过身，跳到我身边的长椅上。尽管一切迹象都在驱使它爬进壁炉洞里，爬进安全的洞穴里，但它不想让我一个人留在危险中。连我自己都想躲进一个安全的洞穴里，但对我来说，不存在这样的洞穴。我感到汗水正在沿着脸颊流下来，在嘴角聚集起来。衬衫粘在我的皮肤上。接着，第一声雷鸣打破了寂静。珍珠惊恐地从窗台上跳了下来，逃进了壁炉洞里。我关上了窗户和百叶窗，房间变得令人窒息。然后，一声轰鸣从云层中响了起来。透过百叶窗的缝隙，我看到一道明黄色的闪电劈了下来。那只老猫从黑暗中钻了出来，停在房间中央，毛发竖立，发出哀怨的叫声，然后蜷缩在床底。在昏暗的烛光下，我看到它的眼睛发出金红色的光芒。我试着让这几只动物平静下来，但下一声雷鸣就把我的声音吞没了。在我们的头顶上，漫长、低沉的轰鸣持续了大概十分钟，但对我来说，那似乎是要无穷无尽地持续下去。我的耳朵感到疼痛，脑袋感到疼痛，甚至牙齿也开始觉得疼痛。我一直都不太能容忍噪声，它会让我的身体感到疼痛。

然后突然有一分钟陷入了完全的寂静，而这种寂静比噪声更令人感到压抑。就好像有一个巨人分开双腿站在我们头顶，挥动着他的烈火之锤，想要砸在我们玩具一样的小屋上面。"猞猁"呜咽着挤到我身边。当下一道闪电划过，雷声使房子震颤时，那几乎成了一种解脱。接下来是一场猛烈的暴风雨，但对我们来说，最糟糕的事情已经结束了。"猞猁"似乎也察觉到了这一点，因为它从长椅上跳了下来，爬进壁炉洞里去找珍珠。白色的皮毛紧挨着红褐色的皮毛，而我独自一人坐在桌子旁边。

现在暴风雨已经酝酿了起来，整栋房子都被呼呼的风声席卷。烛光开始摇曳，我立刻就觉得空气没有那么闷热了。摇曳的烛光让我想到了凉爽、清新的空气。我开始数闪电和雷鸣之间大概有几秒钟的间隔。根据估算，暴风雨依然盘踞在盆地的上方。那个猎人告诉过我，曾经有一场暴风雨在盆地里持续了整整三天。当时我没有把他的话当真，现在我的想法改变了。我所能做的事情只有等待。我之前一直弯着腰站在覆盆子灌木丛里，现在疲惫开始折磨我。我不敢躺到床上，但因为太累了，蜡烛的火焰开始在眼前变得模糊，成了一个摇曳如水波的光环。还是没有下雨。我本该因此担心，但令我自己都感到惊讶的是，我竟然开始变得完全无动于衷。我的思维因为困倦而变得混乱。我觉得自己很可怜，因为我太累了，却没办法睡觉；我对某个人怨愤交加，却被雷声吓了一跳，忘记了心里想的到底是谁。可怜的贝拉在我的脑海中闪过，还有那片土豆田，然后我突然想起来，我在城里的公寓窗户还开着。我很难让自己明白这个想法有多么荒谬。我大声说"忘了那扇该死的窗户"，然后清醒了过来。

一声雷鸣使炉灶上的碗嘭嘭作响。它肯定就在附近。我想起了在地下室里躲避空袭的夜晚，旧日的恐惧让我的牙齿打战。而且现在的空气也和那时地下室里的空气一样浑浊，一样糟糕。我差点就要把门打开，这时候风突然在房屋周围呼啸，屋顶上的瓦片开始嘎嘎作响。我不敢躺下，也不敢坐在桌子旁边，因为不想重新陷入那种令人不适的昏蒙状态，于是我在房间里来回踱步，双手交叠着放在背后，疲惫地摇晃着。"猞猁"把头从壁炉洞里伸出来，不安地注视着我。我努力和它说了几句安慰的话，它又退回去了。现在，这场暴风雨在我看来已经持续了几个小时，但现在才九点半。最终，闪电和雷鸣之间的时间拉长了，我松了一口气。但雨水还是没有落下，呼呼的风声也没有停息。然后我突然听见了什么声音，就好像远处有一座钟突然响了。很难解释，但是我在风的号叫声中清清楚楚地听到了远处钟声的响亮声音。如果那不是我的幻听，那一定是来自村落的钟声。因为那里已经没有人了，所以一定是风吹响了钟声。那是一种幽灵般的声响，一种听不见却好像听到了的声音。之后我又经历过几场暴风雨，但再也没有听到过钟声。也许是风扯断了钟绳，或者那个声音只是我饱受噪声折磨而产生的幻听。最终。风平息了下来，那种幽灵般的钟声也消散了。然后传来了一声响动，仿佛是天空像布一样被撕裂了，雨水开始倾泻而下。

我走到门口，把门敞开。雨水打着我的脸，洗去了我的恐惧与困倦。我又可以呼吸了。空气闻起来新鲜而清凉，刺激着肺部。"猞猁"从壁炉洞里走了出来，好奇地嗅了嗅外面的空气。然后，它快乐地吠叫了几声，摇着长长的耳朵，沉稳地走回去找它白色皮毛的朋友。那只小猫正蜷成一团，平静地睡着。我披上大衣，拿着手电筒，穿过潮湿的黑暗前往牛圈。贝拉已经挣脱了束缚，站在门口，脑袋顶着门。它发出哀嚎声，紧紧地贴在我身上。我轻柔地拍打着它因为恐惧而绷紧的肋部，让它转过身，回到牛圈里面。然后我打开了窗户。雨水几乎没有进来，云杉林保护着屋顶的背面。贝拉在夜晚的惊恐之后终于得到了清新而凉爽的空气。我走回房子里，终于、终于，我也可以安心躺下了。老猫从床底爬了出来，走到我身边。我没过几分钟就沉沉地入睡了。我梦到了一场暴风雨，并在一声雷鸣中醒了过来。那不是梦。可怕的天气又回来了，或者是一场新的暴风雨入侵了盆地。雨下得非常猛烈，我起身关上了窗户，擦干了地板上的积水。房间里充满了清新的凉意。我又躺了下来，立刻就睡着了。我一次又一次地被雷声唤醒，然后一次又一次地入睡。真正的暴风雨和梦中的暴风雨交织在一起，将近天明时，我已经可以冷静地面对所有的暴风雨了。我把被子蒙在头上，最终沉沉地睡去了，没有受到任何干扰。

我被一种沉闷的扑腾声惊醒，我从未听过这样的声音，它立刻让我清醒过来。当时是早晨八点，我已经睡过头了。我先把急不可耐的"猞猁"放到外面，然后去查看是什么东西发出如此大的扑腾声、刮擦声和摩擦声。小屋前面什么也没有。暴风雨打乱了灌木丛，折断了几根树枝；通往牛圈的路上有几个大水坑。我换上衣服，拿上挤奶桶，走出去找贝拉。牛圈里的一切都保持着正常状态。扑腾声是从小溪那里传来的。我沿着斜坡向下走了一段路，看到一条浑黄的激流正翻腾着流过，带走了连根拔起的树木、草丛、石块。我很快想到了峡谷。水流一定是在那道墙壁所在的地方淤塞了，漫灌到了溪边草地。我决定尽快过去看看。但首先我得干完眼前的活儿，就像平时一样。我把贝拉从牛圈里放出来。天气凉爽，正下着小雨，牛虻和苍蝇都不会来打扰贝拉。森林草地上曾经有一棵巨大的橡树。它在之前就有一道被闪电劈中的伤疤，最终还是被闪电劈倒了。这次是完全被毁掉了，闪电将它彻彻底底地劈碎了。我为这棵树感到难过。这里很少有橡树。当我走回家时，我听到了远处的隆隆声。暴风雨似乎依然在山间肆虐。也许正从一个盆地游荡到另一个盆地，不断地绕着圈子，就像那个猎人之前描述过的一样。

吃过午餐后，我带着"猞猁"走进了峡谷。那里的道路没有被水淹没，因为它太高了，但雨水向另一侧蔓延，那条友好的绿色溪流变成了一个黄褐色的庞大怪兽，把树木、灌木、石头和土块都卷走了。我甚至不敢往那边看上一眼。如果在湿滑的石头上走错一步，我所有的忧虑就会在冰凉的流水里得到最终的交待。就像我想象的那样，水流没办法那么快通过墙壁，因此在那里形成了一个小湖泊。在湖底，草丛慢慢摇曳着。墙壁边堆满了树木、灌木和石头，形成了一座小山。看来，墙壁不仅看不见，而且坚不可摧，因为树干和石头撞击它的力量一定是大到难以想象的。然而，那个小湖泊并没有我所担心的那么大，积水肯定会在几天之内完全排干。我无法透过冲刷到墙边的大量枝叶看到墙壁对面的情况，可能这条浑黄的激流到了那边会变得平静一些。也有可能流水涨得更高，冲走了房屋和桥梁，闯进了窗户和大门，从床上和椅子上带走了那些曾经是人类的毫无生气的石化物。它们会留在广阔的沙洲上，在阳光下被晒干，那些石化的人类、石化的动物，以及它们之间的碎石与沙砾。除了石头，什么也没有。

　　这一切都清晰地浮现在我的脑海，我感到有点不适。"猞猁"用鼻子推了推我，把我赶到了一旁。也许洪水令它感到不快，也许它感觉到我的思绪已经远离了它，因此想要吸引我的注意力。和往常类似的情况一样，我最终听从了它的意愿。它比我要了解怎么做对我才比较好。在整个回程的路上，它都走在我身旁，用肋部把我顶到岩壁一侧，远离那个可能会吞掉我的庞大怪物。最后，我不得不因为它的关心而露出笑容，它湿润的爪子扑到我胸前，叫得格外响亮和欢乐。"猰狑"本该有一个更强壮、更开朗的主人。我经常无法给它的生活提供乐趣，不得不强迫自己表现得很开心，以免让它失望。尽管我不能给它一种愉快的生活，但它至少能感受到我多么依赖它，多么需要它。"猰狑"非常友善，渴望关爱，而且善解人意。那个猎人一定是个好人；我从未在"猰狑"身上察觉出一丝一毫的恶意或狡猾。

回到狩猎小屋时，我们俩都湿透了。我生起了火，把衣服挂在晾衣杆上烘干，这根晾衣杆就是为了烘干衣服才挂在炉灶上方的。我把几页驾驶手册揉成团，塞进鞋子里，再把鞋子拿到两块木头上晾干。

与此同时，沉闷的低鸣声依然在云间翻腾，一会儿在右边响起，一会儿在左边响起。它听起来既愤怒又有点失望，并且整天都持续不断。总的来说，这场暴风雨对我造成的损失并不大。鳟鱼可能死掉了一些，这是这场暴风雨对我造成的最严重的损失。但过了一段时间，鳟鱼会重新出现，而且会繁殖更多。屋顶上有几片瓦松动了，我必须尽快修好。对此我有点害怕，因为我恐高，在高处会感到眩晕，但是不管怎样，我都必须把屋顶修好。

在小屋前面宽敞的空地上，我堆放了许多之前砍下的木头，准备劈成小块。但采摘覆盆子和我的贪嘴使这项重要的工作中断了。现在这些木头已经彻底湿透，必须等太阳出来把它们晒干。雨水把木屑冲到路上，形成三道狭长的金红色水流，慢慢消失在沙砾中。通往峡谷的道路也被冲刷得泥泞不堪，但还没有我担心的那么糟糕。我必须找个时间进行修整。要做的事情还有许多，砍木头、收土豆、犁地、去峡谷取干草、修整路面、维修屋顶。我几乎还没好好休息一下，新的劳作就已经摆在眼前了。

那时已经到了八月中旬，山中短暂的夏天很快就要结束。又下了两天雨，暴风雨依然在远处发出低沉的声响。第三天，白色的浓雾笼罩了草地。看不到一座山，云杉树看起来像是被拦腰砍断了。我又把贝拉赶到了草地上，因为凉爽而湿润的天气似乎对它有好处。我把狩猎小屋打扫干净，做了一点针线活儿，等待天气好转。暴风雨过后的第五天，太阳突然从白蒙蒙的薄雾后面探出头来。我很确定这一点，因为我在日历上记了下来。那时的我还充满了分享欲，经常留下笔记。后来，笔记变少了，我只能依靠自己的记忆。

那场暴风雨过后，天气就没有再变得暖和起来。尽管阳光明媚，把木头都晒干了，但景色突然显露出了秋日的特征。在峡谷潮湿的岩壁上，有着长长花茎的龙胆开出了花朵，而仙客来在灌木丛的阴影里也生长了起来。在山区，有时仙客来在七月就会开花，这暗示着冬天会来得很早。仙客来将夏日的红色和秋日的蓝色糅合成一种带有玫瑰色调的紫罗兰色，它们的香气又把那种已经消逝的甜蜜味道带了回来。但如果长时间闻嗅花香，就会闻出一种完全不同的气味，一种衰败与死亡的气味。我一直都觉得仙客来是一种奇异而有点可怕的花朵。

阳光再次闪耀，我投入到了木工活儿中。我觉得劈木头比锯木头更容易，而且很快就取得了进展。我没有等到地上堆满木柴，而是每到傍晚就把劈成小块的木头放在阳台下面，在那里整齐地堆叠起来。我不想让它们再次被雨淋湿。

我慢慢地使所有的工作形成了一个系统，这让我的生活变得轻松了一些。实际上，毫无计划从来都不是我的过错，我只是很少有机会实施我的计划，因为总是有人或某些事毁掉我的计划。但在这座森林里，没有人会破坏我的计划。如果我失败了，那就是我自己的错误，只能是我自己的责任。

一直到八月底，我都忙于木工活儿。我的手最终习惯了这项工作。它们总是扎满了木刺，每天晚上都得用镊子把刺拔出来。之前我用这把镊子来修眉毛。现在我任由眉毛生长，它们变得非常浓密，比头发的颜色要深很多，这让我看上去非常阴郁。但我并不为这一点感到忧虑，我忙着每天晚上给自己的手拔除木刺。我很幸运，从来没有一根木刺引发感染，除了几次发炎的情况，但晚上涂上碘酒，第二天就能恢复。

实际上，我沉浸在木工活儿中，错过了非常美好的夏末时光。我根本没有时间去欣赏景色，满心都沉浸在要储备一堆木头的念头里。当我把最后一根木柴堆到阳台下面时，我终于松了口气，决定不再那么劳累。事实上，我完成一项任务所感受到的快乐非常少，这有点奇怪。一旦把活儿干完，我就立刻忘记了它，开始考虑新的任务。即使在那个时候，休息的时间也不多。一直都是如此。当我辛苦工作时，就开始梦想着在长椅上安静地休息。但一旦我终于坐到长椅上，就会感到不安，开始找寻新的工作。我觉得身体里产生了一种异常的勤奋，因为我之前天性懒散，可能这是一种自我保护行为，因为休息下来的话，我只能陷入回忆与苦思。我当然不该这么做，那么除了继续工作，还能做什么呢？我甚至不需要自己去看有什么工作，工作就已经急迫地涌到了眼前。

我在小屋里闲了两天，清洗衣物，完成了缝纫活儿，之后就开始了修整道路的工作。我带着锄头和铁锹走进了峡谷。没有推车的话，就没有什么能做的事。所以我用锄头敲开路面，均匀地铺开碎石，再用铁锹压严实。下一次暴雨会冲刷出新的水沟，那么我就得再次把沟壑填平，然后压严实。我非常需要一辆推车。但胡戈没有想到这一点。他甚至从来没想过要亲自修整道路。我相信他更想买一个地下掩体，但是不敢这样做，因为这个想法与社会太格格不入了，而他很介意成为标新立异的人。所以他不得不满足于折中的措施，这些措施更像是一种娱乐，只是为了稍微平复一下他的恐慌。他肯定非常清楚如何在有些时候把他那些黑暗的恐惧都抛到一边，心无旁骛地工作，继续生活下去，因为他是一个非常讲究实际的人。正如我所说的，推车似乎从未出现在他有关劫后余生的幻想里。因此，现在道路状况很差。我只能用路上现成的石头来铺路，但时间长了，碎石就会越来越少，岩石就会裸露出来。尽管我可以用小溪旁边的碎石很好地填平道路，问题只是如何运输。我可以装满一麻袋的碎石，用桦树枝垫着，拖过道路。也许十五袋就够了，这很难估算。也许一年前我还愿意尝试一下。如今，我觉得这样做并不值得。即使是沿着干涸的河床把干草拖回家都很累，更不用说拖十五袋碎石到路上去了。

九月六日，我去土豆田看了看，发现块茎还是很小，叶片还是青绿色的。因此，我不得不再忍耐几个星期，但那些小小的块茎给了我新的希望。只要我不把土豆吃光，而是储存下来一些，土豆田就可以成为如今对我而言相对安全的基石。只要没有气象灾害毁掉收成，我就永远不会挨饿。

豆子也几乎成熟了，尽管不是所有豆子都发芽了，但已经长出来了很多。我想把大部分都留作种子。总之，我的努力开始有了成果，而且时机很适合，因为修整道路的工作已经让我精疲力尽。接着连续下了几天雨，我只干必须干的活儿，其他时间都躺在床上。我甚至白天也睡觉，睡得越多，就越觉得疲倦。我不知道当时我身上发生了什么。也许是因为缺少重要的维生素，也许只是因为过度劳累。"猞猁"一点也不喜欢这样。它总是跑过来找我，用鼻子推我，当这一切都起不到作用时，它就把前爪伸到床上，大声吠叫，让我无法入睡。那时，曾有一瞬间，我就像憎恨奴隶主一样憎恨它。我咒骂着穿好衣服，拿起步枪，带着它出门。这次散步也很及时。家里一点肉都没有了，我也已经把最后一些宝贵的面条喂给了"猞猁"。我成功地射杀了一头弱小的雄鹿，"猞猁"再次对我感到满意。我努力表现出受到鼓舞的样子，把鹿背回了家。那时候，在经过了理性的思考后，我只射击弱小的雄鹿。我担心这片领地里的野生动物只是稍有减少，如果不加以限制，它们将会过度繁殖，几年后，它们在吃空的森林里将会陷入困境。为了避免未来的困境，我尽可能地只猎杀雄鹿。我现在也不认为那时的想法有什么问题。如今，过了两年半，我发现鹿的数量比以前更多了。如果我能离开这里，我会在那道墙壁下面钻出一个足够深的洞来，这样的话，这座森林就不会变成一个陷阱。那些鹿会找到一片肥美、辽阔无边的草场，或者遭遇突然的死亡。两者都比被囚禁在一座被吃空的森林里要好。在这里，所有的掠食性动物都被消灭了，除了人类，野生动物不再有什么天敌。有时我闭上眼睛就能想象出森林里壮观的大迁徙景象。但那只是幻想。显然，人永远不会停止白日做梦。

我把那头鹿剁成大块——这项工作起初对我来说非常费力——再撒上盐，放到桶里腌制，然后把一个大盖子紧紧地绑在上面，把桶带到一处泉水那里，浸在冰凉的水流中。泉水从一棵桦树下涌出来，在树根之间一处深深的洼地里汇聚成一个小池塘，然后再流出几米远，最后消失在地下。胡戈邀请来狩猎的一个客人——一个矮小的、戴眼镜的男人——有一次声称，整座山谷，甚至整个山脉都建立在一个巨大的洞穴之上。我不知道他说的是否属实，但我经常看到一处泉水或一条小溪在地面上消失得无影无踪。也许那个矮小的男人说得对。

有关洞穴的想法有时会在我脑海里持续好几天。聚集在洞穴里的水应该非常清澈，因为得到了泥土与石灰岩的过滤。也许洞穴里也有动物——洞穴蝾螈和白色的盲眼鱼。我可以想象它们在巨大的钟乳石穹顶下没完没了地游动。除了流水的潺潺声与哗哗声，什么也听不到。还有什么地方能比那里更寂寞呢？我将永远都见不到那些蝾螈和鱼。也许它们根本就不存在。我只是设想，就算是在洞穴里，也会有一些生命。洞穴有一些非常吸引人的地方，同时也会让人感到恐惧。在我还年轻时，死亡对我来说就像是一种人格侮辱，我经常想象自己隐居到一个洞穴里，然后死去，永远也不被人发现。这种想法对我来说依然有一定的吸引力。这就像小时候玩的游戏，有时我还是愿意回想起来。我现在不需要躲到一个洞穴里死去了。在这里，当我死去时，没有人会在我身旁。没有人会抚摸着我，注视着我，把他们生机充沛的温热手指按在我渐渐冷下来的眼皮上。在我临终的床前，他们不会窃窃私语，不会互相耳语，也不会让我吞下他们最后一滴苦涩的泪水。有一段时间，我觉得当我死去时，"猞猁"会为我哀嚎。结果却是另一番景象，而且这样更好。"猞猁"很安全，我再也听不到人类的声音，也听不到动物的嚎叫声。没有什么能让我回到旧日的痛苦之中。我依然热爱生活，但总有一天，我会觉得活够了，对生活即将走向结束而感到高兴。

当然，一切也可能会变成截然不同的样子。我还远未安全。他们随时都有可能回来，把我带走。会有一些陌生人找到我这个他们眼里的陌生人。我们之间将无话可说。如果他们永远也不来，我会觉得更好。在第一年里，我却不这么想，也没有这样的感受。所有的事情几乎都不知不觉地发生了变化。因此我也不敢做出太长远的计划，因为我不知道自己再过两年、五年或者十年后会有什么样的感受和想法。我对此没有一点预感。我不喜欢毫无计划地活着。我已经成了一名农民，而农民就必须做计划。但我可能只是一个挫败的农民。也许我的孙子和孙女们现在已经变成了轻率的蝴蝶。我的孩子们已经放弃了所有的责任。我不再传递生命与死亡。就连陪伴我们许多代人的孤独也将随着我的死亡而终结。这不是好事，也不是什么坏事，只是简单的事实。

那么，我该如何度过这个冬天呢？

我在黎明时分醒来之后，立刻就起床了。如果躺在床上，我就会开始思考。我害怕黎明时分的思考，所以立刻就去干活儿了。贝拉开心地迎接我。它在最近一段时间里没有享受到什么乐趣。我很好奇它是如何忍受在这个阴暗的牛圈里孤独地度过日日夜夜的。我对它的了解太少了。也许它有时会做梦，会有一些短暂的回忆：阳光照在它的背上，牙齿之间有多汁的草叶，一头温热而芬芳的小牛温柔地贴到它身上，与过去的冬日进行着无休无止的缄默对话。在它身旁，小牛在稻草里面发出窸窣声，熟悉的气息从熟悉的鼻孔里喷出。回忆从它沉重的身体里升起，又在它缓慢流淌的血液里沉降下来。我对此一无所知。每天早晨，我都会抚摸它的大脑袋，和它说说话，看着它湿漉漉的大眼睛直视着我的脸孔。如果那是人类的眼睛，我会觉得它们有点疯狂。

煤油灯立在小炉灶上，在它黄色的灯光下，我用温水擦洗贝拉的乳房，然后开始挤奶。它又开始产奶了。量不算多，但足够我和两只猫喝了。我对着它不停地说话，向它许诺会有一头小牛，一个漫长而又温暖的夏天，新鲜的绿草，可以把蚊虫赶走的温暖雨水，然后还会有一头小牛。它用温柔而有点疯狂的眼睛看着我，将宽阔的前额靠到我身上，让我揉搓它的角根。我感觉很温暖，很有活力，它察觉出我很乐意有它在这里。这就是我们对彼此的了解了。挤完奶后，我打扫了一下牛圈，冷空气汹涌而入。我从来不会使通风的时间超过必要的时间。牛圈里本来就很凉爽；牛的呼吸和体温只会产生一点点热量。我把沙沙作响、气味芬芳的干草扔给贝拉，给它倒满水，每个星期都用刷子刷一次它那短而光滑的毛皮。然后我拿起煤油灯离开，让它独自度过漫长而孤独的时光。我不知道我离开后牛圈里会发生什么。贝拉是会长时间地目送我，还是会陷入平静的半梦半醒状态，一直到傍晚？要是我知道该怎么在卧室凿一道门就好了。每当我不得不把贝拉独自留下时，我就会考虑这个问题。我甚至把这件事情讲给它听，它在我讲述的过程中舔了舔我的脸。可怜的贝拉。

然后我把牛奶带到房屋里，烧起火，准备做早餐。猫从我的床上起身，走到盘子旁边喝牛奶，然后退回到壁炉洞里，舔舐它冬季的皮毛。自从"猞猁"死后，老猫白天会在温暖的壁炉洞里睡觉。我不忍心把它赶出来。相比于看到令人悲伤、空空荡荡的壁炉洞，这样也许更好。早晨我们几乎不怎么交流，它那个时候有点冷漠和沉默。我打扫房间，把一天要用的木柴搬进屋里。此时，天色转亮了，展现出阴沉的冬日清晨的光亮。乌鸦尖叫着飞向空地，然后停歇在云杉树上。这个时候我就知道现在是九点半了。如果我有一些要扔掉的东西，我就把它们搬到空地上，放在云杉树下。如果我不得不在户外工作，例如劈柴、铲雪或者取干草，我就穿上胡戈的皮裤。我付出了很大努力才把它改到中等大小。它可以罩住我的脚踝，即使在很冷的日子也能让我保持温暖。吃过午餐，打扫过房间后，我就坐在桌子旁边写报告。我也可以睡觉，但是我不想睡。我不得不把自己搞得很累，这样到了晚上一躺下就能睡着。我也不能一直点着煤油灯。在即将到来的冬天，我不得不用鹿油做成的蜡烛来照明。我已经尝试过了，这样的蜡烛臭气熏天，但是我必须习惯。

　　大概在四点钟，当我点起灯时，老猫会从壁炉洞里出来，跳到桌子上来找我。有一段时间，它耐心地看着我写字。它和我一样喜欢昏黄的灯光。一听到乌鸦在空地上空发出刺耳的叫声，老猫就变得紧张，耳朵向后压。当它再次冷静下来，属于我们的时光就到了。老猫轻轻地拍下我手里的铅笔，然后在纸页上趴下来。我抚摸着它，给它讲过去的故事，或者给它唱歌。我唱得不太好，只能低声吟唱，因为冬日午后的寂静令我胆怯。但老猫喜欢我的歌声。它喜欢庄严的音调，尤其喜欢教堂歌曲。它和我一样不喜欢高音。当它觉得听够了时，它会停止发出呼噜声，我便立刻安静下来。火炉里发出毕毕剥剥的响声。如果下雪，我们就一起看着雪花落下。如果下雨或者刮风，老猫就会变得忧郁，而我会努力让它振作起来。有时我能做到，但大多数时候我们两个都深陷在无望的沉默里。很少发生这样的奇迹：老猫站起来，把额头抵在我的脸颊上，把前爪放在我的胸前；或者用牙齿夹住我的指节，轻轻地咬着，显得很顽皮。这种事情并不会经常发生，因为它对展露出自己的感情表现得很节制。在唱某些歌曲时，它会变得陶醉起来，欢快地用爪子把纸页抓得沙沙作响。它的鼻子变得湿润，眼睛上布满一层闪闪发光的薄膜。

所有猫都倾向于神秘的状态：它们会变得仿佛很遥远，完全无法触及。珍珠迷恋上了露易丝的一块红色天鹅绒小垫子。它觉得那是一件拥有魔力的东西。它舔着这块垫子，在这柔软的织物上留下痕迹，最后它在上面休息，雪白的胸脯贴在红色天鹅绒上，眼睛眯成绿色的缝隙，真是一只华丽、神奇的动物。它那后来出生的同母异父的弟弟"老虎"更喜欢香气。"老虎"可以在芳香的药草前坐上很长时间，胡须翘着，眼睛闭着，口水挂在小小的下唇上。最后，它看起来好像下一刻就要碎裂成几千块碎片。到了那时，它就清醒地跳回现实生活，冲进屋里，竖起尾巴跑来跑去，发出小声的尖叫。总的来说，在这种放纵的行为之后，它总是表现得相当粗鲁，就像一个十几岁的少年在阅读一首诗歌时被人发现了一样。但永远也不应该嘲笑猫，它们会非常生气。有时候，要让"老虎"保持认真的态度并不容易。珍珠太漂亮了，我不敢嘲笑它，而且我也不敢嘲笑它的母亲。我对老猫奇怪的状况又有多少了解？我对它的生活有多少了解？有一次，我发现老猫在房屋后面玩弄一只死老鼠。它一定是刚刚杀死那只老鼠。那时我看到的场面让我以为，它把老鼠当成了一个心爱的玩具。它仰躺着，把那个没有生命的东西按在胸前，温柔地舔着。然后它小心地把老鼠放下来，几乎是充满爱意地推了推它，又舔了舔它，最终转向我，发出几声哀叫。示意我应该使它的玩具再次动起来。它没有流露出一丝残忍或者恶意。

我从未见过比这只猫的眼睛更无辜的眼睛，它刚刚把一只小老鼠折磨死了。它不知道自己给这个小东西带来了痛苦。一个心爱的玩具不再动弹了，这只猫为此哀叫。我在明亮的阳光下不寒而栗，某种类似仇恨的情绪在我心中涌起。我心不在焉地抚摸着猫，感觉到仇恨的情绪越来越强烈。然而，没有任何东西，也没有任何人能够让我仇恨。我知道自己永远也不会理解这一点，我也不想理解。我的心里充满了恐惧。直到今天我依然感到恐惧，因为我知道，只有在不了解某些事情的情况下，我才能活下去。顺便一提，那是我唯一一次看到我的猫抓到了老鼠。它似乎只在晚上玩这种可怕而又天真的游戏，我对这一点感到欣慰。

现在，它就躺在我面前的桌子上，眼睛清澈得就像湖泊一样，湖底长着枝繁叶茂的植被。煤油灯已经点了很久，是时候到牛圈里和贝拉待上半个小时了，然后又得把贝拉独自留在黑暗中待上一晚。明天将会和今天一样，和昨天也一样。我会在第一个想法还没来得及醒来时就从床上爬起来，然后乌鸦的黑云会从空地上方飞落下来，它们刺耳的尖叫声会让白天显得稍微有些生气。

在过去，我有时会在晚上读旧报纸和杂志。如今我已经失去了和这些东西所有的联系。它们让我感到无聊。在这座森林里，唯一会让我感到无聊的东西就是那些旧报纸。很可能它们一直都让我感到无聊，只是以前我不知道，那种持续的轻微不适就是无聊。甚至我可怜的孩子们也受到了影响，不能独自待上十分钟。我们都对这种无聊感到麻木。我们根本不可能摆脱它，摆脱它持续不断的轰鸣与闪烁。我再也不会对什么事情感到惊讶了。也许这道墙壁只是一个饱受折磨的人最后一次绝望的尝试，要么逃离，要么发疯。

除了其他东西，这道墙壁也杀死了无聊。墙壁那边的草地、树木和河流不会感到无聊。突然之间，所有的噪声归于平静。在那里，只能听到雨声、风声和空荡荡的房屋吱呀作响的声音，听不到那种令人憎恨的嘈杂声。但再也没有人能够享受这份宁静了。

由于九月依然保持着晴朗和温暖，而我也从疲倦的状态中恢复过来，我便决定再次出门寻找浆果。我知道村民们总是会去高山牧场上采摘蔓越莓。蔓越莓对我来说是一种天赐的福祉，因为烹煮蔓越莓可以不放糖。它们含有鞣酸，因此不容易放坏。九月十二日，我在清早挤完牛奶后，就带着"猞猁"出发了。为了安全起见，我把贝拉留在牛圈里。我唯一担心的是珍珠，它已经习惯了到小溪附近散步。几天以前，它回家时嘴里叼着一条鳟鱼，在阳台下面找了个地方享用它的晚餐。它为自己的第一次成功感到骄傲和喜悦，我不得不赞美它，爱抚它。因此，它每天都坐在溪流中央的一块石头上，举起右前爪，等待着鳟鱼。它的皮毛在阳光下闪闪发亮，每个长着眼睛的生物肯定都会看到它。我对此无能为力。我过去梦想着它能成为一只安静的家猫，这个梦想现在破灭了，反正我也从来没有真正相信它能实现。无论是老猫还是后来出生的"老虎"，它们从未去过小溪那里。它们都非常怕水。珍珠有点与众不同。那只老猫不以为然地看着自己女儿的奇怪行为，但不去干涉。珍珠还没有完全长大，但它的母亲几乎不怎么关心它，恢复了自己旧日的生活。所以，我把珍珠锁在楼上堆放树枝和树皮的房间里，给它放了一点水和鲜肉。我对此感到非常抱歉，但是我没有其他办法。

　　登上高山牧场的道路并不难找，需要走上三个小时。路况保持得很好，很宽阔，因为这条路曾经用来赶牛上山。如果这道墙壁晚出现几天，那么这上面就会有一小群牛和一个放牛的女孩了。但我不想为此而抱怨，如果是这样的话，对我来说情况可能还会更糟。

高山牧场上的小屋位于一大片草场中，草已经有点变黄了。当我走过柔软的草场时，我想起了贝拉，它整个夏天都在吃林中空地上坚硬的草叶，而这里却有着最柔嫩的草。我立刻想到，明年五月要带它来这里。但与此同时，许多困难浮现在我的眼前，让我害怕得退缩了。牧场小屋的状况良好，至少可以在里面住上一整个夏天。我发现了一个黄油桶、两张旧日历和一张我不认识的电影明星的照片，用铆钉固定在柜子上。因此，那个放牛的女孩其实是个男牧民。小屋非常脏乱，盘子边缘有一层棕褐色的油渍，桌子可能从来没有擦过。我还发现了一顶闪闪发光的墨绿色的毡帽，还有一件破烂的雨衣。我感到疲惫，对蔓越莓的渴望开始减弱。我不得不强迫自己继续前行。最终，我找到了蔓越莓生长的地方。但它们才刚刚变成粉红色，所以我不得不再来一次高山牧场。返程之前，我试图找到一个可以俯瞰乡野的地方。我沿着草地穿过森林，然后眼前突然出现了一个陡峭的碎石坡。我坐在那里的一个树桩上，透过望远镜望向远方。

这是一个美丽的秋日，远处的景色非常好。当我开始数红色的教堂塔楼时，我微微地颤抖了起来。最终我发现那里有五座教堂塔楼，还有几栋小房子。森林和草地都还没有开始变色。中间有一块黄棕色的矩形，那是还没有收割的麦田。道路上空空荡荡。我想我认出了一些应该是卡车的小东西。

下面没有任何动静，没有炊烟升起，也没有鸟群落入田野。我在天空中搜寻了很长时间。那里依然空空荡荡的，没有任何动静。或许，我本来也没有期待能看到别的东西。望远镜从我的手中滑落，砸到了我的膝盖。因此我看不到那几座教堂塔楼了。

"猞猁"开始感到无聊，想要继续前进。我站起身，跟随着它。我把空桶留在了小屋里，这样就不用再把它背上山，但是我带上了日历、面粉和黄油桶。我把黄油桶紧紧地绑在背包上，立刻感受到了它压在我身上的重量。但我不能放弃它。用打蛋器把鲜牛奶打成黄油已经够费力了。现在，我有了一个黄油桶，甚至可以考虑做澄清黄油。"猞猁"突然变得很激动，开始在草地上飞驰，长长的耳朵飘了起来。我气喘吁吁地背着黄油桶。我一直讨厌背负重物，却总是不得不这样做。首先是过大的书包，然后是手提箱、孩子、购物袋和煤炭桶，现在是一捆捆干草和木柴，还有一个黄油桶。我惊讶于为什么我的手臂还没长到膝盖的位置，这样的话，弯腰时我的背就不会那么痛了。我还缺少爪子、厚厚的皮毛和长长的獠牙，这样我就可以成为一个完全适应这种环境的生物。我羡慕地看着"猞猁"轻盈地飞跑过草地，突然想起，从早晨开始，我只在高山牧场上喝了一点井水，完全忘记吃饭这回事。我的干粮被压在黄油桶下面。我到达狩猎小屋时已经精疲力尽，肩膀痛了好几天。但黄油桶得救了。

在日历上，我找不到任何关于这十四天的笔记。我几乎失去了对那段时间的记忆。是因为我过得太好还是太糟糕，以至于我不想记录下来？我认为更可能是过得很糟糕。单调的食物和繁重的体力劳动使我变得非常虚弱。但在那段时间，我肯定在收集掉落的树枝和树皮，并把它们堆在楼上的房间里。我之前做过。我需要干燥的木材来生火。虽然阳台下方的木头在好天气里可以得到保护，但在暴风雨中有时会受潮，难以点燃。我本可以把仓库当作放木头的小屋，但我需要它来存放干草。顺便说一下，潮湿的木头也有一定的好处，它燃烧得要缓慢得多，不用频繁添加。当我希望火焰燃烧一整个晚上时，我就在上面放一些潮湿的木头。

十月二日，我醒来时在日历上标记了新生活的开始。土豆成熟了。我把它们装在麻袋里带回家，摊开放在卧室里。我不敢把它们放在小屋后面山上的小地窖里。我曾经试着往里面放了一些土豆，结果第一场霜冻就把它们都冻坏了。在卧室里，在关上百叶窗的情况下，一切保持着黑暗和凉爽，奇怪的是，里面并不潮湿。现在被弄得一团糟，因为我把所有储藏品都放在里面了。我的初始资本翻了几番。晚上，尽管非常疲倦，但我还是煮了一锅土豆，配着新鲜的黄油吃了起来。这是一顿盛宴，我终于吃饱了，然后趴在桌上睡着了。一个小时后，"猞猁"略带责备地叫醒了我，它也吃到了土豆，只有两只猫没吃，它们是纯肉食动物。顺便说一下，"猞猁"很喜欢吃土豆，但我不经常给它吃，因为我知道土豆对它来说没有好处。

我不想让田地再次变得荒芜，我在第一年里几乎无法应付杂草，因此决定立刻开始除草。除草工作完成后，我才感到安心。我在阳光下把豆子晒干，并把它们作为种子储存起来。考虑了很久之后，我把土豆也留下了一部分，当作种子。我控制着自己不要去动这一部分库存。在几个星期里适度地挨饿，总比在第二年挨饿要好得多。收割完，我想起来，在我当初发现贝拉的那片草地上有几棵果树。一棵苹果树、两棵李子树和一棵野苹果树。李子树上共有二十四颗果实，小小的，带有斑点，挂着树脂液滴，味道非常甜。我当场就把它们吃掉了，到了晚上却开始肚子疼。苹果树上大概有五十颗果实，个头很大，是那种脆生生的、红润的冬季苹果，是山里唯一真正茁壮生长的那一类苹果。之前我总是觉得它们的味道像甜菜。我在那个时候一定是非常挑剔和娇气的。野苹果树结满了红色小苹果。实际上，它们只能用来酿果酒。但为了补充维生素，我一整年都在勉强吃这些果子。当时苹果还没熟透，所以我没有采摘。那天的天气很好，空气已经变得有些凉爽而令人振奋，我可以清晰地看到墙壁对面的每一棵树和每一座农场。窗户依然紧闭着，那两头牛，贝拉的同类，依然沉浸在深沉的、石化的睡眠中。草地上的草一直没有被割过，已经长到了那两头牛的侧腹，使我无法看到它们的鼻子。小屋周围长满了荨麻菜。去那边原本会是一次美好的郊游活动，但看到这两只动物和那丛荨麻菜，我感到困扰和沉闷。

秋天一直就是我最喜爱的季节，尽管我的身体从来没有感觉特别舒服过。白天我很疲惫，但依然保持着警醒，晚上我常常深陷在不安的半梦半醒的状态里，梦境比平时的更加混乱而生动。即使在森林里，秋天的风寒也没有放过我。然而，由于我几乎无法容忍自己生病，它就表现得较为温和，也有可能是因为我没有时间特别关注它。"猞猁"变得非常激动，表现得很兴奋，但如果是一个陌生人，可能就不会注意到任何变化。它几乎总是保持着愉快状态。我从未见过它闷闷不乐超过三分钟。它简直是无法抑制地感到快乐。森林里的生活对它来说就是不断的诱惑。阳光、白雪、刮风、下雨，一切都是让它感到兴奋的理由。我只要待在"猞猁"身边，就不会保持太久的悲伤情绪。和我生活在一起让它感到如此幸福，这几乎让我感到羞愧。我认为野生成年动物很难感到幸福或快乐。肯定是与人类一起生活的过程激发了猎犬的这种能力。我想知道，为什么我们在狗身上产生的影响几乎就像毒品一样。也许人类的自大和狂妄要归咎于狗。有时我甚至也会幻想，我一定是有什么特别之处，所以"猞猁"一看到我就高兴得几乎要打滚。当然，我从来就没有什么特别之处，"猞猁"和所有狗一样，只不过是依恋人类。

有时，当我一个人走在冬天的森林里时，我会像以前对待"猞猁"一样自言自语。我甚至意识不到自己正在说话，直到有什么事情突然吓到了我，才会闭嘴。我转过头，瞥见一抹红褐色皮毛的闪光。但路上空空荡荡的，只有光秃秃的灌木丛和潮湿的石头。我一点也不感到奇怪，我依然能听到它跟在我的身后，脚踩着干枯的树枝，发出噼啪的响声。除了追随我的踪迹，它那小小的猎犬的灵魂还能去哪里呢？这是一个友好的鬼魂，我不怕它。"猞猁"，美丽善良的猎犬，我的猎犬，很可能只是我可怜的头脑制造出你踩踏的声音，你皮毛的微光。只要我还存在，你就会一直追随我的足迹，带着饥饿与渴望，就像我自己，带着饥饿与渴望，追随着那看不见的足迹。我们永远也不会追到我们的猎物。

十月十日，我收获了苹果，把它们放在卧室的毯子上。现在早晨已经很凉了，我每天都在期待果实成熟。是时候采摘蔓越莓了。

这一次，我没有在那个俯瞰点停下。我一眼就看出来，什么都没有改变。只有森林呈现出新的华丽色彩。那天，风很大，阳光也不怎么暖和，因此采摘蔓越莓时我的手被冻得僵硬。我在小屋里煮了点茶，给"猞猁"吃了一点肉，然后把装满蔓越莓的桶放进背包，下山回到山谷里。我把蔓越莓煮成果酱，装进玻璃瓶里保存。就算是这一小点库存，应该也能帮助我度过这个冬天。

现在我只剩下两件事要做：必须给贝拉割些稻草，必须在寒冷降临前把仓库填满干草。我本可以慢慢来，天气在很长一段时间里都很好。我用镰刀割下稻草，把它们和枯叶堆在一起。稻草只用一天时间就晒干了，然后我把它们移到牛圈屋顶下的一个小隔间里。放不下的部分我便堆放在牛圈的角落里。最后，我把干草拖进仓库，然后终于可以休息了。

现在我真正地在长椅上坐了下来，享受午后阳光的微弱暖意，这对我没有什么坏处，因为我太疲倦了，无法进行任何思考。

我静静地坐着，双手放在斗篷下面，面孔朝向温暖的阳光。"猞猁"在灌木丛中翻找着，不时回到我身边，确保我一切安好。珍珠在阳台下面吃掉了一条鳟鱼，然后和我一起坐在了长椅上，开始清理它长长的皮毛。有时它会停下来，对我眨眨眼，发出大声的呼噜声，然后又投入到它的清洁工作中。因为天气很好，我依然让贝拉去草地上活动，但在傍晚会给它吃新鲜的干草。草地上的草已经满足不了它了，那些草变得很硬，失去了汁水，大部分草都被我当作稻草割掉了。贝拉变得更圆润了，但我依然不确定它是否怀上了一头小牛。它在整整几个月里都没有渴望过公牛，这使我的希望变得愈发强烈。但我依然感到非常不确定。

春天、夏天和秋天都过去了，我已经做了我所能做的一切。或许这些事情都是毫无意义的，但我太累了，无法思考这一切。我所有的动物都在附近，我一直在尽我所能地照顾它们。阳光照在我的脸上，我闭上了眼睛，但是没有入睡，累得睡不着。我也没有挪动，因为每做一个动作都让我感到疼痛，我只想静静地坐在阳光下，不去感受疼痛，不去思考。

那天我记得很清楚。我看到蜘蛛网在树木之间闪烁，就在牛圈旁边的云杉树下，在颤动的金绿色空气里。风景变得面目一新，显露出深邃与澄澈，我希望一整天都坐在这里看风景。

傍晚，当我从牛圈走到房屋时，天色变得阴沉，而且似乎暖和起来了。尽管很累，但我在晚上还是睡得很差，不过这件事没有怎么令我感到困扰。我心满意足地躺在床上，伸展着，等待着。我曾一度觉得睡觉是一种巨大的浪费。快到早晨时，老猫回到了家里，依偎在我的膝盖上，开始发出呼噜声。我感到舒适而温暖，不需要任何睡眠。但最后我肯定还是睡着了，因为我醒来时已经很晚了，"猞猁"急躁地要求跑到外面去。外面正在下雨，经过长久的干旱之后，我对此很高兴。小溪里面几乎没有水了，鳟鱼陷入了极大的困境。雨水像一层灰色的薄纱悬挂在森林上空，升到高处逐渐凝结成雾。天气比起晴天时还要暖和，但一切都在湿润的空气中闪烁着。我知道，这场雨意味着秋天的结束。它带来了冬天，这是我一直害怕的漫长时光。我慢慢走回小屋，生起火来。

雨下了两天，天气越来越冷。十月二十七日，下了第一场雪。"猞猁"高兴地欢迎它，老猫显得有些不满，珍珠好奇地盯着飞舞的白色雪花。我给它打开了门，它小心翼翼地走近覆盖在道路上的陌生的白色东西。它慢慢地抬起一只爪子，轻轻地碰了碰雪，然后惊慌得全身发抖，逃回了屋里。它一天会尝试十几次，但都没能把爪子伸入湿冷的雪中。最后，它在窗台上坐下来打盹，就像它母亲一样。老猫坚强而勇敢，但不喜欢在雪地里行走，因为雪太湿了。晚上，它会溜到外面解决自己的生理需求，但很快就会回来。它是一只非常爱干净的动物，在家里表现得像个纯洁的精灵，把它的孩子也清理得非常干净。它依然在外面某个地方吃自己的猎物。很可能在以前，它不被允许进屋。珍珠总是把自己捕的鳟鱼带回家，而"老虎"会把每一个猎物放在我脚边，在吃掉之前必须先得到我的爱抚。不过，我很高兴那只老猫让我如此省心，它真的非常独立，如果有必要的话，它甚至不需要我的帮助也能独立生存。

我的这几只猫一直都有一个习惯，那就是在吃过饭后绕着自己的碗转圈，然后在地板上抓挠。我不知道这是什么意思，它们从来不会忘记这么做。总的来说，这些猫遵循着一种拜占庭式的仪式，如果有人打搅了它们的神秘仪式，它们就会非常不悦。与它们相比，"猞猁"是一只无害的自然生物，它们似乎有点鄙视它。

我把其中一只猫放在长椅上，它跳了下来，来来回回走了三圈，然后坐在我之前把它放下来的地方。它以这样的姿态坚持自己的自由和独立。观察它们总是让我感到快乐，而我的喜爱中总是掺杂着一点偷偷的钦佩。"猞猁"似乎有一样的感受。它喜欢这几只猫，因为它们属于我们。它尤其喜欢珍珠，因为珍珠从不躲避它，也不对它发出嘶嘶声，但它面对猫时似乎还是有点拿不准。

第一个十月非常美好，我和"猞猁"、珍珠以及老猫都在家里。我终于有时间去了解它们。

冬天只持续了几天。在这之后就是一场焚风，使得新雪从山上消融。天气温暖得令人不适，焚风日日夜夜都环绕着小屋呼啸。我睡得很差，听着发情季节从高山上下来的鹿的吼叫。"猞猁"变得焦躁不安，甚至在睡梦中也会吠叫和哀嚎。它可能梦到了很久以前的狩猎活动。两只猫都走进了温暖而潮湿的森林。我清醒地躺着，担心着珍珠。鹿的吼叫声听起来非常悲伤，咄咄逼人，有时接近于绝望。也许只是在我听来是这样；我在书中读到的描述就完全不一样。书中总是写着明快的挑战、自豪和欢愉。也许问题在我，我永远都无法听出这些情绪。对我来说，这种声音听起来总像是一种可怕的强迫，驱使它们盲目地奔向危险。它们不可能知道自己今年不会遭遇任何灾难。发情期的鹿肉很难吃。所以我躺在床上，想着珍珠，它是那么缺乏经验，在猫头鹰、狐狸和貂的世界里，它的白色皮毛是那么危险。我只能希望焚风不要持续太久，冬天最终能给我们带来一些宁静。实际上，焚风只持续了三天，而这就足以置珍珠于死地。

　　十一月三日，珍珠没有在早晨回到家里。我和"猞猁"一起去找它，但是没找到。这一天缓慢而令人沮丧地消逝了。天气依然多风，温热的风让我坐立不安。"猞猁"也在不停地徘徊，它一出去就又想要回到房间里，迷茫地抬起头来看着我。只有老猫一直躺在我床上睡觉，它似乎并不想念珍珠。到了傍晚，我去挤牛奶，煮了几个土豆，给"猞猁"和老猫喂了食。黑暗突然降临，风吹动着百叶窗。我点亮煤油灯，坐在桌子旁边，试图阅读日历，但我的目光一次又一次地滑向昏暗背景中供猫进出的小门。然后那里传来了刮擦的声音，珍珠从柜子的角落里爬了出来。

老猫高高地拱起脊背，大声尖叫，从床上跳了下来。我想是那声尖叫吓得我没法立刻站起来。珍珠慢慢地靠近，盲目爬行和滑动的动作非常可怕，就好像它的每一根骨头都断了一样。它试图在我脚边站起来，却发出某种窒息的声音，然后头重重地摔到了地板上。一股鲜血从它的嘴里涌出；它颤抖着，把身体伸展开来。当我在它身边跪下时，它已经死了。"猞猁"站在我身边，呜咽着离开了它那鲜血淋漓的玩伴。我抚摸着那黏糊糊的皮毛，好像我在珍珠出生时就料到了这一刻。我用一块布裹着它，到了第二天早晨，把它埋在了森林草地里。干燥的木地板饥渴地吸收着它的鲜血。尽管那块血渍现在已经褪色了，我永远也不会把它清洗掉。"猞猁"整天都在寻找珍珠，几天后它似乎才意识到，珍珠已经永远地离开了。它亲眼看着珍珠死去，但它似乎并不明白其中的联系。老猫跑走了两天，然后又恢复了惯常的生活。

我从来没有忘记珍珠。它的死是我在这座森林里经历的第一次失落。当我想起它时，眼前很少会浮现出它披着华丽的白色皮毛坐在长椅上，凝视着蓝色小蝴蝶的场景。大多数时候，我眼前浮现出的都是一个可怜的、血迹斑斑的皮囊，眼睛半睁半闭，粉红色的舌头夹在牙齿之间。我无法改变这一切。抵制这些画面是毫无意义的。它们来了又走，我越是抗拒这样的回忆，这些回忆就越显得阴森可怕。

珍珠已经埋葬，而焚风在一夜之间就平息了，好像完成了自己的使命。天空下起了新雪，鹿的吼叫声变得微弱，几天以后就完全消失了。我继续着我的工作，努力不屈服于不断向我袭来的悲痛。冬天的安宁终于到来了，但不是我所期望的安宁。家里有了一个遇害者，即使是火炉的温暖和煤油灯的光亮也无法让小屋变得舒适起来。现在我不太在乎这种舒适，为了让"猞猁"高兴，我经常和它一起到森林里去。那里很冷，也很荒凉，但比我温暖的、灯光柔和的家更容易让人忍受。

开枪射击野生动物对我来说是一件很困难的事情。我不得不强迫自己吃东西，因为我变得和刚收割完干草时一样瘦。我对杀戮的厌恶从未消失。这一点一定是我与生俱来的特质，当我需要肉时，我不得不一次又一次地克服我的天性。我现在理解了为什么胡戈不去参加露易丝和他的商业伙伴们的射击活动。有时我会想，露易丝没能活下来真是可惜，至少她可以毫无困难地给我们提供鲜肉。但她从来不想在任何事情上退缩，于是就这样把可怜的胡戈拖进了毁灭的命运中。也许她依然坐在酒馆的桌边，成了一个毫无生气的僵硬物体，涂着口红，留着金红色的鬓发。她是如此热爱生活，却总是在做错误的事情，因为在我们这个世界上，人们不可能如此热爱生活而又不受到惩罚。她还在世的时候，我们之间的关系很生疏，有时她会让我感到反感。但我几乎开始喜欢已经死去的露易丝，也许是因为我现在有很多时间去思考她的事情。实际上，我对她的了解从未超过今天对贝拉或对那只老猫的了解。只是爱贝拉或爱老猫比爱一个人要容易得多。

十一月六日，我和"猞猁"进行了一次长途跋涉，沿着一条陌生的小径走了下去。我的方向感很差，总是很容易走错方向。但每次当我迷路时，"猞猁"都会非常顺利地把我带回家。如今，我只走熟悉的老路，否则我就必须在树上做出标记，以便找到回来的路。其实我没有理由在树林里到处游荡。野生动物沿着它们过去的踪迹行进，而通往田地和溪边草地的道路，我就算睡着了也能找到。尽管我不想承认，但是没有了"猞猁"，我就成了这个盆地的囚徒。

在那个十一月六日，一个阳光明媚的凉爽日子，我还可以去未知的地方远足。积雪已经融化，红棕色的树叶覆盖在小路上，光滑而潮湿，闪着光亮。我爬上了一座小山，穿过一座木制的栈道，栈道很湿滑，通往山谷。然后我到达了一个平坦的高地，那里有茂密的桦树和云杉树，我在那边休息了一会儿。中午时，阳光穿过了雾气，照暖了我的背。"猞猁"陶醉在阳光之中，兴奋地冲我高高跳了起来。它知道这一次出来不是为了狩猎，我没有带枪，所以它得到了一定程度的自由，可以放松一些。它的爪子很湿，弄得很脏，有一些树叶和沙子粘在了我的大衣上。最终它平静了下来，在一条小溪边饮水，这条小溪可能是雪融化了之后才形成的。

和往常一样，当我和"猞猁"一起走在森林里时，某种平静和愉悦就充满了我的内心。我没打算做任何事，只想让那只猎犬活动一下，也防止自己陷入徒劳的思考。在森林里散步可以分散我的注意力。慢慢地走着，看看风景，呼吸一些凉爽的空气对我来说很有益处。我沿着小溪走下山去。流水变得细弱，最终，我走在了小溪的河床上，因为小路上杂草蔓生，而当我穿过或拨开树枝时，我的后颈都会淋上冰凉的水。"猞猁"开始变得不安，摆出它工作时的表情。它在追踪某种线索。它悄悄地把鼻子贴近地面，跑在我前面。它在流水冲刷出来的一个小洞穴前停了下来，洞口被一丛榛树半掩着。它表示在那儿发现了些什么，它很兴奋，但并不像以前有所发现时那么开心。

我把滴着水的树枝拨开，在昏暗的洞穴里看到了一只死掉的羚羊，它紧紧地贴着墙壁。这是一只成年的动物，但在死去以后看起来非常小。我能清楚地看到它前额和眼睛上疥疮的白斑，就像一种有毒的真菌。这是一只被遗弃的孤独的动物，它从碎石坡、落叶松和杜鹃花丛那边走下来，奄奄一息、盲目地躲在这个洞穴里。我松手放开了树枝，把"猞猁"赶走，它似乎对更仔细的检查很感兴趣。它不情愿地服从了，犹豫地跟着我走下了山。我突然间感到非常疲倦，想要回家。"猞猁"意识到是那只死去的患有疥疮的动物造成了我的低落情绪，于是失望地垂下了头。我们的远足在一开始非常美好，但最后我们两个都默默地走着，直到小溪奇迹般地汇入那条熟悉的溪流，我们不得不穿过峡谷才能回到家里。一条鳟鱼一动不动地停在棕绿色的池塘里，看到它的那一刻，我开始感到寒冷。峡谷中的岩石看起来冰冷又阴森，在那一天，我再也没有看到阳光，因为当我们到达小屋时，太阳早就被笼罩在浓雾中了。峡谷里的潮气就像湿毛巾一样盖在我的脸上。

那些乌鸦停歇在云杉树上。当"狉狌"向它们吠叫时，它们会飞起来，落在更远的树上。它们很清楚，"狉狌"的吠叫对它们来说并不意味着危险。"狉狌"不喜欢乌鸦，总是试图把它们赶走。后来，它勉强接受了这些乌鸦，变得有点能容忍它们。我不讨厌乌鸦，甚至会把少量的剩饭留给它们。有时候，当我打到一只野生动物时，它们还能饱餐一顿。事实上，它们是美丽的鸟，有着闪亮的羽毛、厚厚的喙和熠熠生辉的黑眼睛。我经常会在雪地里发现一只死乌鸦，第二天早晨它就不见了。可能是狐狸捡走了它，也许就是杀死珍珠的那只狐狸。我发现珍珠身上有咬痕，但最严重的是它受的内伤。如果只是咬伤，它应该还能活下来。

有一次，应该是在第一个冬天，我看见一只狐狸站在小溪边喝水。它披着灰褐色的冬季皮毛，上面覆盖着一层白霜。在寂静的雪景中，它看上去非常有活力。我本来可以开枪打死它，但我没有这么做。珍珠是注定要死的，因为它的祖先之一是一只娇生惯养的安哥拉猫。它从一开始就注定要成为狐狸、猫头鹰或貂的牺牲品。我应该为此而惩罚那只美丽而富有活力的狐狸吗？珍珠的遭遇并不公平，但珍珠的受害者——那些鳟鱼——的遭遇也不公平，我应该把不公平转移到那只狐狸身上吗？在这座森林里，唯一能够真正判断公平或不公平的就是我。只有我可以施以仁慈。有时候，我希望不用扛起做出决定的重担。但我是一个人类，我只能像人类一样思考和行动。只有死亡才能将我解救出来。当我想起冬天时，我眼前总是浮现出那只白色的成年狐狸，站在融雪形成的小溪旁边。一只孤独的成年动物，走着它命中注定的道路。这幅画面对我来说似乎有着某种重要的意义，好像它只是其他东西的象征，但我无法理解其中的意义。

"猞猁"发现死掉的羚羊的那次外出活动是今年最后一次远足。雪又开始下起来了，很快就积到了脚踝的高度。我忙着做零零碎碎的家务，还有照顾贝拉。它现在产的牛奶少了一点，而且身体明显变得更胖了。我开始认真地希望会有一头小牛。夜里我常常无法入睡，躺在那里，思考着各种可能性。如果贝拉出了什么事，我能活下来的机会就会小很多。即使能有一头小牛出生，起到的作用也是有限的。只有贝拉生出一头公牛，我才可以期望自己在这座森林里活得更久。那时候，我依然希望有一天有人能找到我，但我尽可能地把有关过去和遥远未来的所有想法都从头脑里赶出去，只集中精力处理眼前的事情：下一次土豆的收获，还有去那片生长着肥美牧草的高山牧场。夏天搬到高山牧场上的想法占据了我整个晚上的时间。我在户外的工作减少之后，睡眠的质量变差了，我晚上会熬更久的夜（真是对煤油的浪费），阅读露易丝的杂志、日历和犯罪小说。杂志和小说很快就让我感到厌烦，我越来越喜欢那本日历。如今我依然会读它。

我所知道的有关畜牧业的一切知识都来自那本日历。我现在也越来越喜欢里面的故事，而我以前可能会嘲笑它们。有些故事很感人，有些故事很可怕，尤其是那个关于鳗鱼之王追击一个虐待动物的农夫的故事，农夫最终在非常戏剧化的情况下被勒死了。这个故事真的很精彩，我阅读时感到非常害怕。但在第一个冬天时，我对这些故事并没有太多兴趣。露易丝的杂志里刊登了有关面膜、貂皮大衣和瓷器收藏的文章，占据了好几页。有些面膜是用蜂蜜和面粉的混合物制成的，每当读到这部分时，我总是感到很饿。我最喜欢的是有着华丽插图的烹饪食谱。有一天，当我感觉很饿时，我变得非常恼火（我本来就很容易突然发脾气），一下子把所有食谱都烧掉了。我最后看到的东西是一只淋满了蛋黄酱的龙虾，当大火吞噬它时，它弯曲了起来。我这么做真是太蠢了，原本可以用它烧上三个星期的火炉，但我在一个晚上就把一切都浪费掉了。

最终，我停止了阅读，宁可去玩纸牌游戏。这个游戏使我感到平静，与这些熟悉而肮脏的角色打交道可以分散我的思绪。当时，我只是单纯地惧怕熄灭灯火上床睡觉的那一刻。整个晚上，我就怀着这种恐惧坐在桌边。这个时候，老猫已经离开了，而"猞猁"则在壁炉洞里睡着了。我独自一人玩着纸牌游戏，心里怀着恐惧。每天晚上，我最终还是得上床睡觉。我累得几乎跌在了桌子底下，但一躺到床上，在黑暗和寂静之中，我却完全清醒过来，各种念头像一群胡蜂一样扑过来。当我终于睡着时，我会做梦，哭着醒来，然后再次回到那些可怕的梦中。

尽管我的梦之前都很空洞，但从进入冬天开始，它们变得异常丰富。我只会梦见那些已经死去的人，因为即使是在梦中，我也知道没有人还活着。梦的开始总是无害又虚伪的，但我从一开始就知道，有什么糟糕的事情即将发生，梦境的情节无情地推进，直到熟悉的面孔变得僵硬，我呻吟着醒来。我哭泣，直到再次入睡，沉回到死者的身边，越来越深，越来越快，然后尖叫着再次醒来。白天的时候，我感到疲惫和冷漠，"猞猁"则拼命地试图让我振作起来。就连那只似乎总是全神贯注地关注着自己的老猫，也赠予了我一点微弱的柔情。如果没有它们，我可能熬不过第一个冬天。

我不得不继续处理贝拉的事情，这是一件好事，它变得非常胖，我每天都不得不为生出一头小牛做好准备。贝拉变得身体笨拙，呼吸急促，我每天都和它好好交谈，鼓励它。它那双美丽的眼睛显现出担忧和紧张的样子，好像正在思考自己的状况。也许那只不过是我的想象。就这样，我的生活被分割成了可怕的夜晚和理智的白昼，我累得几乎无法站直身体。

日子就这样流逝。十二月中旬，天气变暖了一些，积雪融化了。我每天都带着"猞猁"去自己的领地。然后我就可以睡得好一些，但还是会做梦。我意识到，从第一天开始，我对自己的处境表现出的淡然，只不过是一种麻痹的状态。现在，这种麻痹停止了作用，我开始对自己的处境表现出正常的反应。白天，我为我的动物、土豆和干草感到忧虑，这在当时的情况下是合适的，因此是可以接受的。我知道自己可以完成这些工作，也做好了准备去面对它们。相比之下，夜间袭来的恐惧在我看来完全没有解决的办法，这是一种对过去、对无法死而复生的事物的恐惧，在黑夜中，我对这种情绪束手无策。我极力拒绝面对过去，这可能让我陷入了更糟的境地。但在那个时候，我没有意识到这一点。圣诞节越来越近了，我对此感到害怕。

十二月二十四日是一个没有风、天气晦暗的日子。上午，我和"猞猁"一起去狩猎林区，很高兴那里至少没有积雪。我的表现有点不合常理，但在那个时候，没有雪的圣诞节对我来说似乎更容易忍受。当我沿着熟悉的上山道路行走时，第一片雪花慢慢地、静静地飘落了下来。就好像连天气也和我作对一般。"猞猁"无法理解，为什么当越来越多的雪花从灰白色的空中飘下来时我不感到兴奋。我试着为了讨它的欢心而表现得高兴，但是我做不到，所以它沮丧地在我身边一路小跑，低垂着头。中午，当我透过窗户向外看时，树木已经被白雪所覆盖。将近傍晚，当我走进牛圈时，森林已经变成了一片真正的圣诞森林，积雪在我脚下吱呀作响。当我点亮煤油灯时，我突然意识到不能再这样下去了。某种狂野的欲望压倒了我，让我屈服，并让事情顺其自然。我已经厌倦了不断逃避，想要面对现实。我在桌子旁边坐下，不再抗拒。我感到肌肉在放松，心跳缓慢而均匀。即使是简单地决定屈服，似乎也有所帮助。我清晰地回忆起过去的事情，努力做到公正，不美化，也不抹黑。

　　要公平地对待自己的过去是非常困难的。在遥远的现实中，圣诞节曾经是一个美丽、神秘的节日，因为在小时候，我还会相信奇迹。后来，圣诞节成了一个欢乐的节日，我会收到来自天南地北的礼物，会认为自己是全家的中心。我完全没想过这个节日对我的父母和祖父母来说可能意味着什么。一些古老的魔力已经消散，永远失去了光泽。再后来，在我的孩子们还小的时候，这个节日又恢复了魔力，但没有持续多久，因为她们不像我那么在乎神秘和奇迹。然后，圣诞节又变成了一个欢乐的节日，我的孩子们会收到来自天南地北的礼物，会认为一切都围着她们转。现实的确就是这样。又过了一段时间，圣诞节不再是一个节日，而是一个人们习惯互相赠送礼物的日子，人们总是得买点什么东西。对我来说，圣诞节在那个时候就已经失去了生命力，而不是在森林里的这个十二月二十四日才失去了生命力。我意识到，当我的孩子们不再是孩子时，我就开始害怕这个节日了。我没有力气去让这个已经死掉的节日重新焕发生机。今天，在经历了很多个圣诞节之后，我独自坐在森林里，陪伴我的只有一头奶牛、一只猎犬和一只猫，我不再拥有组成我过去四十年生活的一切。云杉树上落满了雪，灶火发出毕毕剥剥的响声，一切都像是原本就应该是的那样。只是孩子们不存在了，奇迹也不会发生了。我再也不必跑到商场里买那些没有用的东西。不会再有巨大的、装饰华丽的圣诞树在有暖气的房间里缓慢地枯萎，而不是在森林里茁壮生长，不会再有闪光的蜡烛，不会再有镀金的天使，也不会再有甜美的颂歌。

当我还是孩子时，我们总是唱那首歌："孩子们快来吧。"这一直都是我最熟悉的圣诞歌曲，即使出于某种原因没有人唱了。所有的小孩子，他们都去了哪里？被引诱进了石化的虚无？也许我是世界上唯一一个还记得这首歌的人。一些经过精心计划的事情发展得很失败，结果变得很糟糕。我没有权利抱怨，因为我就像死者一样，无论是有罪的还是无辜的。人类创造出了这么多节日，总会有关于一些节日的记忆走向死灭的时刻。在我心里，所有小孩子的节日都已经消失了。未来，一座被雪覆盖的森林将仅仅意味着一座被雪覆盖的森林，马厩里的牲口槽将仅仅意味着马厩里的牲口槽。

我站了起来，走到门口。煤油灯的光落到了路上，小株云杉树上的雪闪烁着黄色的光芒。我希望我的眼睛可以忘记这幅画面许久以来对它们来说意味着什么。有某种全新的东西躲在这一切后面，只是我看不见它，因为我的头脑完全被旧事物填满了，我的眼睛无法习惯眼前的景象。我失去了旧的事物，也没有得到新的，它在我面前表现得非常排外，但我知道它就在那里。我不知道为什么这个念头让我心里充满了非常微弱和摇曳不定的快乐。几个星期以来我都没有这么愉悦过。

我穿上鞋，再次走进牛圈。贝拉已经躺下睡了。它身上弥漫着温暖而洁净的气息，已经入睡的沉重身体散发出温柔与耐心。于是我又离开了它，踏着雪回到了房屋。和我一起出门的"猞猁"从灌木丛后面跳出来，我把门从里面锁上。"猞猁"跳到长椅上，把头抵在我的膝盖上。我和它交谈，看得出来它对此感到很幸福。它在过去几个星期里都在专注地帮助我度过阴郁的时刻。它明白我又完完全全地回到它的身边了，它可以通过吠叫、鸣咽和舔我的手来接近我。"猞猁"感到心满意足。最后它累了，陷入熟睡。它感到很安全，因为它的主人又从那个它无法追随的奇异世界回到了自己身边。我开始玩纸牌，不再感到恐惧。无论这一晚过得是好还是坏，我都愿意接受它，不再逃避。

晚上十点钟左右，我小心地把"猞猁"从我身边挪开，收拾好纸牌，上床睡觉。我在黑暗中伸展开肢体，困倦地望着炉灶落在昏暗地板上的玫瑰色光芒。我又开始思考了，不受任何阻碍，但我依然不害怕。地板上的灯光停止了跳闪，满脑子的想法让我觉得有点头晕。现在我知道了所有的错误，我本来可以做得更好。我变得很聪明，但变聪明的时候已经太晚了，就算一生下来就很聪明，我也无法在一个不明智的世界里有所成就。我想到了那些死者，我为他们感到难过，并不是因为他们已经死去，而是因为他们在生活中找到的快乐都如此之少。我想到了所有我认识的人，我很喜欢想起他们；直到我死去他们都会属于我。如果我想平静地生活下去，就必须在我的新生活中给他们留下一席之地。我陷入沉睡，滑向那些死去的人，这次与之前的梦境不同。我并不害怕，只是感到难过，这种难过充满我整个心灵。老猫跳到了我的床上，贴在我身边，于是我醒了过来。我想伸手去摸它，但又睡着了，一直到早晨都没有做梦。醒来时，我感到很疲倦，但是很开心，好像完成了一项艰巨的任务。

从那以后，我的梦境变得越来越好，它们慢慢地失去了影响力，我又赢回了白天。我注意到的第一件事是，我储备的木头减少了。天气阴沉，但不是很冷，我决定利用有利的天气收拾木头。我把木柴从雪地上拖过来，开始用锯子干活儿。我心里充满了工作的欲望，而且我也无法得知天气的走势。我可能会生病，天气可能会变得寒冷，这些都会妨碍我的工作。我的手很快又起了水泡，几天后，水泡变成了茧子，不再能感受到疼痛。

在锯了足够的木头之后，我开始把它们劈成小块。有一次，我有点心不在焉，砍到了自己的膝盖。伤口不深，但流了很多血，我开始明白自己必须非常小心。这对我来说并不容易，但我逐渐习惯了。任何一个独自住在森林里的人，如果想要活下去，都必须非常小心。膝盖上的伤口属于应该缝针的那种，那里留下了一块宽大的伤疤，每次天气变化时我都会感到疼痛。不过，除此之外，我还是幸运的，我身上的伤口都恢复得很快，没有发炎。那时候我还有膏药；现在我只需要用一块布缠住伤口，这样也能愈合。

整个冬天我一次病都没有生过。我以前总是感冒，突然间我好像得到了完好的免疫力。尽管我没办法休息，有时回到家会感到精疲力尽，或者被雨淋透，但我从未生病。我以前经常发作的头痛，从初夏开始就没有出现了。现在只有在撞到木柴的时候我的头才会觉得痛。晚上，我经常会感觉到全身的肌肉和关节都很酸痛，尤其是在做过木工后或者去峡谷里取过干草之后。我从来都不是特别强壮，只是坚韧且有耐力。我逐渐明白了用自己的手可以做到什么。手真是一种神奇的工具。有时我会想象，如果"猞猁"突然长出一双手，它可能很快就会思考和说话。

当然，还有很多活儿我不能做，但我毕竟直到四十岁才学会运用双手，不能对自己期待太高。如果我能把贝拉新牛圈的门顺利地安装好，那就真是一项巨大的成就了。我一直觉得木工活儿特别难，但我在经营田地和畜养动物的时候并没有那么笨拙。我觉得关于植物和动物的一切都简单易懂。我只是从来没有实践这种天赋的机会。这些工作比大部分工作都能令我感到满意。整个圣诞周，我一直在锯木头，把木头劈成小块。我感觉很好，睡得很沉，没有做梦。十二月二十九日，天气在一夜之间变得非常寒冷，我不得不停止工作，回到屋里。我用从一条旧毯子上剪下的布条封住小屋和牛圈的门窗缝隙。牛圈建得很结实，贝拉肯定不会挨冻。我在牛圈内和牛圈上面放置的干草也能帮助抵御严寒。老猫憎恨寒冷，它的小脑袋开始琢磨怎么埋怨我。它用愤怒的、充满责备意味的眼神惩罚我，最终我不得不面对它的无理取闹。唯一不怕冷的是"猞猁"。但它在任何天气里都会保持愉快。它只是有一点失望，因为我不喜欢在寒冷的天气里去散步，它不断地试图鼓励我带它进行一些小规模的远足。我十分担心野生动物的状况。地上的积雪超过了一米厚，什么吃的也找不到。我有两袋栗子，是去年剩下的，我把它们当作应急的库存。毕竟，总有一天我会庆幸还有栗子。但严寒一直持续着，我动摇了，不停地想起这两袋栗子。一月六日，在三王节的那天，我无法再忍受小屋里的寒冷。老猫一如既往地对我表现出莫大的鄙视，背对着我，不停晃悠尾巴。"猞猁"则急切地想出门，于是我尽可能穿得暖和，带着它上路了。

那是一个美丽的下霜的日子。披挂着雪的树木在阳光下发出光芒，我脚下的积雪发出吱呀的声响。"猞猁"飞奔着，被一团闪闪发光的扬尘笼罩着。天气太冷了，我呼出的空气很快就凝结了，每一次吸气都令肺叶生疼。我用一块布捂住嘴和鼻子，将帽子紧紧压着额头。我走的第一段路通往喂养野生动物的地方。那里留下了无数足迹。当我意识到所有动物都因为困境来到这里，却发现饲料槽是空的时，寒冷潜入我的关节，让我不禁浑身发抖。

我突然开始憎恨这种蓝色的、冰冷的空气，憎恨白雪和我自己，因为我没办法帮助到这些动物。我的栗子在这种困境面前什么也算不上。把它们送给动物是最不理智的做法，但我别无选择。我立刻回去，把两袋栗子从房间里拖出来，把它们绑在一起，拖着它们穿过雪地。"猞猁"对我的做法感到很激动，在我身边跳着、吠叫着给我打气。走去喂养动物的地方不过二十多分钟，但那是一条上坡路，路上还堆满了深深的积雪，我到达时已经非常疲惫，双手都冻僵了。我把袋子里的东西全都倒在了饲料槽里，感觉自己像个傻瓜。因为太冷了，我不敢坐下来休息，只能慢慢地继续爬山。我发现到处都是动物的足迹。住在高山上的野生动物离开了高地，来到了鹿所在的地方。等到黄昏降临时，它们就都会去饲料槽那里，至少可以吃一次饱饭了。

幼树的树皮被啃掉了，于是我决定在接下来的夏天给这些野生动物储备一些干草。下定决心并不算难，夏天还很远。然而，当我真的开始用镰刀在森林草地上割草时，我的想法改变了。无论如何，我现在总是有足够的干草，能在最紧急的情况下喂一个星期野生动物。也许不这么做更明智，因为它们繁殖得太多了，但我不能就这样让它们挨饿，陷入如此凄惨的境地。

过了一刻钟，我意识到自己再也无法继续忍受寒冷了，于是就折了回去。"猞猁"似乎也对此表示赞同，它的热情很快就冷却了下来。在回去的路上，我在一个雪堆里发现了一只半埋起来的鹿，它的后腿断了，没办法动弹。骨头断裂得很严重，骨头碎片从皮肤里露了出来。我知道我必须立刻结束它所承受的折磨。那是一只小鹿，非常瘦。我没有携带步枪，只好用折叠刀刺死这只动物。小鹿无力地抬起头来看了看我，然后叹了口气，颤抖着倒在了雪里。我刺对了地方。

这是一只很小的鹿，但当我把它背回家时，我感觉它非常沉重。后来，我的双手在小屋里稍微温暖过来之后，我就剖解了它。它的皮毛冻得像冰一样冷，但当我剖开它的身体时，一小股热气从它的身体里冒了出来。心脏摸起来依然温暖，我把它放在一只木碗里，然后放到楼上一个房间里——在那里，它会被冻得坚硬，直到第二天早上都不会化冻。我把肝脏分给了"猞猁"和猫。我只想喝上一杯热牛奶。那天晚上，我听到了木头在寒冷中的噼啪响动。我已经添了很多木柴，但还是在毯子下面冻得发抖，无法入睡。有时柴堆会爆发出火焰，然后又熄灭，我感到很不舒服。我知道这是因为我不得不一次又一次地进行杀戮。我试着想象，那些以杀戮为乐的人会有什么感受。我想象不出来。我手臂上细小的汗毛都竖了起来，嘴巴因为厌恶而变得干燥。那些人肯定生来就能做到这一点。我可以让自己做得尽可能迅速和熟练，但我永远也不会习惯做这件事。在噼啪作响的黑暗中，我躺了很长一段时间，想着那颗小小的心脏，它已经在楼上的房间里冻成了一团坚冰。

那是一月七日的晚上。寒冷又持续了三天，但栗子到第二天早晨就已经被吃光了。

我又找到了三只冻僵的鹿和一只幼鹿，天知道还有多少只会被找到。

大寒潮过后是一阵湿润的暖空气。通往牛圈的道路变成了一个平滑如镜的冰面。我不得不撒些灰烬，并且敲碎冰块。然后西风转了方向，风开始从南方吹来，日夜在小屋周围呼呼作响。贝拉变得焦躁不安，我不得不每天过去看它十多次。它吃得很少，四蹄不断地变换着重心，挤奶的时候痛苦地耸着肩。一想到小牛即将出生，我就感到一阵惊慌。我该怎么把贝拉的小牛弄出来呢？我曾见过一头小牛的出生现场，大致记得那是怎么回事。两个强壮的男人把小牛从母牛的身体里拉了出来。我觉得这样很野蛮，为那头母牛感到非常难过，但也许他们是真的不得不这样做。我对此一无所知。

一月十一日，贝拉流了一点血。这发生在夜间的喂食之后，我决定留在牛圈里过夜。我在保温瓶里装满了热茶，拿了一根结实的绳子、一根细绳和一把剪刀，然后在炉灶上面放了一盆水。"猞猁"无论如何都想一起去，但我把它关在了屋里，它在牛圈里只会引发混乱。我已经为小牛准备好了一块小木板，在里面垫满了新鲜的稻草。贝拉用沉闷的哞哞声迎接我的到来，似乎对我的出现感到高兴。我只能希望这并不是它第一次生小牛，而是已经有一些经验。我抚摸着它，开始鼓励它。它感到了疼痛，全神贯注于身体正在经历的事情。它不安地前后移动着，不想再躺下。当我和它说话时，它似乎平静了下来，所以我把诊所助产士讲给我的一切都告诉了它。事情会很顺利，不会花上很长的时间，痛苦马上就结束了，以及诸如此类的废话。我坐在从仓库里搬来的椅子上。过了一段时间，我从小屋里把水取来，水还冒着蒸汽，但我们有时间等水冷却下来。水蒸气上升，我感到非常紧张，就好像是我自己要生孩子一样。

时间到了九点钟。焚风摇撼着屋顶，我开始紧张得发抖，于是喝了几口热茶。我再次向贝拉保证，这会是一次轻松的生产，它会拥有一头美丽而又健康的小牛。它把脑袋转向我，用痛苦而有耐心的眼神看着我。它知道我想要帮它，这给了我一点信心。

然后在很长一段时间里，没有发生任何事情。我不得不再次清扫粪便，并撒下一些新鲜的稻草。焚风停止了，四下突然变得一片寂静。煤油灯在小炉灶上静静地燃烧着，发出昏黄的光线。我绝对不能把灯撞倒，毕竟我要注意那么多事情。也许这种光线对接生来说还不够充足。

突然间，我感到非常疲惫。我的肩膀作痛，脑袋开始前后摇晃。我真想躺在为小牛准备的新鲜稻草里睡上一觉。我昏昏沉沉，然后又猛地惊醒。贝拉又出血了，而且痛得厉害。它的侧腹剧烈地扭动着。有时它会发出轻声的呻吟，我就和它说话，鼓励它。有一次，它喝了一点水。我看出事情慢慢有了进展。终于，一条湿漉漉的腿出现了，紧接着又出现了一条。贝拉非常痛苦。我兴奋得有点发抖，把那两条棕褐色的小腿绑在一起，然后用绳子拉。没有成功。我没有两个强壮男人的力气。我看着贝拉的时候，突然就明白了一切。我可以清楚地想象出小牛躺在它身体里的姿势。拉动前腿是非常错误的做法，因为这样肯定就是在把小牛的头往里挤，而不是向外推。我洗了洗手，小心翼翼地伸入贝拉温暖的身体。这比我想象的要更困难。我必须等到宫缩结束之后才能把手伸到深处。我成功地抓住了头部，并且往下面压。又一次宫缩紧紧裹住了我的手臂，但小牛的头向前滑动了。贝拉大声呻吟着，走到了一边。我为它欢呼着，继续往下压小牛的头，直到汗水流进我的眼睛。手臂的疼痛开始变得难以忍受。但小牛的头已经出来了。贝拉松了一口气。

我一直等到下一次宫缩，然后拉动绳子，小牛突然就出来了，我不得不跳上前去，用膝盖接住它。我让它轻轻地滑到地上；脐带已经断开了。我把小牛放在贝拉的前腿前面，贝拉立刻开始舔舐它。我们都很高兴，能把这件事情做得这么好。这是一头小公牛，我们一起把它带到了这个世界上。贝拉简直对着自己的儿子舔个没完，我则欣赏它额头上湿漉漉的卷毛。它和它的母亲一样是灰褐色的，也许颜色会变得更深一点。几分钟后，它试图站起来，而贝拉看起来像是要出于爱而把它舔吃掉。最终，当我觉得贝拉舔得已经够多了时，我抱起小公牛，把它带进了它的小牛圈。贝拉只要俯下身来，就可以舔到它的鼻孔。然后我给了贝拉温水和新鲜的干草。但我知道，这次分娩还没有完全结束。我整个人都被汗水浸透了。那时已经到了午夜十二点。我坐在椅子上，喝着热茶。因为无法入睡，我便再次站起来，在牛圈里来回走动着。

一个小时后，贝拉再次变得焦躁不安，又开始阵痛。这一次只花了几分钟，胎盘就排出来了，贝拉精疲力尽地躺了下来。我把牛圈里清理干净，撒上新鲜的稻草，又看了看那头小牛。它已经睡着了，蜷缩在稻草里面。我拿起灯，锁上牛圈的门，回到屋里。"猞猁"兴奋地迎接我，我告诉它发生了什么事情。虽然它听不懂我的话，但肯定明白了贝拉那边发生了什么愉快的事情，然后它平静地爬进了自己的壁炉洞里。我将自己彻底清洗干净，在火上添加了新的木柴，然后上床睡觉了。

　　那天晚上，我甚至都没有感觉到猫跳到床上来找我，直到天色大亮的时候才醒来。我的第一件事是去牛圈。我的心怦怦直跳，打开了门闩。贝拉正忙着舔舐它儿子的鼻子，看到这一幕，我松了一口气。小牛已经可以用有力的四肢站稳了，我把它带到贝拉身边，把它的嘴抵在贝拉的乳房上。它立刻就明白了，喝了很多乳汁。当小牛用圆圆的脑袋撞着贝拉的身体时，贝拉会时不时地把重心从一条腿移到另一条腿上。它显然是个聪明的小家伙。它喝饱之后，我把贝拉剩下的牛奶挤了出来。牛奶发黄且富于油脂，我不喜欢这种味道。贝拉现在看起来有点憔悴和虚弱。但我知道，只要好好照顾它，它很快就会恢复。在贝拉湿润的眼睛里，我能读到它正沉浸在温暖的快乐中。我有一种非常奇怪的感觉，不得不从牛圈里逃出来。

　　焚风还在持续，天气依旧多风又多雨。后来，云层在潮湿的天空中快速移动，投下的阴影便从林中空地上飞掠而过。我感到不安和紧张。那只猫像是带了电一样，只要我抚摸它，它的毛就会翘起来，发出噼啪的响声。它坐立不安，追在我身后抱怨着，把它温热干燥的鼻子伸进我的手心里，不愿意吃饭。我开始害怕它得了某种未知的疾病，然后我终于意识到，它正在渴望一只公猫。它有上百次走进森林，回来的时候用略带抱怨的柔情向我讨要爱抚。连几乎没有受到焚风影响的"猞猁"也被它的不安所感染，总是绕着房屋困惑地跑来跑去。晚上，我被森林里奇怪的动物尖叫声所惊醒："卡奥，卡奥。"听起来有点像公猫的叫声，但好像又不是，我很担心我的猫。它在外面待了三天，我几乎不指望还能再次见到它了。

天气突变，开始下雪了。我对此感到很高兴，因为我很疲倦，无法进行工作。焚风使我感到精疲力尽。我感觉它带着一点腐烂的气味。也许这并不是我幻想出来的。谁知道森林里冰冻着的一切解冻之后都成了什么样子。不再听到风声，看着窗外飘落的雪花，这让人感到很舒服。

那天晚上，那只猫回来了。我点亮蜡烛，猫跳到了我的膝盖上。我透过睡袍感受到它那潮湿而冰冷的皮毛，便把它抱在怀里。它不停地叫着，想要告诉我它经历了什么事情。它一次又一次地用头撞着我的额头，叫声把"猞猁"从壁炉洞里引诱了出来，"猞猁"高兴地嗅着这个重返的家庭成员。最终我站起身来，给它们两个都热了一些牛奶。猫饿极了，皮毛蓬乱，看起来就像当时在我家门口发出尖叫声一样无助。我同时嘲笑、斥责和赞美着它。"猞猁"也得到了被撞额头的礼遇，它感到非常困惑。这只猫一定是经历了什么不同寻常的事情。也许"猞猁"比我更能听懂这些叫声，不管怎么说，这似乎是一件快乐的事情，因为"猞猁"心满意足地跑回了自己的睡觉地点。那只猫却无法这么快平静下来。它竖起尾巴，骄傲地走来走去，又在我腿边蹭来蹭去，发出小声尖叫。直到我再次躺下，吹灭蜡烛，它才跳到床上找我，开始舔舐自己的身体。几天以来，我第一次感到平静和放松。在焚风的嘶吼和呻吟之后，冬夜的寂静简直就是一个可爱的奇迹。猫满意的呼噜声在我耳边响起，然后我终于睡着了。

第二天早晨，新雪积了十厘米深。依然没有刮风，一道雾蒙蒙的白光笼罩着森林草地。贝拉已经在牛圈里不耐烦地问候我了，它要喂它饥饿的孩子。小牛犊一天比一天更强壮、更活泼，贝拉凹陷下去的身体也渐渐变得圆润。很快，我们完全忘记了那个一月的分娩之夜，那时我们把这头小公牛带到了这个世界上。

两头牛都很忙，完全沉浸于和彼此的交流之中，我感觉自己被忽视了，有点失落。我意识到自己嫉妒贝拉，于是走出了牛圈。现在，它们只需要我喂食、挤奶和打扫卫生。门一关上，昏暗的牛圈就变成了一个幸福之岛，充满温柔和温暖的气息。对我来说，找点事做总比胡思乱想要好。仓库里的干草不多了，早餐过后，我带着"猞猁"去峡谷里取干草。

那只猫躺在我的床上，显得很瘦，皮毛毫无光泽，精疲力尽地睡着了。上午我去取了两次干草，下午又去了一次，第二天也是如此。这几天并不冷，只是偶尔会飘下一些干燥的小雪花。风一直没有再刮起来。我喜欢这样的冬天。"猞猁"最终也因为在溪边草地和小屋之间来回奔跑而感到疲倦，不再走出壁炉洞。那只猫睡了好几天，只会为了食物和短暂的夜间出行而起来。它睡过觉后就像吃了药一样，眼睛又恢复了明澈，皮毛也变得富有光泽。它看起来似乎很满足，我开始怀疑森林里的那只奇怪的动物真的是一只公猫。我称它为"卡奥卡奥先生"，猜想它一定非常骄傲和勇敢，否则无法在这座森林里生存下去。我并不期待它们生出小猫，那只会再次给我带来忧虑，但我的猫应该享受自己的快乐。

这段时间里发生了很多事情。珍珠被杀死了，一头小公牛来到了世界上，老猫找到了一只公猫，许多鹿都冻死了，掠食动物因此度过一个丰盛的冬天。我自己也经历了很多值得兴奋的事情，现在感到疲倦。我躺在长椅上，闭上眼睛时，白色的雪花飘落在我的脸上，周围是一片明亮的寂静。这里没有思想，没有记忆，只有广袤而静默的雪光。我知道这种感觉对一个孤独的人来说可能很危险，但是我没有力量去抵抗它。

"猞猁"没有让我安静地待上太久。它一次又一次回来，用鼻子碰我。我费力地转过头去，看到它的眼睛里闪烁着温暖的、充满生命力的光芒。我叹了口气，站起身，开始日常的劳动。现在"猞猁"——我的朋友和守卫者——不在了，有时我非常渴望进入那片白色的、没有痛苦的寂静中。我必须时刻提醒自己，比以前更严格地对待自己。

那只猫用黄色的眼睛望着远方。有时它会突然跑到我身边，它的眼神迫使我伸出手抚摸它有着"M"形黑色花纹的圆脑袋。如果它觉得舒服，就会发出呼噜声。有时我的抚摸令它厌烦。但它太有礼貌了，不会拒绝我的抚摸，只会在我的手下停止动弹，静静地待着。然后我就会慢慢收回手。每次我抚摸"猞猁"，它总是很开心。当然，"猞猁"本性就是这样，但我对它的想念不会因此而减少丝毫。它是我的第六感。自从它死后，我觉得自己像一个被截了肢的人。我身上的某些东西缺失了，而且永远都会保持缺失的状态。我不仅仅是在狩猎和寻找动物足迹时想念它，而且在打到猎物后不得不爬好几个小时山时也会想念它。不只这些，虽然没有它，生活对我来说确实更艰难了。最糟糕的是，没有了"猞猁"，我真的感到孤独。

自从它死后，我经常梦见各种动物。它们像人一样跟我说话，这在梦中看似很自然。我在第一个冬天梦到过的人全都消失了，我再也没有梦到他们。在我的梦中，人对我来说从来都不算友好，最好的情况也只是漠不关心。而我梦中的动物总是友好的，总是充满了生命力。但我觉得这并没有什么奇怪的，它只是展现了我对人和动物的期望。

最好是完全不做梦。如今，我在森林里生活了这么长时间，我梦到过人、动物和各种事物，但从来没有梦到过那道墙壁。我每次去取干草时都会看到它，也就是说，我可以透过它望到对面。现在，到了冬天，乔木和灌木都变得光秃秃的，我又可以清晰地看到那栋小房子了。下雪的时候，几乎看不出两边有什么不同，这里和那里都是一片白色的风景，但我所处的这一侧稍微留下了一些我沉重的脚印。

那道墙壁已经成了我生活的一部分，以至于我常常好几个星期都不会想到它。即使我想起了它，它对我来说也不比一堵阻止我前进的砖墙或一道花园栅栏更可怕。它有什么特别之处呢？它是由某种我不知道其成分的物质制成的。在我的生活中，这样的东西本来就很多。因为那道墙壁，我被迫开始了全新的生活，但真正能够打动我的事物还是和以前一样：出生、死亡、季节变迁、成长与衰败。那道墙壁是一个物体，说不上死气沉沉，也说不上生机勃勃，实际上，它和我没有什么关系，因此我不会梦到它。

总有一天我不得不处理它的问题，因为我不可能一直住在这里。但在那之前，我不想和它有任何关系。

从今天早晨开始，我确信我再也不会遇到其他人了，除非这座山里还有别人生存着。如果墙壁外面还有人类，他们早就应该乘坐飞机搜索这个地区了。我已经看到了，低垂的云朵也可以飞越山脉。它们没有携带任何毒物，否则我早就活不了了。为什么飞机没有来呢？我应该早点注意到这一点的。我不知道为什么之前没有想到。胜利者汇报消息的飞机在哪里？难道根本就没有胜利者吗？我认为我见不到他们了。实际上，我很高兴我之前没有想到飞机的事情。在一年前，这个念头可能会让我深陷绝望。但在今天已经不会了。

几个星期以来，我的眼睛一直有点不对劲。我可以看清远处的东西，但在写字时，我的视线常常在字行之间变得模糊。也许是因为光线太暗，还有我不得不用硬铅笔写字。我一直为我的好视力感到骄傲，尽管为身体上的优势感到骄傲是愚蠢的。我无法想象还有什么比失明更糟糕的事情。我可能只是有点老花眼，不必太担心。我的生日快到了。自从在森林里生活，我就没有意识到自己在变老。这里没有人提醒我年龄的增长，也没有人告诉我，我看起来是什么样子，我自己也从来不考虑这个问题。今天是十二月二十日。我会一直写下去，直到春季农活开始。今年夏天对我来说压力会小一些，因为我不会再搬去高山牧场。贝拉将像第一年那样在森林草地上吃草，这样的话，我可以省去漫长而辛苦的路程。

第一年的二月在我的日历上没有留下任何痕迹。但我依然记得那段时间。我觉得当时的天气温暖而潮湿，而不是寒冷。林中空地上的草根开始变绿，上面还覆盖着秋天的黄色草茎。没有焚风，只有温和的西风。事实上，这样的天气在二月并不算反常。我对此感到满意。野生动物到处可以找到树叶和枯草填饱肚子，能够稍微恢复过来。鸟儿们的日子也开始好起来了。它们远离小屋，这意味着它们不再需要我了。只有乌鸦陪伴着我，直到真正的春天降临。它们停歇在云杉树上，等待着剩饭。它们的生活遵循着严格的规律。每天早上同一时间，它们都会来到空地，经过长时间的盘旋和兴奋的呼喊，然后落在树上。黄昏时分，随着天色变暗，它们又会飞起来，一边盘旋，一边发出尖叫声，穿过森林。我不知道它们晚上栖息在哪里。这些乌鸦过着令人兴奋的双重生活。随着时间流逝，我渐渐对它们产生了亲切感，无法理解自己以前为什么不喜欢它们。在城市里，我只在肮脏的垃圾场见过它们，所以一直觉得它们是凄凉、肮脏的动物。但在这里，在闪亮的云杉树上，它们突然变成了截然不同的鸟，我忘记了以前对它们的厌恶。如今，我每天都在等待它们的到来，因为它们可以告诉我时间。就连"猞猁"也习惯了它们，不再去打扰它们。事实上，"猞猁"会习惯我所关心的一切。它是一只适应能力很强的动物。只有那只老猫一直对乌鸦深恶痛绝。它蹲坐在窗台上，皮毛竖起，牙齿露出，愤怒地盯着乌鸦。当它愤怒地盯了很久以后，它会烦躁地躺在长椅上，试图用睡眠来消除愤怒。小屋的上面曾经住着一只猫头鹰。自从乌鸦来了之后，猫头鹰就飞走了。我并不反感猫头鹰，但由于我们可能会有几只小猫，我觉得乌鸦把它赶走了是件好事。

到了二月底，猫的状况已经不容忽视了。它长胖了，在坏心情和渴望亲热之间摇摆不定。"猞猁"对这一变化感到不知无措。直到它被猫狠狠地打了一下脑袋，才变得谨慎起来，离开了反复无常的朋友。它似乎忘记了，这一切以前发生过。这一次可能不会有什么珍珠了，这样会好很多。当然，对于复杂的混血情况，我也无法做出准确的预测。尽管如此，我还是开始期待新生的小猫。一想到这件事，我的注意力就分散开来，然后被这件事所占据。天黑得越晚，春天越是接近，我的心情就变得越明朗。森林里的冬天几乎是难以忍受的，尤其是在没有同伴的情况下。

从二月份开始，我就尽可能多地在户外活动。空气使我感到疲倦又饥饿。我查看了一下土豆的库存，发现必须省着吃才能熬到下一个收获季。种子绝不能动。等到夏天，我很可能不得不再次几乎完全依赖肉和牛奶生活。但今年我可以拓大我的田地面积。为了摄入维生素，我连土豆皮也吃。我不知道这是否真的会有所帮助，不过，这个想法确实让我稍微振奋了点。每隔两三天，我会吃一个苹果。在此期间，我也会吃那些小小的野苹果，它们太涩了，几乎无法下咽。我存了足够吃一个冬天的野苹果。贝拉现在产的奶太多了，小公牛喝不完，我甚至还能得到一点乳脂，可以做出纯粹的黄油。冬季的食物供应比夏季要好上一些，因为肉类可以保存得更久。我缺少的只有水果和蔬菜。我不知道小公牛要喝上多久母亲的奶，我翻遍了日历以寻求解答，但没有找到任何与之相关的信息。这些日历本来就是为那些已经了解农业基本概念的人编写的。我的无知有时会让生活变得紧张而刺激。我预感到危险无处不在，又没办法及时识别。我必须时刻为不愉快的意外做好准备，除了平静地忍受它们，我什么也做不了。

我暂时让小公牛能喝多少奶就喝多少。一切都取决于它是不是很快就会变得高大又壮实。我不知道公牛到了多大才能生小牛，但我希望它能及时显示出自己的雄性特征。我很清楚自己的计划有点冒险，但我别无选择，只能希望它会成功。我不知道近亲繁殖会有什么结果。也许贝拉在这种情况下根本不会怀孕，或者会生出畸形儿。关于这些，日历上也没有相关信息。毕竟，一头公牛与它的母亲交配很不寻常。我不喜欢毫无计划地生活，在黑暗中摸索的感觉让我很难保持平静。我一直都缺乏耐心，但在森林里，我学会了在一定的程度上束缚自己。就算我再焦虑，土豆也不会长得更快，我的小公牛也不会在一夜之间长大。当它终于成年时，我有时会希望它永远都是一头圆润的小牛。它给我造成了一些问题，使我的生活变得更困难。

我不得不等了又等。在这里，所有的事情都要花上很长时间，没有成千上万个钟表加以催促。没有什么在驱赶，在要求，我是森林中唯一不安定的因素，至今依然因此痛苦。

三月的境况变糟了。下雪了，天寒地冻，一夜之间，森林变成了一片璀璨的冬日景观。但寒冷的程度依然适中，白天的时候，阳光照暖了山坡，屋顶上的雪也开始融化。野生动物也无需担心，在阳光充足的山侧，积雪融化的地方已经足够多，露出了草和树叶。那年春天，我再也没有发现死鹿。当阳光出现时，我就和"猞猁"一起去巡视我们的领地，或者去谷仓取干草。有一次，我射杀了一只虚弱的山羊，将它自然冷冻起来。解冻的天气终于到来了，下了几天雨，狂风大作。我只能看到从房子到牛圈的这段路，因为雾气很浓厚。我仿佛住在一个温暖的小岛上，四周环绕着潮湿的雾海。"猞猁"开始变得沮丧，不断地在小屋和林中空地之间来回溜达。我帮不了它，湿冷的天气对我也没有任何好处，我不想感冒。我已经感到喉咙发痒，有些轻微的咳嗽。但症状没有变严重，第二天就缓和了。更糟糕的是，我的所有关节都出现了风湿性疼痛。突然之间，我的手指变得粗胀而红肿，弯曲的时候觉得非常痛苦。我发了低烧，吃了一点胡戈的风湿药，气馁地坐在小屋里，想象着自己的手以后可能完全无法动弹。

终于，雨变成了雨夹雪，又变成了雪。我的手指依然肿胀，每做一个动作都会让我疼痛难忍。"猞猁"看出来我生病了，不断地向我传达它的爱意。有一次，它的举动让我潸然泪下，后来我们都愁眉苦脸地坐在长椅上。乌鸦停歇在云杉树上，等待着剩饭。它们似乎认为我是一个极好的供养者，就像某种社会保障，于是一天比一天懒惰。

三月十一日，猫从床上跳了下来，走到衣柜前面，急切地要求进去。我拿了一块旧布铺在柜子里，猫溜了进去。在这段时间里，我一直在干活儿，直到晚上，当我从牛圈里出来时，我才再次想起了那只猫，于是朝柜子里看了看。事情已经结束。它大声呼噜着，高兴地舔着我的手。这次它生了三只小猫，并且都活着。三只虎斑猫，毛色从最浅到最深的灰色，都已经被舔得干干净净的，正在四处寻找食物。老猫几乎没有时间喝水，立刻就转身照顾它的后代。我倚靠着柜门，赶走好奇的"猞猁"。这一次，老猫不像生珍珠时那么凶，尽管它会对"猞猁"嘶声喊叫，但在我看来，只是走个形式罢了。让我感到奇怪的是，"猞猁"对这件欢乐的事非常感兴趣。由于无法用其他方式表达喜悦，它就吃了双倍的饭。我注意到，它每次内心激动的时候，总会产生强烈的食欲。老猫也有类似的反应，当它生乌鸦的气时，就经常去找自己的饭碗。那天晚上，老猫没有来到我的床上，我躺在床上想着珍珠。地板上的血渍一直没有褪色。我决定不去掩盖它。我必须习惯它，和它共存。现在又有了三只小猫。我原本告诉自己不要太喜欢它们，但可以料到，我无法坚持这一想法。

天气慢慢地好转了。在平地上，天气肯定早就放晴了，但在山间，浓雾常常一个星期才消散。然后天气很快变得近乎夏天般温暖，草叶和花朵几乎在一夜之间就从潮湿的土地里长出来。云杉树长出了嫩枝，粪堆周围的荨麻菜开始快速生长。转变发生得如此之快，我有点反应不过来。我的身体并没有立刻感觉好些，在最初几个温暖的日子里，我变得比在冬天里还要疲倦。只有我的手指立刻好转了。小猫们生长得很好，但依然住在柜子里。老猫不像以前照顾珍珠那样关心它们。晚上它喜欢离开一个小时。也许它已经更信任我了，或者它觉得那些小虎斑猫没有那么娇弱。它一碗一碗地喝着贝拉的奶，然后在体内转化成适合小猫的奶水。三月二十日，它把孩子们带给我看。三只小猫都圆嘟嘟的，皮毛富有光泽，但没有一只像珍珠一样是长毛猫。其中一只的脸比较窄，我猜它是一只母猫。这么小的猫很难判断性别，而且我在这方面的经验很少。从那时起，老猫和它的孩子们就在房间里玩耍。它们给"猞猁"带来了一种特别的乐趣，"猞猁"表现得好像是它们的父亲。小猫们意识到"猞猁"不会造成伤害后，开始像自己的母亲一样骚扰它。有时候，"猞猁"厌倦了它们的捣乱，认为它们该睡觉了，就小心翼翼地叼起它们放进柜子里。刚放下最后一只，第一只已经跑回了房间。老猫看着它们。如果我曾经看过猫露出幸灾乐祸的微笑，那么就是这只老猫了。最后老猫站了起来，打了小猫几巴掌，接着把它们赶进柜子里。它对待这些小猫比对待珍珠要粗鲁得多。但这也是有必要的，因为它们非常顽皮和狂野，爱玩爱打架。看来是卡奥卡奥先生的基因完全占了上风。它们整天都在小屋里闹腾，我总是要时刻关注着，以免踩到它们。

不知怎的，有一天中午，就在它们疯狂地玩追逐的游戏时，那只窄脸的小猫突然开始抽搐，几分钟之内就死掉了。我没有注意到它，不知道它经历了什么。它看起来完全没有受伤。老猫立刻跑去找它，怀着悲伤，温柔地舔了舔它，但为时已晚，一切都已经结束了。我把小猫埋在珍珠的墓地附近。老猫找了它一个小时，然后就专注于照顾另外两只小猫，好像从未有过第三只小猫。它们似乎也不想念自己的同胞。"猞猁"刚好不在家，它回来后愣了一下，疑惑地看着我，然后走到柜子前面查看。有什么东西分散了它的注意力，它忘记了自己为什么要去那里。但我确信它已经注意到少了一只小猫。现在，只有我有时依然会想起那只窄脸的小猫。它是撞到头了，还是得了什么病？我庆幸它没有承受太久的疼痛，也因为知晓它的结局而感到宽慰。当然，我没有像珍珠死去的那次一样悲伤，但还是有点想念它。

剩下的两只小猫渐渐长大，并且证明确实是公猫。自从天气暖和起来，它们开始在门外玩耍，这让我很担心，因为它们总想爬进灌木丛。它们很早就开始捕捉苍蝇和甲虫，并痛苦地见识了大山蚁。它们的母亲起初密切地关注它们，但是我注意到，照顾孩子开始让它变得非常疲惫。无论如何，它打它们巴掌时越来越用力。我不能为此责怪它，两只小猫都太野太不听话。我叫它们"老虎"和"黑豹"。"黑豹"是浅灰色与黑色的条纹，"老虎"是红棕色的皮毛，上面有着深灰色与黑色的条纹。当我有空时，我喜欢看它们像猛兽一样打闹。于是，这两只公猫都有了名字，而小公牛依然没有名字。我什么名字也想不出来。那只老猫也没有正式的名字。我已经给它起了上百个昵称，但从来没有一个长期的正式名字。我觉得它也不会习惯有正式的名字。

乌鸦在天气变暖的时候就去了未知的夏季领地，因此，可能对小猫构成威胁的危险已经解除，而且猫头鹰的声音也听不到了。有时我坐在长椅上晒太阳，想着"黑豹"和"老虎"的血统，觉得它们很可能有机会生存下来。当然，我并没有做到完全不去关注它们。我已经开始担心它们。我希望它们可以很快长得又大又健壮，从聪明的母亲那里学到所有的生存技巧。但在它们学会捕苍蝇以外的任何东西之前，"黑豹"就消失在了灌木丛中，再也没有回来。"猞猁"找过它，但没有找到。也许它被捕食的野兽抓走了。

现在只留下"老虎"一只小猫。它找了很久自己的兄弟，叫了很长时间。没有找到"黑豹"，它又开始和它的母亲、"猞猁"或者我一起玩耍。如果没有人关心它，它就会去追逐苍蝇，玩小树枝或者是我用犯罪小说的书页为它卷成的小纸球。看到它形单影只的样子，我感到非常难过。它长得很漂亮，很符合它的名字。我从未见过比它更狂野、更活泼的公猫。随着时间的流逝，它成了我的猫，因为它的母亲不想再理它了，而"猞猁"害怕它的利爪。所以它完全依赖我，时而把我当作某种母亲的替代，时而当作玩伴。我被这只猫抓伤很多次，直到它终于意识到，在游戏中必须收起爪子。在小屋里，它撕咬所有能够到的东西，还在桌腿和床柱上磨爪子。但我并不介意。我本来也没有什么珍贵的家具，就算有的话，一只有生命力的猫对我来说也比最为精美的家具更重要。"老虎"还会经常出现在我的报告中。我和它在一起的时间甚至没有超过一年。我现在依然很难理解，这样一个生气勃勃的生物为什么会死去。有时我会想象，它是去森林里找卡奥卡奥先生，去过自由的野外生活了。但这只是白日梦。我当然知道它已经死了。不过我总是忍不住想象它会回来找我，至少是暂时回来。

也许明年春天老猫会再次跑进森林里，再次产下一些幼崽。谁知道呢。那只大山猫可能已经死掉了，或者我的猫在去年的一场大病之后再也不能生育了。但如果真的又有小猫出生，一切就会重演。我会努力不去关注它们，然后喜欢上它们，最后失去它们。有些时候，我期待着内心无牵无挂的时光。我厌倦了被夺走一切。没有任何出路，因为只要森林里还有可以让我去爱的生灵，我就会去爱。一旦真的什么都没有了，我也会停止生活。如果所有人都是我这样的人，那么永远都不会有那道墙壁，那个老人也不会在石化后躺在自己的井边。但我明白为什么其他人总是能够占上风。爱上和关心他人是一件非常耗费力气的事情，比杀戮和毁灭要难很多。养育一个孩子需要二十年，但杀死一个孩子只要十秒钟。就连公牛也需要一年的时间才能长得又高又壮，但杀掉它只需要挥几下斧头。我想起了贝拉耐心地怀着它、给它提供养分的漫长时光，想起了它出生时的艰难时刻，还有它从一头小牛成长为一头公牛的漫长时光。一定要有阳光，这样它才能有青草吃；一定要有水流从地下涌出、有雨水从天上落下，这样它才能有水喝。它必须被抚摸和刷洗，它的粪便必须被清除干净，这样它才能躺在干燥的地上。而这一切都是徒劳的。我只能从中看到可怕的混乱和罪恶。也许杀掉它的人是个疯子；但即使是疯子，他也泄露了自己的想法。这个人心里一定一直就有隐秘的杀戮愿望。我甚至为他感到遗憾，因为他就是那样的人，但我会不断地努力根除这种人，因为我无法容忍这种人继续着谋杀和毁灭的行径。我不认为森林里还有和他一样的人，但我变得像我的猫一样爱怀疑了。我的步枪总是上膛挂在墙上；不管去哪里我都带上锋利的刀子。我一直在思考这些事情，也许我现在已经理解那些谋杀者了。他们对一切能够创造出新生活的事物一定都怀着巨大的仇恨。我可以理解这一点，但我必须对抗他们。现在已经没有人保护我或者为我工作，好让我可以安心地沉浸在自己的思绪里。

由于四月的天气还算不错，我决定给土豆田施肥。粪堆积累了很多，我装满两袋，用山毛榉树枝把它们拖到田地里。我把粪肥撒到犁沟里，然后把土铺在上面。我也给豆田施了肥，接着又去峡谷里取干草。木柴用完了，我用了一个星期的时间锯木头，把木头劈成小块。我很累，但很高兴自己又开始干活儿了，而且傍晚有很长一段时间天都很亮。搬到高山牧场上的问题让我日益担忧。这么做在我看来似乎非常费力气，即使只是带上生活必需品，在高山牧场上过相当原始的生活。此外，我还担心那些猫。据说它们比人类更眷恋房屋。我很想带它们一起去，但结果可能会很糟糕。我想得越久，困难似乎就越难以克服。我不能无视溪边草地和土豆田。收割的干草必须运回来，这意味着每天要走七个小时的路，还要继续干活儿。我不得不把为冬季做准备的伐木工作推迟到秋天，而且整个夏天都吃不到鳟鱼了。当我反复思考，发

145

现这个计划不切实际时，我知道自己早就下定决心要去高山牧场了。这对贝拉和小公牛很有好处，我必须完成这项任务。我们都依赖于这两头牛的健康，我不能只考虑自己。森林草地可能不够两头牛吃，而我不得不把从溪边草地上收割的干草留下来过冬。当我意识到早在第一次看到高山牧场的绿色草地我就已经下定决心要搬家时，我变得平静了，但还是有点郁闷。我想等到土豆种完以后再走，并且在此期间囤积一些木头。天气保持着晴好，但我还是不敢种土豆，因为还可能发生倒春寒。所以我就先做伐木的工作。我的活儿干得很慢，但每天都有进展，小屋周围逐渐堆积起了木柴堆。最终，有一个星期天，我只干了牛圈里的活儿，其他时间都在睡觉。我太累了，觉得自己再也起不来了。但星期一，我又去柴堆那里锯木头了。

春天在我的四周绽放着，我的眼里却只有木头的事情。黄色的木头堆一天天变高。树脂粘在我的手上，碎片扎进了我的皮肤里，我的肩膀感到酸痛，但我一心只想要尽可能多地砍些木头。这可以给我带来一种安全感。我太累了，连饥饿都感受不到，像个机器人一样照料着我的那些动物。实际上，我只靠喝牛奶活着，我从来没有喝过这么多牛奶。然后我突然意识到不得不停下来了。我没有多余的力气了。我从工作的狂热中走了出来，穿着睡袍和拖鞋游荡了几天，休养身体。慢慢地，我又开始吃荨麻菜和土豆了。

在这段时间里，老猫已经完全不再照顾它那个野蛮的儿子了。当"老虎"笨拙地走近老猫时，老猫就给它一巴掌，清楚地向它表明它的童年已经结束了。"老虎"采取了正确的无赖态度。它不敢接近自己的母亲，但整天折磨可怜的"猞猁"。那条狗真有耐心！它只要咬上一口就可以杀死这只小公猫，但它对待这只小猫非常小心。只是有一天，就连"猞猁"也觉得必须教训一下"老虎"了。它拉着小猫的耳朵，拖着这个尖叫着的挑衅者穿过房间，把它扔到了我的床下。然后"猞猁"走到壁炉洞里，终于可以安安静静地睡下了。这件事情给了"老虎"一点教训。但是因为它不可能表现得温顺和平静，就把我当成了下一个受害者。

我依然没有从做木活儿的疲倦中恢复过来，但它不肯让我安安静静地待着。我不得不一直扔出一些小纸球或者追在它后面跑。它尤其喜欢躲起来，在我浑然不知地走过去时咬我的腿。当我惊恐地跳到一边时，它要是长了一双手，肯定会鼓起掌来的。它的母亲怀着明显的轻蔑看着这一切。我想那只老猫是在鄙视我，因为我没有试图保护自己。的确，"老虎"有时会很烦人。但当我想到它的同胞的命运时，我就无法拒绝它了。它会用自己的方式感谢我，坐在我的腿上睡觉，用它的小脑袋摩挲我的额头，或者是站在桌子上，用前爪抵住我的胸口，用蜜黄色的眼睛专注地盯着我。它的眼睛比它母亲的眼睛颜色更深、更温暖，鼻子上有一层褐色的薄霜，好像刚刚喝过咖啡一样。我非常喜爱它，它也热情地回应我的喜爱。从来没有一个人类伤害过它，它没有过母亲的那种悲惨经历。它总是很愿意和我一起去牛圈那里。在那里，它坐在炉灶上，胡须伸直，饶有兴趣地看着我照顾贝拉和那头小公牛。很快，它意识到了贝拉是甘甜的牛奶的来源，我不得不在挤奶之后立刻就给它的小盘子装满牛奶。它只会非常小心地靠近这两只大动物，随时准备逃跑，因为小公牛对它来说也很巨大。

自从"老虎"和我的关系变得紧密以后，"猞猁"就开始有点嫉妒了。有一天我把"猞猁"叫到面前，抚摸着它，然后抚摸着小猫，向它解释说，我们之间的友谊没有任何改变。我不知道它是否真的能够理解。但以后它就一直容忍着这只小公猫，因为它看得出来我很关心"老虎"，便开始承担保护者的职责。"老虎"一进灌木丛，"猞猁"就叼着它的后颈皮把它拽回来。老猫才不在乎这些事情。它恢复了惯常的生活，白天睡觉，晚上出去狩猎。第二天早晨，它回来睡觉，紧紧地依偎着我的腿，发出呼噜声。"老虎"对那个柜子始终保持着幼稚的依恋，一直睡在它的老地方。它还没有意识到自己其实是一只夜行动物，反而更喜欢在阳光下玩耍。我对此感到很高兴，因为我在白天可以亲自看着它，如果我和"猞猁"要离开，就把它锁在一个房间里。

我不好的预感变成了现实。五月的开端寒冷又潮湿。下了雪，甚至还下了冰雹。我很高兴看到苹果树的花期已经结束了。我还有三个萎缩的苹果，有一次我特别饿，一口气把它们都吃了。荨麻菜又被雪盖住了，所有的春日花朵也一样。

我没有太多时间去关心那些花。

在春天，有一次我去谷仓取干草时，看到了三四朵紫罗兰。我什么也没想就伸出手，然后就触到了那道墙壁。我想象着嗅到了它们的香气，但我的手一触到墙壁，香气就消散了。紫罗兰抬起它们小小的淡紫色面孔对着我，但我无法触摸它们。虽然这件事情不太重要，但我深受其扰。晚上，我又在灯光下面坐了很久，抱着"老虎"，企图让自己平静下来。我抚摸着"老虎"，它慢慢地睡着了，我也慢慢地忘记了那些紫罗兰，又开始感觉自在了。这就是最初的春日花朵给我留下的全部痕迹——对那些紫罗兰，对手掌贴在墙壁上的冰冷光滑感受的记忆。

五月十日左右，我开始列一张要带到高山牧场上去的物品清单。东西不多，但一想到我要把它们都背在自己的背上爬上去，就觉得太多了。我整理来整理去，东西还是太多了。最终我把它们分成了好几份。我不得不浪费几天的时间来搬家，因为我没办法在爬山时一次负重太多。每一天，我都在考虑怎么把所有东西最合理地分配，达成最佳解决方案。五月十四日，天气终于又变得友好而温和，我必须去种土豆了。我的动作已经晚了，不能再继续等下去。我在秋天已经把田地扩大过，但在干活儿时，我注意到田地的面积还是太小，就又开垦了一小块地。我在那边的地上插了树枝，因为我想知道施肥到底能不能提高产量。我不得不把一侧的篱笆挪开，重新用树枝和藤蔓搭建起来。现在剩下的土豆不多了，但我很高兴自己还没有把种子吃掉。

我在五月二十日开始搬家。我把胡戈的大背包和自己的背包都装满了东西，带着"猞猁"上路了。高山牧场上没有积雪，碧绿的嫩草在蓝天之下闪着潮湿的光芒。"猞猁"在柔软的草地上快乐地跳上跳下。它好像是不由自主地就这样一直打着滚，样子看起来非常笨拙和滑稽。我把背包打开，喝了保温瓶里的茶，然后躺到了床上的稻草垫子上，稍微休息了一会儿。小屋由一个带床的厨房和一个小房间构成。我在稻草垫子上没有躺多久，因为我首先要考虑牛圈的事情。这里的牛圈当然比我的牛圈大多了，也比猎人住的小屋里的牛圈整洁多了。通往井水的道路并不远，距离小屋大概有三十步，井水看起来状况良好，尽管引水的木管都有一点发霉了。牛圈里有一小堆木头，可以烧上两个星期。此外，我将利用掉落的树枝度过这个夏天。那里还有一把斧头，我也不需要更多的东西了。最重要的是这里有装牛奶的容器——一些桶和陶皿，它们以前也许是用来做奶酪的。我也不需要带什么厨具，这里的东西对一个人生活已经足够了。我注意到，与厨具相反，装牛奶的容器非常干净，就像牛圈和小屋里的状况截然相反一样。高山牧民似乎把个人的生活和工作严格区分开来了。

我决定把煤油灯也留在狩猎小屋里，只使用蜡烛和一支手电筒。但我想带上那个小小的酒精炉，这样我在温暖的天气里就不用烧热壁炉了。对贝拉和小公牛来说，搬家肯定是一件很值得的事情。在这里，阳光充沛而明媚，有足够吃上几个月的好牧草。最终，夏天很快就会过去，也许在阳光下，在干燥的空气中，我的风湿病会痊愈。"猞猁"饶有兴趣地闻嗅着所有的东西，似乎完全赞同我的计划。这就是它令人喜爱的地方，它觉得我做的一切安排都很好，都很不错，但这样也很危险，有时也会怂恿我做出不理智或者鲁莽轻率的事情。

在接下来的几天里，我不断把东西搬到牧场上去，都是些我觉得一定会用上的东西。五月二十五日，我告别了狩猎小屋。在最后几天，我让贝拉和小公牛去林中空地上吃草，这样小牛就会更适应在户外活动。新的调整让小牛感到快乐和兴奋。它除了昏暗的牛圈，还什么都没有见过。来到草地上的第一天可能是它一生中最幸福的一天。我在桌子上留了一张便条：我要搬到高山牧场了，把狩猎小屋锁起来了。写便条时，我为它传递出的那种毫无意义的希望感到震惊，但我就是忍不住。我带上背包、猎枪、望远镜和登山杖。我用绳索牵着贝拉让它走在我身边。小公牛紧跟着它的母亲，我并不担心它会跑掉。此外我还命令"猞猁"看着它。

我把两只猫都放在一个有透气孔的箱子里，然后把箱子绑在背包上。我不知道还能拿它们怎么办。它们对这种待遇非常不满，在箱子里尖叫着抗议。贝拉一开始被它们的尖叫声搞得有点心神不宁，然后它习惯了，开始平静地循着我的步伐。我很兴奋，同时担心它或小公牛可能会跌倒，或者摔断一条腿。但事情的进展比我预料的要顺利很多。一个小时以后，那只老猫接受了自己的命运，只有"老虎"可怜的叫声还在我的耳畔回响。偶尔我停下来，让小公牛稍微休息一会儿，它还不习惯走路。两头牛没有我那么兴奋，但看起来对这次远足非常满意。我一直好言安抚着不断哀叫的"老虎"，现在老猫也开始提高声音抗议了。所以我最后就不管它们了，让它们去叫，试着对此听而不闻。

道路状况保持得非常好，这里修建了盘山公路，但我们这个奇妙的队伍要走上四个小时才能够抵达高山牧场。已经快到中午了。我让贝拉和小公牛在小屋附近吃了点草，给"猞猁"下了命令，注意看着它们。我已经精疲力尽，因为身体上的紧张，更因为精神上的紧张。就连两只猫的叫声在最后都变得几乎不堪忍受。在小屋里，我锁上门窗，把两只嚎叫的猫放了出来。老猫嘶嘶叫着跑到了床底下，"老虎"抱怨地叫了一声以后逃进了壁炉洞里。我努力安抚着它们，但它们不想听我说话，所以我就让它们自己蜷缩着。我躺在稻草床垫上，闭上了眼睛。半个小时以后，我才觉得自己可以站起来，走到外面去了。"猞猁"在井槽边喝水，一只眼睛还盯着自己要保护的对象。我夸赞它，抚摸了它，它显然对于卸下了看守的责任感到很高兴。贝拉躺下了，小公牛紧挨着它躺着，看起来非常疲倦，我又开始担心它们了。我给两头牛都接了一碗水喝。以后它们可以喝井槽里的水。这里没有危险，但它们走累了，还不敢走得太远。我们都应该休息一会儿。我又躺到了床上。因为有那两只猫，我必须关上小屋的门。"猞猁"躺在了小屋旁边一株阴凉的灌木下面，小睡了一会儿。我用了几分钟就睡着了，一直睡到了傍晚，醒来时仍然感到疲惫和烦躁。小屋里脏得可怕，这让我感到难受。今天开始大扫除已经太晚了，所以我只是用金属刷和沙子清洗了必须要用到的餐具，然后把一小锅土豆放到了酒精炉上。我把床拆开了，把发霉的稻草垫子扔到草地上，用手杖拍打它。一团灰尘飘了起来。现在我还能做的就是：什么也不再做。但我计划一旦有好天气，就把稻草垫子拿到户外吹吹风。

太阳落到柔软的草地后那片云杉林的后面，天气变得清凉。贝拉和小公牛恢复了精力，开始快乐地在新的草场上吃草。我很想让它们晚上也待在外面，却不敢这么做，还是把它们赶进了牛圈。我没有稻草了，它们不得不直接睡在木地板上。我在水槽里倒了一点水，然后就把它们两个留在那里。在这段时间里，土豆煮的时间已经足够久了，我配着黄油和牛奶吃下了土豆。"猞猁"也得到了一样的晚餐。我吃东西时，"老虎"从它的藏身处爬了出来，被甜蜜的奶香味所引诱。它喝了一点温热的牛奶，然后开始充满好奇地研究小屋里的东西。我一打开柜子，它就立刻爬了进去。我想，高山牧场像狩猎小屋一样有一个衣柜真是太幸运了。从这一刻起，"老虎"便适应了搬家的事情。它的柜子还在，它再次回到了惯常的生活中。整个夏天它都睡在那里面。它的母亲不肯从床底下出来，所以我就给了它一点牛奶。我用冰凉的井水洗了澡，然后上床睡觉。我没有关窗，凉风拂过我的面颊。我只带了一个小软垫和两条羊毛毯，很想念那条温暖、柔软的棉被。稻草在我身下沙沙作响，但我实在太累，很快就入睡了。

晚上，我在月光的照耀下醒来。一切都显得非常陌生，我惊讶地注意到，我对狩猎小屋怀有某种思乡之情。直到听见"猞猁"在壁炉洞里发出轻柔的呼噜声，我的心里才觉得轻松了一点，尝试再次入睡，但这没有持续很长时间。我站起来，望向床下。老猫不在那里。我满屋寻找它，但找不到。它肯定是在我睡着的时候通过窗户跳出去了。呼唤它也没有用，它不会听从我的。我又躺了下来，等待着，眼睛盯着窗户，期待看到那个小小的灰色身影浮现出来。然后我变得十分疲惫，再次睡着了。

我醒来时，"老虎"正在我身上踩来踩去，用冰凉的鼻子触碰我的面颊。天还没有完全亮，我感到很混乱，有几秒钟不知道我的床为什么位置不对。"老虎"却很平静地玩着一些小游戏。于是我想起了自己在哪里，想起了老猫在夜里跑了出去。我再次尝试从新的一天所有的不适感觉中逃入睡眠。"老虎"对此表示反对，用爪子拍打着羊毛毯，大声尖叫，那种声音让人听了根本就睡不着。我妥协了，坐起来点亮了蜡烛。那时候是四点半，清晨的第一缕曙光与昏黄的烛光混合在一起。"老虎"给人带来的麻烦也包括早晨的兴奋状态。我叹着气站起来，去找老猫。它没有回来。我心情压抑地在厨房热了一点牛奶，想要抚慰"老虎"。它喝了牛奶，却变得更加兴奋，把我的脚踝当作要消灭的大白鼠。这当然只是纯粹的表演。它带着野蛮的呼噜声撕咬、抓挠，虽然不会划破我的皮肤，但足以把最后一丝睡意从我的头脑中赶走了。就连"猞猁"也被它的动静弄醒了，从壁炉洞里爬了出来，陪着"老虎"假装打斗，发出鼓励的吠叫声。"猞猁"没有固定的睡眠时间，我在所有时间看到的它都是完全清醒的。当我不再关注"猞猁"，而它也没办法让我动起来时，它似乎就陷入了永恒的沉睡。我没办法分享这两只动物的亢奋情绪，因为我正牵挂着那只老猫。于是我把门打开，"猞猁"冲到外面去，而"老虎"还在继续它疯狂的舞蹈练习。

天空是淡蓝色的，东方已经染上了玫瑰色，草地上结满了露水。美好的一天开始了。这里不会受到山岭和树木的阻碍，可以俯瞰一片广阔的平地，这真是一种奇妙的感觉。但在一开始这没有那么舒适和令人满足。在山谷盆地里度过了一年以后，我的眼睛不得不先习惯一下这种广阔的感觉。天气凉得令人不适。我冻得发抖，走进了房屋，穿得更暖和一些。老猫一直没有回家，这件事沉沉地压在我的心上。我立刻意识到它并没有停留在附近，而是又跑回山谷里了。但它能够那么幸运地如愿以偿吗？我还没有完全取得它的信任就已经让它大失所望了。它的消失在这个刚刚开始的夏天投下了一道阴影。我没有任何解决办法，于是就像往常每一天一样干活儿。我给贝拉挤奶，把它和小公牛赶到草地上。"老虎"没有表现出任何要逃跑的迹象，它还小，有着很强的适应能力，也许它没有那么强烈的要靠自己生存的感觉。

那天早晨，我用茶水浇灭了自己的苦闷（我很怀念还拥有茶叶的日子）。茶水的香气令我感到高兴，我开始说服自己，那只老猫已经回到狩猎小屋去过夏天了，当我在秋天回家时，它将会迎接我。为什么不会是这样呢？它是一只身经百战的母猫，熟悉所有的危险。我在脏污的桌子前非常平静地坐了一段时间，然后透过小窗户，看着天空染上红色。"猞猁"视察着周围的环境。"老虎"中断了自己的游戏，爬进了柜子里，准备再睡上一个回笼觉。小屋里一片寂静。有某种新的东西开始了。我不知道这会给我带来什么，但思乡之情和对未来的忧虑渐渐地远离了我。我看着平坦的高山牧场，牧场后面是森林，再后面是大片的蓝天。天空西侧的边缘挂着一轮苍白的月亮，而在东方，太阳正在升起。空气很清新，我不由自主地开始深呼吸。我开始觉得高山牧场的风景很美，同时陌生又危险，但就像所有陌生的事物一样充满了神秘的吸引力。

最终我收回了着迷的目光，开始打扫小屋。我生起炉灶，烧了热水，然后用沙子和一个我在房间里找到的旧刷子擦洗桌子、椅子及地板。我不得不把这一系列事情重复两次，然后用大量的水冲洗。在这之后，小屋看起来也并不是特别舒适，但至少变得干净了。有些地方的污垢需要用刀刮才能去除。我不相信小屋的地板之前有人用水洗过，至少那些爱慕美女明星的牧民没有清洗过。我留着柜子上的照片。随着时间的流逝，我甚至还挺喜欢它的。它有点让我想起我的女儿们。打扫小屋是我喜欢的工作。我把门窗打开，让新鲜的空气吹进小屋。地板在上午晾干了，开始闪烁出红色的光泽，我为自己取得的成果感到骄傲。我之前把稻草床垫放在了草地上，"猞猁"立刻把它当成了自己的床。当我把它赶开时，它不高兴地挪到了小屋后面。它讨厌清理房屋的工作，因为我禁止它在潮湿的地板上走来走去。在用水冲洗、充分通风之后，小屋里面酸腐的气味消散了，我开始感觉更舒服了。中午，我吃了牛奶和土豆。我很清楚，必须尽快给"猞猁"弄点肉吃。我决定了，既然这件事情一定要做，不如尽快做，尤其是我对附近还不是很熟悉，不能指望马上就能打到猎物。直到两天以后，在四次徒劳的潜行狩猎之后，我才成功地射中了一只小鹿。然后就出现了一个非常棘手的问题——这里没有可以冷却鲜肉的水源，所以我们必须尽快吃掉即将变质的部分，把其他部分煮熟或者烤熟，保存在阴凉的房间里。这导致我们在整个夏天的食物不是非常匮乏，就是非常富足，每一次我都不得不扔掉一部分肉，因为已经变质了。我把变质的肉扔到远离小屋的森林里，它们每隔一个晚上就会消失。某种野生动物肯定因此在这个夏天有了充足的佳肴。由于剩下的土豆已经没多少了，所以我们的饮食状况非常不好，但我们从未真正挨过饿。在我住在高山牧场的那段时间里，我没有做笔记。我带上了那本日历，像履行义务一样，每天都在画线，但我没有记下任何事情，即使是像收割干草一样重要的活动。关于那段时间的记忆十分清晰地保留了下来，我觉得把它们写下来并不困难。我永远也不会忘记那里夏日的清风、雷雨和繁星闪烁的黄昏。

在高山牧场的第一天下午，我坐在小屋前面的长椅上晒太阳，让自己暖和起来。我把贝拉拴在一根柱子上，而小公牛从来就不会远离自己的母亲。过了一个星期我才放弃了这项谨慎的保护措施。贝拉脾气温和，从来不会给我找一点麻烦，它的儿子在那个时候还是一头幸福的、精力充沛的小牛。它变得越来越高大，越来越有力气，我还是没有为它想好一个名字。当然，给一头小公牛起名字可以有很多选择，但我一个也不喜欢，它们听起来都有一点愚蠢。此外，它已经习惯我叫它"公牛"了，而且像只巨大的狗一样跟在我身后。所以我便顺其自然，久而久之，就不再考虑给它另起名字了。它是一只脾气温和、值得信赖的动物，我能清楚地看出来，它把整个生活当成了一场巨大的享受。即使在今天，我还是会为这头公牛度过了如此愉快的青少年时期而感到高兴。它从来没有听到过一句责骂，从来没有被撞过、被打过，可以喝母亲的奶，吃柔嫩的高山牧草，晚上睡在能闻到贝拉温暖气味的地方。对一头小公牛来说，没有比这更美好的生活了，而它至少在一段时间内确实过得非常好。如果它生在另一个时候，生在山谷里，人们早就把它杀了吃了。

第一个星期结束后，我干完了房间和牛圈里的活儿，还收集了掉下来的树枝，于是想到四周去看一看。牧场小屋镶嵌在广阔而青绿的柔软草地上，在两座陡峭的山脊之间，我登不上这样的山坡，因为我有点恐高，没法爬那种山地小径。我总是寻找某个可以俯瞰乡间的地方，然后用望远镜在那里眺望。我没有一次看到炊烟升起，或者是街道上有什么东西在移动。事实上，我只能模模糊糊地看到街道。街道一定也有一部分长满了杂草。我拿着胡戈的行车地图，找到了正确的地方。我发现自己正处在一座狭长山脉的最北端，这座山脉向着东南方延伸。两侧的山谷从这里延伸到阿尔卑斯山脚，我已经探索过它们了，我之前就住在其中一侧。但这个地方只是这座山脉的一小部分。这片广阔的地带还要向东南延伸多远，我不知道。我不能离家太久，就算是有"猞猁"在身边，我的行为看起来也很危险。等所有的山都消失在视野外，人类的领地就一定会出现，而且已经被开垦成田地，但没办法抵达，因为不然的话，我在五月初就会在那里发现一大批远走他乡的人。我花了几个小时的时间来研究我面前高高的山脊和山谷的切口，但没有发现任何人类生活的痕迹。要么是那道墙壁横穿了这座山脉，要么是整座山里只有我一个人。后一种假设听起来不太现实，但并非全无可能。在节日的前夜，所有在森林里的工人和猎人都会想要回家。此外我觉得，我的领地里一直都在出现各种以前我从未见过的鹿。早些时候，我觉得所有的鹿看起来都一个样，但一年过后，我学会了该怎么把我的鹿和陌生的鹿区分开来。肯定有一些陌生的鹿不知道从哪里过来了。这座山至少有一部分还保持着开放

159

状态。有时我会在石灰岩之间看见岩羚羊，但数目不多。它们患了疥疮。

我决定进行一些小规模远足来了解周边环境，便在落叶松林中找到了一条我敢爬的上山道路。早晨六点钟挤完牛奶以后，我还可以在山里走上四个小时，回来时天还是亮的。在这样的日子里，我会把贝拉和小公牛拴起来，但我一路上都会止不住地担心它们。我闯进了完全不熟悉的领地，发现了一些狩猎小屋和伐木工人的小屋，从里面还能带走一些用得上的东西。最幸运的发现是一小袋面粉，它保持着完美的干燥状态。我发现面粉的小屋位于一处阳光非常明媚的林中空地上，面粉就保存在一个柜子里。我还找到了一小包茶叶、农村生产的香烟、一瓶酒精、旧报纸，以及一片发霉、生蛆的培根。我把培根留在了那里。所有的小屋都被灌木和荨麻菜环绕着，有几间的屋顶已经漏雨了，它们的状况很糟糕。

这些远足始终都显得有些诡异。那些稻草床垫一年以前还有人睡过，现在老鼠正在里面窸窣作响，它们已经成了这些老房子的主人。所有没有好好保存的储藏品都被咬坏了、吃光了。是的，它们就连旧地毯和旧鞋子也会啃咬。到处都散发着老鼠的气味，那是一种令人不适的刺激气味，充斥着每一栋小屋，驱赶掉了过去人类生活的气味。就连兴奋地踏上旅程的"猞猁"似乎也有些受到困扰，我们一走进小屋，它就马上又跑了出去。我无法说服自己在其中任何一栋房子里吃饭，因此就在树桩上坐下，吃着简朴的冷餐，"猞猁"则喝着从小屋近旁流过的溪水。很快我就受够了。我知道，除了长满荨麻菜的野地、老鼠的气味和冰冷的火堆之外，我们什么也找不到。我把最珍贵的发现，也就是面粉，在一个无风的炎热日子里拿到太阳下，放在空气中，感觉很享受。这些面粉帮我撑到了下一次土豆的成熟。我拿了一口铁锅，用牛奶和黄油做煎饼，又做出了一年以来的第一个面包。那天简直就是一个节日，就连"猞猁"似乎也回忆起了那种过去的佳肴飘浮在空中的香气，我当然也不会让它空着手离开。

有一次，当我坐在瞭望点那里，我相信自己看到远处有炊烟从云杉林上升了起来。我不得不放下望远镜，因为我的双手开始颤抖。当我恢复了理智，再次望过去时，我什么也没看见。我透过望远镜盯着，直到眼睛泛出了泪水，一切都漫溢成一片绿色的光斑。我等了一个小时，第二天也去了那里，但炊烟没有再出现。我要么就是蒙骗了自己，要么就是因为风的影响看花了眼，那天吹焚风，炊烟不可能直直地升起来。我永远也不会知道那到底是怎么回事了。最终，我因为头痛回到家里。"猞猁"整整一个下午都守在我身边，肯定以为我是个无聊的傻瓜。它根本就不想去那个瞭望点，总是在试图说服我进行其他远足。我之所以用"说服"一词，是因为找不到什么更好的形容了。它跑在我前面，带领我去其他方向，或者在跑了几步以后被什么东西深深吸引，充满期待地回过头看着我。它重复着这样的动作，直到我放弃跟随它，或者直到它看出我已经无药可救了。它可能不想去那个瞭望点，因为它在那里必须一动不动地坐着，我也不会关心它。它注意到，透过望远镜看东西也会让我陷入忧郁的情绪。有时候在我自己意识到之前，它就已经能够感受到我的情绪了。它肯定不会喜欢我现在每天都坐在家里，但它小小的身影也没有力气逼迫我走其他路了。

"猞猁"就埋葬在高山牧场上，在那株有着深绿色叶片的灌木下面，当我用手指揉搓叶片时，它会散发出一种轻柔的香气。就在那里，在我们刚刚抵达牧场时它睡了第一觉的地方。就算别无选择，它也只会为了我而牺牲自己。它拥有的只不过是短暂、幸福的猎犬的一生：上千种令人激动的气味，阳光照在皮毛上的暖意，舌头所感受到的冰凉泉水，气喘吁吁地狩猎野兽，以及，当冬日的风在小屋周围咆哮时，睡在温暖的壁炉洞里，接受人类双手的抚摸，听到深爱的主人的声音。我再也不会看到高山牧场上淡淡的阳光了，再也不会闻到它的芬芳了。我已经失去了高山牧场，再也不会涉足那里。

我放弃了去陌生的领地远足以后，逐渐感受到一种瘫痪的感觉。我不再担心什么，更喜欢坐在小屋前面的长椅上，盯着蓝天发呆。所有的勤奋和实干精神都从我身上流失了，软化成一种平静的倦怠。我很清楚，这种状态可能会变得很危险，但这对我来说也无关紧要了。我不再为不得不生活在一个类似于简陋的度假屋的地方感到困扰，阳光、草地上广阔高远的天空与青草的芳香渐渐地将我变成了一个陌生的女人。我没有对此做记录，很可能是因为那一切对我来说都变得有点不真实。高山牧场远在时间之外。后来，当我收割干草、从下面潮湿的峡谷里回来时，我好像回到了一片神秘得让我陷入了忘我境地的土地。所有的恐惧和回忆都留在了下面阴暗的冷杉林里，我每往山下走一步，它们都会重新袭击我。好像广阔的草场释放出一种泛滥的、温柔的麻醉剂，它的名字就叫作遗忘。

我在牧场上生活了三个星期后，又匆匆动身去视察土豆田。那是在一段美好天气之后第一个阴冷的日子。我让贝拉和小公牛在牛圈里吃新鲜草叶、喝水，把"老虎"锁在小房子里。我担心它，便在它的箱子里撒了一些泥土，给它留了肉和牛奶。"猞猁"像往常一样跟着我一起去了。大概早晨九点钟的时候，我到达了狩猎小屋。我不知道自己心里怀有的是希望还是恐惧。一切都没有改变。荆棘长了起来，盖住了粪堆。当我走进房间时，我立刻就注意到了床上那个熟悉的压痕。我绕着房子走了一圈，喊着那只老猫，但它没有出现。我也不太确定这个压痕是不是从五月以来就一直有的。于是我小心地抚平了床，在猫的碗里留下了一点肉。"猞猁"在地板上和供猫进出的小门周围闻嗅，但它追随的也可能是过去留下的气味的痕迹。我打开所有的窗户，包括储藏室的窗户，让新鲜的空气抚慰着房屋。我也把牛圈里的窗户打开了。然后我去视察田地。土豆已经长了起来，没有施肥的土豆叶确实要显得更矮一些，叶子也没有那么浓绿。田地在久旱之后没有怎么生杂草，我决定等下过一场雨之后再来除草。

豆子也开始沿着杆子生长了。溪边草地上的青草没有去年那么茂密，急需一场雨。但距离收割还有好几个星期的时间，很有可能很快就会下雨。当我注视那片广阔、陡峭的草场时，我就完全失去了勇气。我竟然能搬到上面去，真是不可思议，而且还是在经过了漫长的行军以后。去年我走过去的那次，没走上太久就差点累死。我不理解为什么在高山牧场上的时候没想过这些。这很奇怪：只要一回到山谷里，我想起高山牧场的时候就几乎是带着恐惧与抗拒的心态，但在高山牧场上，我无法设想如何才能在山谷里生活下去。好像我有两个截然不同的人格，一个只想在山谷里生活，另一个已经开始在高山牧场上茁壮成长了。这一切都令我感到有些焦虑，因为我无法理解这一切。

我透过那道墙壁看过去。那栋小房子已经完全被杂草覆盖了。我看不到那个老人，他肯定是躺在那道荆棘长成的墙的后面，水井也被挡住了。我似乎觉得世界正在缓慢地被荆棘吞噬。小溪因为干涸而变得水流细弱。有几条鳟鱼停留在水塘里，几乎一动不动。这个夏天，它们得到了保护，得以休养生息。

峡谷就像往常一样阴暗和潮湿，没有什么变化。下着毛毛细雨，山毛榉树上悬挂着柔和的薄雾。没有一只火蝾螈爬出来，它们可能都还在潮湿的石头下面睡觉。这个夏天，我还没有看到一只火蝾螈，只看到过高山牧场上灰绿色的蜥蜴。有一次，"老虎"把一只它咬死的蜥蜴放到我脚边。它习惯于把所有的战利品都带到我这里：巨大的蝗虫、甲虫和闪闪发光的苍蝇。蜥蜴是第一个重大的收获。它满怀期待地看着我，灯光在它的眼里映成金黄色。我不得不夸赞它，抚摸它。不然我还能做什么呢？我不是主宰蜥蜴的神灵，也不是主宰猫的神灵。我只是一个局外人，最好不要牵扯进去。有时我会忍不住扮演命运的角色，把一只绝对会死掉的动物救下来，或者为了肉而射杀一只野兽。但森林能轻松应对我的干预。新的小鹿长大了，另一些动物死去了。我也不是真的想要打破这种宁静。牛圈附近的荆棘丛继续生长，就算我清除几百次，它们还是会比我活得更长久。等我不复存在以后，没有人再来割草，杂木林就会在草地上生长起来，之后这座森林就会一直推挤到墙壁那里，夺回人类从它手里劫掠走的土地。有时我的思想会陷入混乱，好像森林已经开始在我体内扎根，用我的头脑思考它那古老、永恒的思想。森林不愿意让人类回归。

在第二个夏天时，我还没有到这个地步。我的局限依然很明显。我觉得同时讲述以前的"我"和崭新的"我"是一件很困难的事情，我对这个崭新的"我"没有什么自信，不知道它是否正在慢慢地被一种更大的"我们"所吸收。但在那个时候，已经有这种变化的预兆了。问题都在于高山牧场。在广阔的天空之下，在嗡嗡作响的宁静草地上，要保持一个独立的、与一切分割开来的"我"是不可能的，那是一个渺小的、盲目的、狭隘的生命，不想融入这个巨大的共同体。

我曾经为自己能成为那样的生物而感到非常骄傲，但在高山牧场上，这对我来说突然变得非常可悲与可笑，因为那只是一个华而不实的、虚无的存在。

第一次去狩猎小屋远足后，我带着最后一个装满土豆的背包和胡戈厚厚的法兰绒睡袍回了高山牧场。晚上相当冷，我想念自己温暖的棉被。大概下午五点钟时，我抵达了牧场小屋，它在我面前显得灰扑扑的，闪烁着雨水的光泽。突然之间，我有一种不舒服的感觉，觉得其实哪里都不是自己的归属地，但过了几分钟，这种感觉就消散了，我在高山牧场上又像在家里一样了。"老虎"生气地向我喊叫着，它从我身边走过，跑到外面去了。箱子里的泥土没有被动过，但是它把肉都吃掉了。它肯定很着急。它回来的时候，还是怀着深深的怨气，坐在一个角落里，把圆圆的臀部对着我。它的母亲也会用这种方式对我表达蔑视。不过"老虎"还是个孩子，十分钟以后就被和我在一起的诱惑吸引了。它受够了，与我达成了和解，最终爬进了柜子里。我完成了牛圈里的工作，喝了一点牛奶，配着面饼，然后穿着胡戈厚重的睡袍爬到了床上。看到山谷里的一切都保持正常真是令人感到安心。狩猎小屋还在老地方，我甚至可以指望那只老猫还活着。当我还是一个孩子的时候，总是怀有一种愚蠢的恐惧：只要我背转身去，我看到的一切就都会消失。所有的理智都无法治愈这种恐惧。在学校里，我会想象父母的房子突然消失，代之以一片广阔的空地。之后，当家人不在家时，我又会陷入一种神经质的恐惧。我只有在他们都躺在床上或我们都围坐在桌边的时候才能感受到安心。对我来说，安全感就意味着能够看到和触碰到的东西。在那个夏天，我的情况也是如此。当我在高山牧场上时，我就怀疑狩猎小屋的真实性；当我在山谷里时，我就想象高山牧场变成了一片虚无。我的恐惧真的有那么愚蠢吗？那道墙壁难道不是我幼年时的恐惧的一种证据吗？在一夜之间，我的早年生活，我拥有过的所有东西都被以某种神秘的方式偷走了。如果这件事情是有可能的，那么一切都有可能发生。人们总是向我灌输太多的理智与纪律，让我从一开始就能够克服这样的变化。但我从来都不知道这个行为是不是正常的，也许面对所发生的一切，唯一正常的反应就是发疯。

接下来又是几个雨天。贝拉和小公牛站在草地上，身上洒满了细密的灰色雨滴，它们吃着草，或者是躺在一起休息。"猞猁"和"老虎"终日昏睡，我在牛圈里锯掉落的树枝。我要让小屋暖和起来。我宁可不吃东西也要取暖，而这些掉落的树枝就够用了。冬天的暴风扯断了许多树枝，把许多小树连根拔了起来。这里有一把锯子，锯起东西来非常慢，但落下的枝条很容易被锯成小段，我不用太费力。我把木头搬进了小屋，堆在小房间里。贝拉和小公牛没有稻草了，这让我感到很遗憾，在这样的高地上没有阔叶林。不过牛圈非常整洁和干燥，不需要通风。我费尽力气带回山谷里的黄油桶又得费力地背回来。我不能没有它。贝拉产的奶太多了，我得在夏天做一些黄油储存起来。它在高山牧场上产的奶味道尤其好，"老虎"好像也觉得不错，把自己的小肚子吃得鼓鼓的。

我给贝拉刷毛的时候，有时会跟它讲述它对我们所有成员来说有多么重要。它用湿润的眼睛温柔地注视着我，想要舔我的脸。它不知道自己有多么宝贵和不可替代。它站在这里，闪着褐色的光芒，温暖而平静，我们伟大的、温柔的产奶的母亲。我只能想着好好照顾它，希望为贝拉做一个人类能为一头牛做的所有事情。它很喜欢我对它说话。也许它就是喜欢每个人的声音。它很容易就可以把我踩碎，或者是在我身上吐口水，但它只是舔着我的脸，把鼻子贴到我的手掌心上。我希望它死在我前面，没有我在，它在冬天的日子可能会过得很艰苦。我现在不再把它拴在牛圈里了。如果我出了什么事，它至少能撞开门，而不至于在里面渴死。一个强壮的男人就可以撞掉这根作用微乎其微的门闩，而贝拉比最强壮的男人还要强壮。我不得不整天怀着这种恐惧生活，但如果我试图阻止自己这样想，这一想法就总会再次流淌出来，干扰我写这份报告。

短暂的雨季之后，我在干草收获季之前还有几个星期的空闲。我想在这段时间里休养身体，恢复力气。天气又变暖了，但只有正午时分会觉得很热。夜晚，在高地上已经能够感受到凉意了。现在很少下雨了，只是有一些雷雨，但非常猛烈而丰沛。一场雷雨之后，高山牧场上又变得阳光明媚，而山谷盆地里的浓雾还会持续好几天。所有的动物都在繁衍，幸福地享受着它们的自由，因此我也可以感到满足了。只有关于那只老猫的念头有时候还会折磨我。它宁可独自住在狩猎小屋里，而不是在我身边喝着富有脂肪的牛奶，在夜晚散步，穿过高高的草地，寻找丰富的猎物。这件事情令我感到很难过。过了很短的一段时间，我又说服了自己，相信它真的回到了狩猎小屋里。一场猛烈的雨过后，我又回到了山谷，去给田地除草。当我走进狩猎小屋时，我立刻就看到了床上小小的压痕。我没有看到那只猫。我抚摸着冰冷的床，希望老猫能够认出我的气味。我不知道它能不能认出来，根据我的观察，猫并不是很能识别出我的气味。它们更灵敏的是听觉。我留下来的肉没有被动过，已经干了。我觉得老猫可能是太多疑了，不想吃一块来路不明的肉。

土豆开出了浅紫色的花朵，在雨后又长高了很多。杂草从松动的土地里轻松地长了出来。我在灌木附近堆了一点土，回到狩猎小屋时就已经三点钟了，然后给自己煮了点茶，给"猞猁"准备了一点吃的。直到将近七点钟我才抵达高山牧场，还要照顾贝拉和小公牛。"老虎"没有动箱子，也没有动食物，生气地跑到外面去了。看来把它锁起来这件事让它生气了。它永远也不会变成一只家猫。我以后会为它打开房间的窗户。如果它注意到自己是自由的，可以四处走动，自由来去，那么它也许就会安静地待在家里。但如果我出去一整天，贝拉和小公牛就必须一直待在牛圈里。我担心如果有什么东西吓到它们，它们就会扯断麻绳，越过瓦砾堆，从草地边上的碎石坡摔下来。在完成了牛圈的工作以后，我就开始与默默反抗的"老虎"相处，直到达成和解，最终可以躺下睡觉了。

高山牧场上的夜晚总是很短暂。我从不做梦。清凉的夜风拂过我的面颊，一切似乎都轻盈而自由，夜晚的天色一直都不会变得特别漆黑。因为天亮的时间很长，我上床睡觉的时间就比在山谷里更晚。每个晴朗的黄昏，我都坐在屋前的长椅上，裹着羊毛大衣，看着晚霞在天边漫溢。之后，我又看着月亮升起，繁星在天空中闪烁。"猞猁"趴在我身边，"老虎"飞快地闪过，一团小小的灰色影子，从一处灌木闪到另一处灌木，追寻着夜蛾，等到累了，它就在我膝盖上的大衣下面蜷成一团，开始昏睡。我不去思考，不去回忆，也不觉得害怕。我只是非常平静地坐着，倚靠着木头墙壁，疲倦又清醒，注视着天穹。我学会了识别所有的星星，虽然我不知道它们的名字，但它们很快就在我的眼里变得熟悉起来。我只认识北斗星和金星，所有其他星星都不知道名字，红的、绿的、蓝的和黄的。当我把眼睛眯成一条缝时，我就会看到星团之间无穷无尽的深渊。密集的光雾后面有着巨大的黑色空洞。有时我会用望远镜，但我更喜欢用肉眼看天空。肉眼可以窥得全貌，而透过望远镜，目光很容易变得散乱。我以前总是惧怕夜晚，要依赖稳定的照明工具，现在却在高山牧场上忘记了这种恐惧。我以前被锁在石头房子里，在百叶窗和窗帘后面，从来没有真正地认识过夜晚。夜晚并不阴森。夜晚很美，我开始热爱它。即便是在雨天，或者是云层蒙住天空的时候，我也知道那些星星就在那里，红的、绿的、黄的和蓝的。它们永远就在那里，即便是在白天，在我看不到它们的时候。

天气变冷，开始出现露水的时候，我终于走进了小屋。"猞猁"困倦地跟着我，"老虎"跳进它的柜子。我背对着墙壁，睡着了：我的生命中第一次感到如此温柔，不是满足和幸福，只是温柔。这与星星有关，我最终明白了它们真实存在。但我不能解释清楚这到底是怎么回事，事情就这样发生了。

在我的头脑里，时间巨大的钟摆好像停下来了。很快就到了早晨，"老虎"在我身上闲庭信步，晨光落在我的脸上，在远处的森林里，传来了小鸟的鸣叫声。我睡得太久，错过了在山谷里会将我唤醒的群鸟音乐会。在高山牧场上，那些鸟儿不会唱歌，也不会发出婉转的啁啾声，它们只会发出响亮、生硬的鸣叫声。

我清醒过来，赤着脚跑到刚刚破晓的天空之下。草场上一片寂静，覆盖着晶莹的露水，等到太阳升到森林上空以后，它们就会闪烁着彩虹般的色彩。我走进牛圈，给贝拉挤奶，把它和小公牛放到草场上。贝拉已经醒了，正等着我。它的儿子起得更晚一些，还躺着，低垂着头，额头上的毛发在睡觉时卷成了潮湿的一绺。在这之后，我清理了牛圈，然后走进小屋，洗澡、换衣服、吃早餐。"猞猁"和"老虎"喝了温热的牛奶，然后跑到外面去。小屋的门整天都开着，阳光落到我的床上。如果天气变得清凉或者是下雨，待在小屋里就不是很舒服了。我觉得在这里只不过是头上有一个屋顶，而不像在狩猎小屋里一样感觉是在家里。但下雨的时候不多，雨天也不会持续很久，最多一两天。在这种时候，"老虎"会待在小屋里玩用纸揉成的小球，"猞猁"则一直在壁炉洞里睡觉。我对那只小公猫非常感兴趣。不过它那时候也不算小了，已经长得很大了，肌肉发育得十分良好。它的皮毛闪烁着健康的光泽，胡须浓密而华丽。它和自己的母亲非常不一样，脾气很暴，需要人爱，总是能给自己找到某种乐趣。它很喜欢角色扮演，主角永远是那几个：愤怒的掠食动物，残忍而让人恐惧；非常小的小猫咪，无助而引人怜悯；静默的思想者，整天都端着架子（这个角色扮演的时间从来不会超过十分钟）；还有深受委屈的形象，一只雄性尊严受到了冒犯的公猫。它唯一的观众就是我，因为"猞猁"一直都会在这样的表演过程中睡着，毕竟这对它来说没有什么吸引力。在这只小猫身上，还看不出成年猫不时有的阴沉忧郁的思索的迹象。当然，在高山牧场上，我有很多时间去了解"老虎"，于是我就成了它的玩伴。但它与其说依赖我，不如说过着自由自在的生活。它受不了被关起来，每天都会确认二十多次门和窗户的确是打开的。大多数情况下它能够得出满意的结论，然后就回到柜子里睡觉。"猞猁"早就不嫉妒它了。我想，它其实没有把"老虎"太当回事。当然，它有时也和"老虎"一起玩，也就是友善地玩玩小动物的游戏，但会躲开它脾气爆发的时刻。当"老虎"突然发作，在小屋里暴冲时，"猞猁"

就用一个手足无措的成年人的目光看着我，它很容易陷入困惑，无法理解发生了什么情况。但我从来不会忘记夸赞它。它依靠我的夸赞而活，想要不断听到我夸赞它，说它是世界上最出色、最漂亮和最聪明的狗。这对它来说就像吃饭和运动一样重要。

在高山牧场的那几个星期里，我们都长了一点肉，但收割完干草后我就又变瘦了，被太阳晒得干枯，像木头一样全身呈现出棕褐色。但其实情况并没有太夸张。我不再想象收割干草会给我带来的困难，感觉自己就像一个正在梦游的人。等到了时候，一切必须做的事情都会完成的。我就像一个梦游者一样，度过了那些温暖的、草香四溢的日子和星光闪烁的夜晚。

有时我不得不去狩猎野生动物。这一直都是一项可恶的、血腥的任务，但我成功地做到了不去做无用的思考。这里没有冷冽的泉水。我不得不把肉煮熟，然后放在碗里，再放到装有冷水的锅里，锅又放在清凉的房间里。我不能把肉放在井里，因为贝拉和小公牛要喝井水。"老虎"更喜欢吃生肉，如果我没有生肉给它吃了，它就自己抓老鼠吃。它现在已经可以自己解决困难了。这很好，因为也许以后它不得不独自生活，不再能得到我的帮助。我那时候一直在寻找新鲜的蔬菜。我把所有自己觉得合口味的小香草都采下来吃。只有一次搞错了品种，吃得肠胃剧痛。这里没有荨麻菜，我根本找不到它的踪迹。似乎高山牧场上就是不长这种菜。整个夏天，平原上一定炎热又干旱。下了三四场大暴雨，高山牧场上的暴雨对我来说比在狩猎小屋时还要糟糕，因为在下面的狩猎小屋里，我还能感觉自己被屋后高高的树木和高耸的山坡保护着。而在高山牧场上，我们就生活在翻卷的浓云中心。每次巨大的声浪开始袭击我，我就会感到害怕，还会感到一种奇怪的眩晕，我以前从来没有感受过这样的眩晕。"老虎"和"猞猁"蜷缩在壁炉洞里颤抖着，它们平时也绝对不会这样。贝拉和小公牛不得不被拴在牛圈里，百叶窗也必须被关上。它们两个在一起，如果害怕，可以紧紧地靠在一起，这个想法令我感到安慰。

尽管暴风雨如此猛烈，但第二天就放晴了，只是山谷里依然笼罩着云雾。云朵好像是从高山牧场上落到了山谷里，这时，牧场像一艘碧绿的、闪烁着湿润光芒的船只，航行在颠簸的海洋那洁白的浪涛之上。这片雾海消退得非常缓慢，消散以后，潮湿而焕然一新的云杉枝头就会浮现出来。然后我就知道，明天阳光也会照耀到狩猎小屋那里。我又想起那只独自住在潮湿盆地里的老猫。

有时候，当我仔细观察贝拉和小公牛时，我会很高兴地发现它们完全没有预料到要被关在牛圈里度过漫长的冬天。它们只知道当下，柔软的青草、广阔的草场、拂过它们肋部的温暖空气和夜晚落在它们身上的月光。这是一种没有恐惧，也没有希望的生活。我却惧怕冬天，惧怕在寒冷和潮湿的环境中做着木工。到目前为止，我的风湿病没有再发作过，但我知道，到了冬天它就会卷土重来。而我必须不惜一切代价保持动作灵活，因为我还想保证自己的动物们都活下去。我一连几个小时坐在太阳下，想把阳光存储下来，留给漫长的寒冷岁月。我感受不到阳光的灼热，因为我的皮肤已经变得过于粗硬了，但我觉得头痛，心跳也比正常情况更快了。尽管我在阳光的沐浴下立刻清醒了过来，但久坐还是给我带来了伤害，我用了一个星期才恢复过来。

"猞猁"很不满意，因为我没有和它去森林里。"老虎"哀哀地叫着，努力吸引我和它玩游戏。七月到来了，我变得虚弱，对待它们心不在焉。我强迫自己吃东西，进行所有的工作，这样到收割干草的时候我就又有力气了。七月二十日，月亮渐满，我决定不再等下去了，打算利用晴朗的天气工作。在一个周一的早晨，我三点钟就起床了，给贝拉挤奶，贝拉因为我的反常行为而有一点激动，然后我给它添了牧草，放了够喝一整天的水。我特意为了"老虎"把窗户打开了，给它留下了肉和牛奶。在饱餐一顿以后，我和"猞猁"在清早四点钟就离开了高山牧场。

七点钟时，我已经站在溪边草地上了，开始用镰刀割草。我割草的动作还是有点僵硬，挥起镰刀的感觉不太对。阳光直到九点钟才落到这里，这样很好，因为我割草的工作其实已经开始得太晚了。我割了三个小时的草，实际上已经比计划的多割了一些。我做得比去年要好，那次是我二十年以来第一次拿起镰刀，还不习惯如此繁重的体力活儿。然后我躺倒在一丛榛树下面，不再挪动了。"猞猁"在四下小小地寻觅了一番后回来了，气喘吁吁地在我身边趴下来。我再次费力地坐起来，用保温瓶喝了点茶，然后睡着了。当我醒来时，山蚁在我裸露的双臂上爬来爬去。已经是下午两点钟了。"猞猁"专注地看着我，看到我醒了过来，它似乎觉得如释重负，开心地跳了起来。我觉得疲惫得难以言表，肩膀剧烈地作痛。

阳光的全部热量都倾泻到了山坡上。新割下来的干草堆已经枯萎了，失去了光泽。我站起身来，用草叉把它们翻过来。草地上满是可怕的甲虫。工作进行得很慢，我几乎有点犯困。到处都是嗡嗡声，笼罩在炎热的寂静之中。"猞猁"坚信，只要和我在一起，一切就都没有问题，它小跑到溪边，伸出长长的、疲软的舌头喝水，然后在阴凉处趴下来，头抵在爪子上，布满了忧虑的皱纹的脸完全被长长的耳朵盖住了，然后它就开始打瞌睡。我嫉妒它。

我把干草翻过来以后，便走向了狩猎小屋。老猫在我床上压出的凹痕让我更高兴了一点。我喂过"猞猁"，自己也吃了一点冷肉，然后就坐在屋前的长椅上。我呼唤着老猫，它没有出现。然后我把床抚平，把门锁好，转身开始登山。

我回到高山牧场的时候已经是晚上七点钟了，立刻就去牛圈，给等得不耐烦的贝拉挤奶，它已经变得躁动不安，因为涨满了奶而感到急不可待。天气很好，我就让它和小公牛去草场上吃草，把它拴在了木桩上。"老虎"躺在我的床上，温柔而满怀责备地迎接了我。这一次它吃饱喝足了，因为它没有被锁起来。我给它喝了热牛奶，自己去洗了澡，把闹钟设到三点钟，然后立刻就睡着了。几乎没过多久，闹钟就响了，我像梦游一样从床上爬了起来。我只是把小屋的门虚掩上，因为"猞猁"晚上还在外面。冰冷的月光落在木地板上，流溢到草场上。"猞猁"趴在门槛上，这只可怜的动物在为我守夜，不敢爬进壁炉洞里去。我夸赞了它，抚摸了它，然后我们一起去草场上接贝拉和小公牛。我把它们领回牛圈里，给贝拉挤完奶，留下了水和牧草。"老虎"依然躺在柜子里，一动不动。我和"猞猁"就像前天一样，伴随着第一道晨光下山，进入山谷。群星变得暗淡了，第一缕红光在东方升起。

在那天早晨，割草是一种折磨，每个动作都会引起疼痛，我的进展比第一天要慢。三个小时后，我再次精疲力尽地躺在榛树下睡着了。大约中午时，我醒了过来。"猞猁"坐在我身边，目光坚定不移地注视着山谷，那里的青草长得很野蛮、很高，缀满了白色的兰花和扇形花朵。在那块土地上，没有蜜蜂、蝗虫和各种鸟雀，太阳下面孕育着的只有一片死寂。"猞猁"看起来非常严肃和孤独。我第一次见到它摆出这副模样。我稍微挪动了一下身体，它立刻转过头来，愉快地吠叫着，目光变得温暖而生气勃勃。那种孤独消散了，它忘记了之前的感受。然后它小跑着去溪边，而我开始给干草翻面。我已经可以把昨天割下来的草送到谷仓里去了，那些草已经完全晒干了，只有放在阴凉处的一点草还没有被晒透。这一次，我晚上八点钟才回到高山牧场上，把贝拉和小公牛放了出来。"老虎"开始找我的麻烦，因为它一整天都独自待着，现在想要玩游戏，而我累得几乎动也不能动了。

接下来的一天，我没有割那么多草，因为割草的地方海拔越高，太阳上升到那里的速度就越快。一整个星期的天气都很好，我很高兴自己遵从了在月亮渐满的时候开始割草的老规矩。第八天下雨了，我待在房间里。整个草地上的草我已经割完了一半，现在需要休息一下，因为那时我已经要拖着步子走路了。因为疲倦，我几乎什么也吃不下，只喝牛奶和茶水。对贝拉来说，又能够按照旧日的规律挤奶也是一件好事。它的奶量有一点减少了。阴雨的天气持续了四天，只不过是毛毛细雨。我躺在床上休息，看着草地和山岭，眼前好像布满了蜘蛛网。我锯了一小会儿掉落的树枝，然后给我们弄了一点肉吃。因为天气炎热，我不得不把上一头打到的鹿三分之一都扔掉。真是浪费，我在心里非常反对这种做法，却无能为力。在那四天里，绝大部分时间我都在睡觉，或者和"老虎"玩游戏，因为下雨，"老虎"也不能去草场上玩了。我的双手受了伤，被扎破了好几处，伤口愈合得非常缓慢。而且我的每一块肌肉和每一处关节都在作痛，但我几乎对此无动于衷，好像这种疼痛和我没有任何关系。

第五天，将近中午时，雨停了；到了下午，阳光穿透了云层。空气中依然回荡着雨天的冷冽，水珠在草叶上颤抖着。小公牛兴致勃勃地在草地上跳来跳去，"老虎"先小心翼翼地把爪子踩到草地上，然后决定进行小规模的狩猎。"猞猁"

也兴高采烈的，撇去了睡意，开始进行近距离的观察和散步。我去割草（高山牧场上当然也有一把镰刀），把草运进牛圈里。贝拉和小公牛的美好时光很快就结束了。晴好的天气持续了四天，然后天气开始变得闷热，天空变得浑浊。

我已经割完了草地上三分之二的草，在窒闷的高温中回到了高山牧场上。我的心脏作痛。也许这只是因为劳累过度，但也有可能是某种风湿病的并发症。就连跟着我走来走去的"猞猁"也兴致不高，显得疲惫不堪。我在想，现在的劳动量对我来说是不是太繁重了，吃的食物是不是太单一了。就连走路我也会觉得疼痛，因为坚硬的登山鞋把我的脚后跟磨出了一个水泡，袜子又紧紧地粘在了那个小伤口上。突然间，我觉得自己做的一切都是一种毫无意义的折磨，我还不如赶紧一枪把自己打死。如果我无法这么做，毕竟用步枪自杀并不容易，那也应该试着在那道墙壁下面挖一道沟穿过它。在那边有足够吃上一百年的食物，或者是一种迅速的、毫无痛苦的死亡。我期待的到底是哪一种呢？就算我可以奇迹般地获救，这对我来说又能算得了什么呢？因为我爱过的所有人肯定都已经死了。我会想要带上"猞猁"，那些猫可以自己过来，还有贝拉和小公牛的问题，那样的话，我就必须杀了它们。否则它们会在冬天饿死。

云层现在呈现出岩石一样的灰色，惨淡的光线笼罩着群山。我加快了脚步，想在暴风雨到来之前回到小屋。"猞猁"气喘吁吁地跟在我后面。我太累了，太沮丧了，没办法去抚慰它。这一切都毫无意义，做与不做都一样。

走出森林时，我听到了头顶的第一声雷鸣。我让"猞猁"跑进小屋里，而我脱掉鞋子，跑进牛圈里，替贝拉解决它的燃眉之急。当我还在牛圈里干活儿时，暴风雨就下了起来。暴风雨击打着草地，浓重的云朵聚集在一起，显露出灰黄色，看起来很丑陋。我很害怕，同时又被激发出了要照顾好自己的动物们的力量。我把贝拉和小公牛牢牢地拴住，关上百叶窗。小公牛紧紧依偎着它的母亲，它的母亲温柔又耐心地舔着它的鼻子，好像它还是一只无助的小牛犊。贝拉的恐惧一点也不比我的更轻，但它还在试图安慰这头小公牛。当我束手无措地抚摸着贝拉的肋部时，我突然意识到自己没办法离开森林。我这么想也许很蠢，但事实如此。我没办法逃跑，弃我的动物们于不顾。我做出这个决定的时候没有经过思考，也没有受情感驱使。我心里有一种根深蒂固的想法，那就是我不可能在困难面前抛下信任我的动物们。想到这里，我突然变得平静了，不再惧怕什么。我锁上牛圈的门，这样暴风雨就不会扯坏它，然后我跑向小屋，心里想着不要把牛奶洒出来。风在我身后将门用力地甩上，我深吸一口气，把门闩上。我点了一根蜡烛，关上百叶窗。我们终于安全了，一种小小的、可怜的安全，但好歹远离了狂风骤雨。"老虎"和"猞猁"已经挨着彼此躺在壁炉洞里了，一点动静也没有。我喝了热牛奶，坐在桌子旁边。点蜡烛真是一种愚蠢的做法，但我不能忍受坐在黑暗中。所以我尽全力不去听云中的呼啸声，把注意力集中在我疼痛的脚上。水泡被挤破了，结了血痂。我洗了洗脚，然后在伤口处涂了碘酒，接着躺在床上。我可以透过百叶窗的缝隙看到从天而降的闪电。在很长一段时间过后，雷声开始远离，变成了一阵低吼，我就在这个时候醒了过来，看到阳光穿过百叶窗闪烁着。我站了起来，打开门，两只动物都冲到了外面去。我觉得很冷，因为一整晚都没盖被子。现在是早晨八点，太阳已经升到了森林上方。我把贝拉和小公牛放了出来，然后环顾着四下。

草场沐浴在湿润的晨光中，整个夜晚的惊悚都消散了。山谷里还有窸窣作响的声音，我就像在其他天气不好的时候一样，想起了那只老猫。好吧，是它自己选择了自由自在的生活。但实际上，它根本就没的选。我觉得它和我之间没多大区别。我虽然可以选择，但也只是在头脑中，对我没什么用处。那只猫和我都是由同样的物质构成的，我们在同一条船上，和所有生活在这里的生物一起驶向巨大的黑暗陷阱。作为人类，我只不过是具备认清这一点的能力，却没有对抗的办法。如果仔细想想，这是大自然的一份可疑的赠礼。我讨厌这个念头，于是摇了摇头。是的，我清楚地记得我使劲地摇了摇头，以至于颈部发出了咔嚓一声，我不得不在接下来几天里都顶着僵硬的脖颈走来走去。这几天我都很清醒，锯木头，治疗脚后跟。我赤着脚走来走去，让脚接触冰冷的地面，发炎的地方真的因此好转了。我喝牛奶，搅拌黄油，打扫小屋，修补破袜子，洗了点衣服，坐在长椅上晒太阳。

暴雨结束五天以后，我才带着"猞猁"再次走进山谷，在接下来几天里把剩余的干草收回来。下午两点左右我就收工了，把最后一捆干草用山毛榉树枝从森林边缘运回谷仓。

我完成了一项艰巨的工作，几个月以来，它就像一座大山一样横亘在我面前。现在的我疲惫而又满足。除了我的孩子还小的时候，我不记得自己还曾有过如此巨大的满足感。那时，在疲倦的一天结束之后，当玩具被收好以后，孩子们洗完澡躺在自己床上时，我就会觉得很幸福。对那两个小孩来说，我是一个很优秀的母亲。很快她们长大了，去上学了，我就退到了幕后。我不知道为什么这两个孩子年龄越大，我就越会在和她们在一起的时候缺乏安全感。我还是会尽量照顾她们，但在她们身边时很少会感觉幸福。那时我又开始非常依恋我的丈夫，他似乎比她们更需要我。我的孩子们离开了家，手牵着手，背着书包，头发在风中飘扬，我不知道这就是结束的开始。也许我也有所预感。之后，我再也没有那么幸福过。一切都以一种残酷的方式改变了，我的生活变得不再真实。

我把镰刀、耙子和草叉放进谷仓里，闩上了门，然后去了狩猎小屋。那道墙壁旁边的溪流有点壅塞。我涉过冰凉的流水，把"猞猁"叫到岸上来。我在狩猎小屋里煮了一点茶，和"猞猁"共进了午餐。床上有老猫躺过的痕迹，这让我感到非常放心。也许我们所有的成员都会在秋天团聚在温暖的炉灶边。我把床抚平，然后去看豆子长得怎么样。整个夏天它们都绽放出红色和白色的花朵，现在已经挂满了小小的绿色豆荚。尽管暴风雨吹掉了花朵和叶片，但豆藤和豆茎没有被吹断。我决定大幅扩大豆田的规模，逐渐用豆子取代面包，让我能够吃饱。那时已经到了八月，我们要在几个星期内返回冬季宿营地。我注意到炉灶里的火已经灭了，于是就和"猞猁"踏上了返程的道路。我很高兴辛苦的劳作已经结束了，贝拉和小公牛又可以在白天来到草场上了，挤奶的时间也又得到了保障。

这一次，"老虎"没有用叫声迎接我们，而是生气地蜷伏着，两肩高耸，在炉灶旁边发出轻轻的、满怀怨念的喵喵声。我抚摸着它，但它不为所动，当"猞猁"闻嗅它时，它凶恶地嘶嘶叫着，开始发火。之后，在我做完自己的工作以后，我看到它一瘸一拐地走着路。观察一只受伤的猫并不容易，尤其是一只像"老虎"这种脾气的公猫。我把它翻过身来，非常轻柔地检查它的爪子。它的爪子上扎了一根植物的刺或者木刺。我试着用镊子把刺拔掉，至少尝试了十次，最后成功了，因为刚好有一只鸟从小屋门口掠过，把"老虎"的注意力从我身上和镊子上转移开了。这次小手术很成功。"老虎"生气勃勃地跳了起来，打掉我手里的镊子，然后跑出了小屋。

之后，我坐在长椅上，看着它热切地舔着自己的小伤口。事实上，它已经忍受了不少痛苦。猫很容易陷入恐慌，任何一阵纸张的窸窣声、任何一个突然的动作都能让它们完全惊慌失措。作为独来独往的动物，它们必须一直保持警惕，准备好逃跑。任何一处看起来毫无威胁的灌木后面，任何一个房屋角落里都可能隐藏着敌人。在猫的心里，比怀疑和谨慎还要强烈的东西就只有好奇心了。

这时候，天色慢慢暗了下去，我做好了晚餐。我把最后一瓶蔓越莓从狩猎小屋里拿了过来，做了不加鸡蛋的煎饼。如果习惯了，这样做出来的煎饼也可以吃。割完干草给了我一个庆祝的理由。那时候，我也不再被对那些无法实现的享乐的渴望所折磨。外界已经不再能激发我的幻想，贪婪之心已经缓缓入睡。我能喂饱这些动物们，能使我们不必忍饥挨饿，这已经让我很高兴了。那时我也不想念糖分。我在那个夏天只去了两次覆盆子灌木丛，最后装了一桶覆盆子回来。那条路对我来说太远了，走起来太累了。那里的果实也比第一年更少了，也许是因为太干旱了。果实很小，非常甜。我看到附近的灌木开始长大了，在几年之内，它们会掩盖下面的植被，消灭那些覆盆子。

收割完干草后，我非常平静地待在家里，经常坐在长椅上。我很累，有点觉得力气耗尽了，那种神秘的魔力又开始以一种新的方式笼罩着我。我现在的生活过得非常有规律。六点钟起床，给贝拉挤奶，把它和小公牛放到草场上去。然后清理牛圈，把牛奶拿到小屋里，倒在几个碗里，让乳脂堆积到表面。然后吃早餐，给"猞猁"和"老虎"喂食。"猞猁"在早晨要有东西吃，而"老虎"只喝牛奶。不知道为什么，也许是因为"老虎"毕竟是一只夜行动物，它更喜欢在晚上吃东西。晚上"猞猁"却只喝牛奶。早餐过后，就是"老虎"的晨间游戏：绕着小屋跑，抓来抓去。有时我不得不强迫自己参与这场游戏，但是我做得很好，"老虎"也感觉不错。这个游戏有着严格的规则，全部都是"老虎"发明的。只能绕着同一个方向跑，只能遵循同样的轨迹：房间的一个角落、一处老旧的排水管、一堆掉落的树枝、一块大石头、另一处墙角和一块旧案板。"老虎"飞速地绕过墙角，我不得不愚笨地站在那里，怀着怨气，激动地试图捉住它。我不知道它是怎么越过那个角落的，最后它会充满野性地一下跳到我的腿上。接着就到了排水管，我看不清那里，不得不摸索着走路，"老虎"会用力咬我，但不是很痛，我会大喊一声，这时它就竖着尾巴消失在木头堆后面，我不得不绕上很大一圈，因为这只小公猫有着保护色，我看不清它，直到它像马一样踮起脚尖侧步而行，高高地拱起后背。逃出来后，它这个骄傲而机智的掠食动物，就把可笑的人类留在惊讶中。它不能吃掉这些愚蠢但也令它感到愉快和喜爱的人类，只能在做完游戏以后温柔地舔舐他们。也许我不应该和它玩这个游戏，它可能会因此养成一种自大的态度，面对任何真实的危险都表现得不够谨慎。"老虎"本可以把这个游戏重复五十次，但我最多只能奉陪十次。每次它走回柜子里去睡觉的时候都感到心满意足。一开始，"猞猁"本可以开心地跟着一起玩，吠叫着，笨拙地环绕着我们跳跃。但它受到了"老虎"的刻薄对待，只能摇着尾巴远离游戏，发出大声的喘气声。只有在我没有时间或者是实在不堪其扰的情况下，"猞猁"才代替我加入游戏。不过这样它们两个好像都得不到什么乐趣。

片刻休息之后，我去处理牛奶。总是有关于牛奶的事情要忙。要把乳脂舀走，脱脂的牛奶大部分都给小公牛喝。有时我会自己做黄油，或者是用之前剩下的黄油做酥油。当然，我的酥油储备一直都不算多。想要收集到足够的乳脂需要好几天。为了在这种单一的饮食情况下尽量维持身体健康，我喝很多牛奶，每天也给"猞猁"和"老虎"喝一点。然后打扫小屋，给卧室通风，洗洗涮涮，准备午餐。几乎没什么可以多说的，我大多数时间都在草地上寻找可以吃的香草，稍微给肉调一下味。草地上也有蘑菇，但我不认识它们，所以不敢吃。这些蘑菇看起来很诱人，但是因为贝拉没有吃，我也就强行抑制着胃口。

午餐结束以后，我就坐在长椅上，陷入困倦的昏睡状态。阳光照在我的脸上，我的头由于疲惫而变得沉重。当我注意到自己睡着了时，我就站起来，和"猞猁"去森林里。每天的远足对它来说，就像晨间的游戏对"老虎"来说一样重要。我们大多数时候都去那个俯瞰点，我用望远镜来观察乡间。事实上，我之所以还会这么做只是出于习惯。教堂塔楼一如既往地闪烁着红色光泽，只有草地和田野的颜色有了些微改变。在焚风吹过以后，一切受到影响的植物都变成了焦褐色，而在东风吹过以后，乡间会留下一层细腻的淡蓝色薄纱，有时我什么也看不见，因为河流上笼罩着大雾。我从来不会在那里久坐，不然的话，"猞猁"就会觉得太无聊了，我会再往森林里走上一段路，大概在四五点钟的时候转过身，往小屋的方向走回去。在漫步的过程中，我只能看到高原的野地，在海拔这么高的地方已经没有鹿了。有时候，我可以透过草叶在石灰岩上看到几只岩羚羊。这个夏天，我找到了四只死去的岩羚羊，它们蜷缩在灌木丛中。当它们眼睛看不见了以后，它们就会走到山谷里去。这四只没有走上太远，死神很快就带走了它们。实际上，我本该用枪打死它们，这样就能结束瘟疫，也能把这些可怜的动物从痛苦中解救出来。但我没有做过这种事，而且必须节约弹药。也就是说，我除了旁观这样的苦难，什么也做不了。

我们结束远足后，"猞猁"就趴在长椅上，在阳光下打瞌睡。它的皮毛似乎可以提供保护，让它能在烈日下打上几个小时的瞌睡。在这个时候，我在牛圈里干活儿，锯一点木头，或者是改善一些设施。

我也经常什么都不做，只是注视着贝拉和小公牛，或者观察一只飞过森林的鸢。我不知道它到底是不是一只鸢，也有可能是一只鹞或一只鹰。我习惯于把所有掠食的鸟都称为鸢，因为我喜欢这个字。我总是有点担心"老虎"，因为那只鸢经常出没。幸好"老虎"更愿意待在小屋附近，似乎也很害怕这个以如此豪迈的方式越过草地、飞抵森林的动物。对"老虎"来说，小屋附近就有足够的猎物了。肥硕的蝗虫甚至会跳进门槛里，刚好跳到"老虎"的爪子前面。我很喜欢那只鸢，但我不由自主地对它怀着恐惧。它看起来很美丽，我用目光追随着它，直到它消失在碧蓝的天空中，或者是降落在森林里。它嘶哑的叫声是我在高山牧场能听到的唯一陌生的声音。

但我最喜欢的就是静静地注视着草地。草叶总会轻微地摆动，即使是在我觉得没有风的时候，总是涌动着无穷无尽的柔和的涟漪，散发着平静而甜蜜的芬芳。这里生长着薰衣草，还有杜鹃花、猫尾花、野生百里香，以及许多我叫不出名字来却和百里香一样芬芳的香草。"老虎"经常目眩神迷地坐在一株有香味的植物面前，充满了不可言传的快乐。它享受着香草那有毒的气味，就像抽鸦片上瘾了一样。但它的烟瘾对它没有造成什么负面后果。太阳西沉的时候，我就把贝拉和小公牛牵回牛圈里，然后进行自己的日常工作。我的晚餐大多数时间都吃得很少，主要是午餐的剩饭和一杯牛奶。只有当我打到了一只野生动物时，我们才会过上几天宽裕的日子，直到吃肉吃得都恶心了。我既没有面包，也没有土豆，必须把面粉省下来在没有肉的日子里吃。

在这之后，我就坐在长椅上等着。草地缓慢地入睡，繁星开始出现，然后月亮高高地升起来，草地沐浴在冰冷的月光之中。我一整天都怀着一种莫名其妙的不耐烦，期待着这一刻。只有在这个时候我才能摆脱所有的幻想，进行非常清晰的思考。我不再寻求某种使我的生活变得可以承受的意义。这样的渴求对我来说几乎就是一种狂妄了。人类过去一直在玩他们自己的游戏，这些游戏的结果几乎总是很糟糕。我有什么要抱怨的呢？我曾经也是他们中间的一员，没有权力审判他们，因为我非常理解他们。根本就不去对人类进行思考是更好的做法。太阳、月亮和星辰那伟大的游戏似乎取得了成功，这并不是人类发明出来的东西。但这场游戏还没有彻底告终，可能也包含着失败的种子。我只是一个专心致志、看得入迷的旁观者，但我的整个一生都不够用来见证这场游戏最微小的一个阶段。我一生中的绝大部分时间都在处理人类日常的烦恼。现在，我几乎一无所有了，终于可以平静地坐在长椅上看星星了，看它在漆黑的天穹上跳舞。我做到了极度的忘我，接近了人类的极限，我知道自己不能继续维持这个状态，因为我还想活下去。在那个时候，我偶尔会想到，我以后可能无法理解自己在高山牧场上遇到的到底是什么了。我明白自己迄今为止所想和所做的一切，或者说几乎是一切，都只不过是对前人的效仿。其他人类已经在我之前想过了，也做过了，我只需要遵循他们的足迹。但在屋前长椅上的时刻是真实的，那是我个人的体验，而且我还没有完成这种体验。思想几乎总是比眼睛要快，模糊了真实的图景。

睡醒后，在精神依然瘫痪在睡梦中时，我有时会先看到一些东西，然后才能够看清楚，并重新认出它们。第一印象令人恐惧且咄咄逼人，直到我的认知将放着衣服的扶手椅变成一件熟悉的物体，否则它就是一个难以描述的陌生事物，令我心跳加快。我不会经常做这样的实验，但还是做了一些，这没什么可奇怪的，反正也没有什么东西来分散我的注意力，给我提供精神上的消遣，没有书籍，没有交谈，没有音乐，什么也没有。从童年时代起，我就忘记了如何用自己的眼睛来看东西，忘记了这个世界也曾经年轻过，曾经一尘不染、极度美丽却又令人恐惧过。我再也回不到过去了，我已经不再是小孩子了，已经不再能像孩子一样经历事情了，但寂寞暂时将我带到了没有记忆和意识的境地，让我再一次看到了生命那宏大的光辉。也许动物们至死都生活在一个充满了惊恐和喜悦的世界里。它们无法逃避，不得不始终承受着现实，它们的死亡也是毫无安慰和希望的，那是一种现实的死亡。我过去也像其他人类一样，总是在匆匆奔逃，总是被困在白日梦里。因为我没有亲眼见到我的孩子们的死亡，我就想象她们还活着。但我看到了"猞猁"是怎么死去的，我看到了脑浆从公牛开裂的头颅里涌流出来，我看到了珍珠像一只没有骨头的生物拖着步子流着鲜血走过来，我也一次又一次地感受着温暖的鹿心在我手心里冷却下来。

这就是现实。因为我看到了一切，感受到了一切，就很难再做什么白日梦了。我有了对抗白日梦的强大意志，也察觉到自己心里的希望已经死灭了。有时候，我试着让自己像机器人一样运转：做这件事情，去那里，然后别忘了做那件事情。但这只持续了很短一段时间。我是一个很糟糕的机器人，因为我一直都是一个人类，会思考，有感觉，这两种习惯我都改不掉。因此我要坐在这里，把发生的所有事情记录下来，我不在乎老鼠会不会把我写的东西都吃掉，我只是需要书写，因为已经不存在其他的对话了，我必须没完没了地与自己对话。这会是我这辈子所写的唯一一份报告，因为等写完它以后，房间里就不会有一寸还可以用来书写的纸张了。直到现在，我在必须上床睡觉之前的一瞬间还是会瑟瑟发抖，因为我会睁开眼睛躺着，直到那只老猫回到家里，温暖地贴到我身上，赐我渴盼已久的睡眠。即使是在我的生活依然有保障的时候。如果我已经手无寸铁，我就会做梦，做那些黑暗的夜梦。

回忆起高山牧场上的那个夏天让我觉得非常困难，那段时间对我来说已经遥远得不够真实了。那时，"猞猁""老虎"和小公牛都还活着，我对它们的厄运毫无预感。有时我会做梦，梦到我在找寻那片牧场，但一直没找到。在梦里，我穿过杂草和森林，爬过陡峭的山坡；当我醒来时，我就会觉得精疲力尽。奇怪的是，我在梦里寻找牧场，醒来时却很高兴，因为我不用一直想着它了。我再也不想看到那片高山牧场了，再也不想。

八月又下了两三场雷雨，但都不是很猛烈，只持续了几个小时。我有时会很愚蠢地感到不安，但其实一切都很顺利。我们都很健康，天气依然温暖，草叶芬芳，夜晚依旧繁星密布。最终，因为没有再发生什么事情，我就习惯了这种状态，开始平静地沉浸于美景之中，好像我本来也没有过别的期待。

过去与未来都围绕着一个温暖的小岛，小岛的名字叫作此时此刻。我知道事情不能就这样维持下去，但我一点也不担心。在记忆中，那个夏天被后来发生的各种事件蒙上了一层阴影。我不再感觉到它那么美好了，我只知道这一点。这种区别很可怕。我也因此没办法描绘出高山牧场的景致。我的感官比头脑记忆更迟钝，有一天，感官也许会完全停止记忆。在这个变化发生之前，我必须把所有事情都记录下来。

夏天很快就到了尾声。在八月的最后一个星期里，天气变得很糟糕。突然变得寒冷多雨，我不得不整天生火取暖。在那个时候，我消耗掉了太多火柴，因为每当我离开小屋，掉落的树枝很快就会烧完。贝拉和小公牛待在草场上，它们看起来一点也不冷，但并不像以前那么满足了。"老虎"在小屋里度过了闷闷不乐的一个星期，它坐在窗台上，气恼地盯着雨水。我继续每天劳作，渐渐地开始想念狩猎小屋，想念我自己的睡袍、棉被和噼啪作响的山毛榉木柴。每天中午我都穿上呢绒大衣，戴上帽子，和"猞猁"走进森林。我在滴着水的树木下漫无目的地游荡着，任"猞猁"四处翻找，让它保持着高涨情绪，然后我瑟瑟发抖地回到小屋里。因为没什么事可做，我很早就去睡觉了。我睡得越多，就越容易困。我为此生自己的气，心情也变得不好。"老虎"抱怨着，从厨房走到房间里，想要诱惑我和它玩游戏，但是很快就厌烦了，自己离开了。只有"猞猁"没有受到下雨的影响，除了我们短暂的远足，其他时间都在睡觉，日夜都待在壁炉洞里。最后甚至开始下雪了，巨大、潮湿的雪花。很快我们就遇到了最大的麻烦。我穿好衣服，把贝拉和小公牛带到了牛圈里。整晚都在下雪，第二天，积雪已经高达十厘米了。天空中云雾笼罩，寒风凛冽。快到下午时，天气变得暖和了些，还下了一点雨。我现在清楚地意识到我们的归家计划不能再推迟了。

一个星期后，阳光照在我的脸上，把我晒醒了。天气真的又变好了。空气依然寒冷，但天空晴朗而碧蓝。我觉得阳光比之前微弱了一些，但那肯定只是我自己的想象。白天依然阳光普照，但还是有某种变化。岩石上闪耀着第一场雪的痕迹，我感到不寒而栗。"猞猁"和"老虎"已经站在门口了，我把它们放了出去。然后我把贝拉和小公牛放到草场上。空气中散发着下过雪的气味，直到中午才变得温暖起来。夏天已经结束了。但我还想等一等，直到不得不离开高山牧场。事实上，直到九月二十日，天气都很好。到了晚上，我不得不透过窗户观赏星空，因为外面已经很冷了。那些星星似乎又退到了遥远的空间里，它们的光芒比在夏夜里显得更冰冷。

我继续过着旧日的生活，和"猞猁"去散步，和"老虎"玩耍，照顾好贝拉和小公牛。但奇怪的是，我感觉自己清醒了过来。有一天晚上，我躺在床上的时候已经觉得寒冷彻骨，便明白再待下去会很危险了。当天一早，我就把生活必需品装进了背包，把"老虎"塞进了它所憎恨的那个箱子里，把贝拉和小公牛从牛圈里牵出来，准备远行。七点钟左右，我们动身了；十一点钟左右，抵达了狩猎小屋。我首先把可怜地哀叫着的"老虎"从箱子里放了出来，把它锁在了家里。等贝拉和小公牛在井边饮过水以后，我就让它们到林中空地上吃草。天气还是一如既往地晴朗，而且这里比高山牧场上更暖和。当我走进房屋时，"老虎"已经躺在旧柜子里了，它似乎觉得躺在那里很安全。"猞猁"欢乐地向狩猎小屋打着招呼。它明白我们回家了，陪伴在我身边，兴奋地喘着气，又蹦又跳。直到傍晚时分，我才忙完房屋里的事情，前去挤奶，然后把贝拉和小公牛带到了它们以前的牛圈里，在那里吃了点东西。火焰在炉灶里燃烧，那是山毛榉木柴所燃烧出的真正的、噼啪作响的火焰，房屋散发着新鲜空气与干净木头的气味。"猞猁"爬进了壁炉洞里，我也疲惫地上床了。我伸展开身体躺下，熄灭了蜡烛，立刻就睡着了。

有什么潮湿而冰凉的东西落在了我的脸上，伴着一阵小小的、欢快的叫声唤醒了我。我打开手电筒，发现怀里躺着一个被露水打湿的东西，紧紧地贴着我。那只老猫真的又回到家里来了。它通过许多呼噜声、咕噜声和喵喵声向我报告了这个漫长而孤独的夏天的经历。我站起来，在它的碗里倒满了热牛奶，它急迫地跳了过去。它瘦了，也没有得到很好的照顾，但看起来非常健康。"猞猁"走了过来，它们两个几乎是在含情脉脉地问候彼此。也许我对待这只老猫一直不够公平，因为我觉得它冷漠又疏离。除此之外，温暖的炉灶、甘美的牛奶和床上一个安全的位置也值得让它叫上几声。无论如何，我们所有成员都幸运地聚在了一起，当我再次躺到床上，感受到那个熟悉的身体贴着我的腿时，我觉得能回到家里真的非常令人快乐。在高山牧场上的日子很美好，可能比在这里更美好，但我回到狩猎小屋里就像是回到了家里。我回想起夏日时几乎是怀着某种不适感，很高兴又回到了自己所习惯的生活中。

在接下来的几天，我没有什么时间照顾动物们。每天早晨，我都和"猞猁"爬到高山牧场上，装几个大背包的储藏品回来。这个过程没有五月那次那么累，因为这次是搬东西下山。只是黄油桶在我的后背上压出了几块瘀青。在最后一次转身走进森林之前，我又眺望了一眼高高的碧空下被秋风吹起波澜的草场。我已经不属于这片广大的寂静旷野了。我知道自己不会再像这个夏天一样安排事情了。虽然没有合理的理由，但我很确信这一点。如今我认为，我之所以知道这一点，是因为我并不想把这个过程再重复一遍。这种特殊情况一旦升级，就会将我和我的动物们都置于巨大的险境中。

下山的时候，我走在幽暗的云杉林中崎岖不平的道路上，头顶的一小块蓝天与高山牧场的天空毫无相似之处。路上的每一块石头、每一丛小灌木都显得亲切而美丽，但是比起山岩之上闪耀的白雪，它们有点庸常。然而，我的生活需要这种熟悉的庸常，它能使我保持人的本质。在高山牧场上，寒冷而广阔的天空的氛围已经悄然间渗入我的内心，使我不知不觉地与生活疏离。但那已经是很久之前的事情了。当我下山时，不仅黄油桶压得我肩膀疼痛，而且我之前抛开的所有忧虑也重新活跃起来。我不再与大地脱离，而是辛劳而又负重，就像一个人类应有的样子。我觉得这样很好，很正确，我甘愿承担这种沉重的负担。

我休息了两天，然后去视察土豆田。叶片浓密且翠绿，还没有开始变黄。我还得靠肉和面粉再撑几个星期，但面粉不多了。我煮了一点荨麻菜，味道没有像在春天时那么好，但还可以果腹。然后我开始寻找我的果树。李子树之前开出了很多花，肯定会在夏天结下许多果实。苹果和野苹果应该也比去年更多。我吃了一个苹果，但它还没有熟透，吃完了觉得有些胃痛。

我迎来了在森林里的第二个秋天。仙客来在榛树潮湿的阴影下开花了，峡谷里则开满了蓝色的龙胆花。东风变成了南风，吹来了舒适的暖空气。也许我离开高山牧场的时机太早了，但我知道焚风过后一定会伴随着坏天气。我感到疲倦和烦躁，把一些干草拖进了仓库里，为自己在春天劈了那么多木柴感到高兴，我至少给自己省了不少事。

终于开始下雨了，但天气还是保持着相对温暖。我不得不在晚上生火，但在这里，在比较清凉的夏天我也得这样做。我待在家里，把胡戈的旧山屋服修改成我的尺寸。我的缝纫活儿做得很差，没有任何技巧，但我也不需要缝得多好看。我非常不喜欢这项工作，它只需要动手，于是我的思想就开始游离。待在温暖的房间里很舒服。"猞猁"在壁炉洞里睡觉，老猫躺在我的床上，"老虎"把一个小纸球踢到房间的角落里。它现在几乎已经成年，身形已经和它的母亲一样大了。它胖胖的脑袋几乎有它母亲柔软的小脑袋的两倍大。老猫在我们回来以后对"老虎"怀有某种敌意，直到"老虎"对它发出了猛烈的嘶叫声，这很有可能是出于恐惧。从此以后它们就无视对方，两者都表现得好像自己才是家里唯一的猫。"老虎"没有认出它的母亲，它也不再是我带到高山牧场上去的那只小猫了，老猫早就不为它操心了。在雨天，天黑得很早，为了节约煤油，我很早就上床睡觉。我不像在高山牧场上的时候睡得那么好，那里的空气就已经让我感到疲惫了。我在夜里会醒两到三次，努力不去思考，避免把所有的睡意都赶走。我将近七点钟的时候才起床，接着走进牛圈。贝拉和小公牛又完全适应了这种生活，只是因为林中空地上的草没有那么好，贝拉产的奶变少了一点。不过我指望着喂干草可以改善这种情况。

天气渐渐变得非常寒冷和不利。我每天都和"猞猁"去森林里，下雨的时候，我就试着抓几条鳟鱼。有一个下午我抓到了两条，第二天下午只抓到了一条，都是徒手抓的。我不知道鱼睡不睡觉，但这几条鱼肯定正在水潭里打瞌睡。钓鱼收效不佳。鳟鱼不肯咬钩。我没办法设定禁渔期，但就算这样，也无鱼可钓。吹焚风期间，鹿群的繁殖期提前了，我的睡眠也因此受到了惊扰。我觉得现在的鹿好像比去年更多了。我的忧虑是正确的。在其他人的领地里，它们的繁殖没有受到阻碍，然后都跑到了我的领地里。总有一天，除非遇上一个极端寒冷的冬天，否则森林里的野生动物会泛滥成灾。我在今天都说不清楚事情将会怎么发展下去。也许我还是应该试着在那道墙壁下面挖出一条通道，也许我应该彻底执行这项最后的任务，从泥土和石头中找到一扇正确的门。我不能让我领地上的野生动物丧失最后的逃生机会。

最终，风向又变成了东风。天气再次变得晴朗了。中午的空气突然变得温暖，我可以坐在长椅上晒太阳了。大山蚁又变得非常活跃，排成灰黑色的队列从我身边经过。它们看起来有着非常明确的目标，专心致志地做着自己的工作。它们搬运着云杉针叶、小小的甲虫和小土块，看起来非常劳累。它们总是让我觉得有点难过。我从来都不忍心摧毁一个蚂蚁窝。我对它们的态度总是在惊叹、恐惧和同情之间摇摆不定。这当然只是因为我在用人类的眼光观察它们。如果有一只巨人般的蚂蚁，它可能也会觉得我的行为非常神秘和奇怪。

贝拉和小公牛整天都在林中空地上度过，吃着坚硬的浅黄色草叶，只是现在变得更安静了。它们显然更喜欢我在傍晚喂给它们的新鲜芬芳的干草。"老虎"在我的附近玩耍，但是会远离那些山蚁，"猞猁"则去灌木丛中进行一些小规模的远足，每十分钟就回来一次，询问般地看着我，平静下来，然后再次消失。

整个十月的天气几乎都很好。我现在就开始利用有利的天气，使木柴的库存翻了一倍。现在整栋房屋一直到阳台都堆满了木柴，看起来就像一座堡垒，旁边小小的窗户就像射击的孔洞。木堆流淌着黄色的树脂，整个林中空地都充满了树脂的气味。我平静地劳作，保持着稳定的节奏，不让自己过度劳累。在第一年里，我没能成功地做到这一点，总是找不到正确的节奏。但之后我慢慢地学会了这一点，适应了森林里的生活。在城市里生活，人们可以一连几年都保持神经质的紧张状态，尽管这样会摧毁神经，但人们还是能够坚持很长时间。但没有人可以一连几个月以一种神经质的紧张状态种土豆、锯木头或者割干草。第一年我还在适应环境，有点过度辛劳，那些过量的工作导致我再也无法完全恢复过来了。我还荒谬地想象着自己又破了某种纪录。如今，我甚至连从房屋去牛圈都像在森林里悠闲地散步。身体保持着松弛，眼睛就有时间来观察。一个奔跑的人是没办法进行观察的。在以前的生活中，我一连几年都会经过一个广场，有一个老妇人在那里喂鸽子。我一直很喜欢动物，那些在今天已经石化的鸽子曾使我感到非常快乐，但我没法描述出其中任何一只的长相。我不记得它们的眼睛是什么颜色，鸟喙又是什么颜色。我就是不知道，这件事充分说明了我以前是怎样穿过城市的。自从我开始了缓慢的改变，周围的森林才变得富有生机了。我不想断言这就是唯一的生活方式，但对我来说，这肯定是最合适的。在我发现这种生活方式之前，事物也一定都是像现在一样运转着。之前我总是在路上，总是很着急，心里充满了暴躁又不耐烦的情绪，因为无论到了哪里，我都必须先等上很久。我原本可以在路上放慢脚步的。有时我很清楚自己的状态和我们这个世界的状况，但我无法终止这种糟糕的生活。我经常忍受着的那种无聊，就像是一个单纯的玫瑰园丁在一场汽车制造商的国际大会上所感受到的那种无聊。我几乎整整一生都在参加这类大会，我很惊讶自己竟然没有在哪一天因为不堪重负而死去。很可能我能够幸存下来只是因为我可以逃避到家庭里。不过，在最后几年里，就好像我最亲近的家人也渐渐变成了敌人，生活真正变得灰暗和阴郁。

在这里，在森林里，我其实身处最适合自己的地方。我不再责怪汽车制造商，他们早就变得不再重要。他们曾用一些我不喜欢的东西折磨过我，我只有一次短暂的生命，他们却不让我平静地过日子。天然气管道、发电厂、输油管道，现在，因为人类已经不存在了，它们才显露出真正的、悲惨的面孔。以前，人们把它们当成了偶像，而不仅仅是工具。我在这座森林里也拥有一件这种东西，那就是胡戈的黑色奔驰车。当我们开车来到这里时，那辆车几乎还是全新的。现在它上面长满了植被，成了老鼠和鸟雀的巢穴。尤其是在六月，当葡萄藤开花时，它看起来很漂亮，就像一束巨大的婚礼花束。它在冬天也很好看，闪着风霜的寒光，或者是戴着洁白的帽子。在春天和秋天，我有时会在棕褐色的藤蔓之间看到那些褪色的黄色填充物，包括山毛榉树叶、泡沫塑料和马毛，被微小的牙齿咬碎和撕扯出来。

胡戈的奔驰车变成了一个温馨的家，温暖且能遮风挡雨。森林里应该多停一些车，它们会变成很好的筑巢地点。在乡间的道路上，可能停了成百上千辆车，上面长满了常春藤、荨麻菜和灌木。但车里面很空，没有生物居住。

我观察着植物的生长，它们碧绿、饱满又安宁。我听着风声，听到了死去的城市里的许多噪声：铰链生锈后，窗户摔碎在人行道上的声音，水滴从破裂的水管中滴落的声音，还有数千扇门在风中拍打的声音。有时候，在暴风雨之夜，会有一个曾经是人类的石化物从书桌前的扶手椅上突然倒下，在镶木地板上发出一声脆响。在某段时间，可能还发生过火灾。但现在一切都已经结束了，植物仓促地掩埋了我们的废墟。当我眺望墙壁后面的地面时，我看不到山蚁，看不到甲虫，就连一只最小的昆虫也看不到。但事情不会一直这样下去的。小溪里的流水会带来生命，微弱的、简单的生命，渗透过去，使大地复苏。这一点对我来说其实完全无关紧要，但奇怪的是，这个想法让我的心里充满了隐秘的满足感。

十月十六日，从高山牧场上回来以后，我终于又开始进行规律的记录了。十月十六日，我把土豆从地里刨了出来，把沾满泥的黑黑的土豆收进了袋子里。我迎来了丰收，老鼠造成的损失可以忽略不计。我感到心满意足，面对冬天又有了希望。我在一只袋子上擦了擦我染黑的手，然后坐到了一个树桩上。肚子一直咕咕叫的季节已经结束了，我一想起晚餐就开始流口水：新鲜的土豆和黄油。最后的阳光穿过山毛榉树落了下来，我疲惫但心满意足地收工了。我的背因为不断弯腰而感到酸痛，但这种酸痛令我舒适，刚好让我注意到自己还拥有背。更优先的工作是借助树枝把这些袋子拖回家里。我每次把两个袋子绑在山毛榉树枝上，拖着它们走过那条被我走出来的通往狩猎小屋的道路。到了傍晚，把所有土豆都搬到了房间里后，我感到非常疲惫，没有吃晚饭就上床睡觉了，不得不推迟自己的盛宴。

十月二十一日，天气依然晴朗，我把苹果和野苹果都采下来，带回了家里。苹果的味道非常好，尽管吃起来还是有一点硬。我把它们储藏在房间里，确保它们不会互相碰撞。我把已经有了压痕的果实放在第一排，打算快一点吃掉。它们看起来很漂亮，颜色青绿，背面呈现出鲜艳的火红色，就像白雪公主的故事里的苹果。

我清楚地记得童话故事，但忘记了其他很多事。因为我本来知道的也不多，留下来的只剩下一点了。我的头脑里还保留着那些名字，但不知道叫这些名字的人们有着什么样的故事。我过去学习只是为了通过考试，之后就靠着百科全书获得安全感。现在，没有了这些帮助，我的记忆里就只有一片可怕的混乱。有时我会想起几行诗句，却不知道这些诗都是谁写的，然后我就被一种痛苦的渴望折磨着，想要去最近的图书馆借几本书。那些书还在，总有一天我会弄到它们，这件事给了我一点安慰。今天我已经知道，等到了那时候就太晚了。就算是在正常时期，我也没法活到足够长的时间，补上所有的知识漏洞。我也不知道，我的头脑还能不能记住这些。如果能离开这里，我将会满怀爱意和渴望，抚摸我能够找到的所有书，但不会再阅读它们。只要我还活着，我就需要用尽全力，维持我和动物们的生活。我再也不会成为一个真正受过良好教育的女性了，我必须承认这一点。

　　阳光依然明媚，但每天都变得比前一天更冷了。有时在早晨，会传来一丝蔬果成熟的香气。豆子的收成非常好，现在也是时候去高山牧场摘蔓越莓了。我非常不愿意爬到高山牧场上，但我觉得不能放弃那些蔓越莓。高山牧场上一片寂静，在十月苍白的天空下显得富有魔力。我去了那个瞭望点，在那里眺望乡间。远处的景色看起来比在夏天更好，我发现了一座我以前没有看到过的红色教堂塔楼。草地现在已经变黄了，染上了一抹棕褐色，孕育着成熟的种子。中间散布着方方正正的平地，那些地方曾经是田地。那一年，它们已经被其他植物吞噬殆尽，留下了大片的绿色斑点，那里长满了杂草。这简直就是麻雀的天堂，只是再也没有麻雀了。它们就像玩具鸟一样躺在草地上，已经半埋在泥土里。我不抱希望地来到这里，然而，当我观察这一切，没有看到一缕炊烟，没有看到一丝生命的痕迹时，我又承受了一次沉重的打击。"猞猁"全神贯注地催促我继续走下去，而且长时间坐在这里也会觉得太冷了。我花了三个小时摘蔓越莓。这是一项辛苦的工作。我的手已经忘记了该怎么处理如此细小的东西，变得非常笨拙。最终，我装满了我的桶，之后坐在小屋前面的长椅上喝着热茶。草地上出现了大片的斑块，那里的草脱落了，又重新长了出来。草叶已经变得枯黄。在那里，有一丛低矮的、浅紫色的龙胆。它的花看起来就像是用柔软的丝缎裁成的。这是一株病态的、秋天的植物。我也再次看到了那只在空中盘旋、猝然坠入森林的鸢。我突然觉得最好还是永远远离高山牧场。

我一向不喜欢受到外部力量的干扰，会马上进行防守。我远离高山牧场不是出于理智，我把对它的反感归咎于对繁重的搬家工作的恐惧。但我不能拿自己的懒惰当借口，一切都是早就决定好了的事情，而且被证明是很好的做法。但是，一看到那些枯黄的草叶、闪耀的岩石和病态的龙胆花，我就不寒而栗。突然之间，我感受到某种巨大的寂寞、空虚和明晰，令我站起身来，逃也似的离开了高山牧场。走在熟悉的林间小路上时，那一切对我来说已经变得非常不真实了。天气突然变冷了，"猞猁"急着回到温暖的小屋里。

接下来的一天，我把蔓越莓煮熟，装进玻璃瓶里。我不得不用报纸把这些玻璃瓶封上口。在最后几天晴朗的日子里，我拿镰刀去给贝拉和小公牛割稻草，也顺便割了一些森林里的草给野生动物吃。我把稻草带回牛圈和一个上面的房间里。我把青草晒干以后，就把它们挪到了屋顶下面，之前那里放的也是用来喂野生动物的干草。我没有再管土豆田，想着到了春天再去耕地和施肥。然后我觉得累了，有些惊讶地发现自己竟然完成了冬天来临前的准备工作。既然人们总是会碰上好年景，为什么老天就不能也赐予我一个好年景呢？

到了万圣节，天气突然变暖和了，我知道这只能预示着冬天的到来。我一整天都在干活儿，同时想起了那些墓地。没有什么特别的原因，但我无法回避这个念头，因为这么多年以来，我每到这个时节都会想到墓地。我想象青草和鲜花早就淹没了那些坟墓，石碑和十字架慢慢地沉陷到泥土里，到处都长满了荨麻菜。我眼前浮现出长在十字架上的藤蔓、破碎的灯笼和残留的蜡烛。在晚上，墓园里一片荒芜。没有灯火燃烧，除了风在干枯的草叶之间的窸窣响动，没有任何动静。我想起了那一行行扫墓人，拎着装满了巨大菊花的购物袋，在墓前忙碌地偷偷挖土和浇水。我一直都很讨厌万圣节。那些老妇人关于疾病与解脱的闲言碎语，背后是对死者恶意的恐惧，很少会有爱意。人们努力尝试赋予这个节日一个美好的寓意，但生者对死者那种原始性的恐惧是无法根除的。人们不得不装饰死者的坟墓，这样才可以遗忘他们。我在小时候就觉得人们对待死者的方式这么恶劣是很令人难过的。但每个人都觉得，应该立刻用纸花、蜡烛和令人害怕的悼词填满逝者的嘴巴。

现在那些逝者终于可以得到安息了，可以摆脱那些亏欠他们太多的挖土者的手了，他们身上长满了荨麻菜和青草，畅饮着湿润的空气，吹着永远沙沙作响的风。如果逝者可以复生，那么生命会从这些得到解脱的身体里生长出来，而不是从那些已经石化的东西里生长出来，他们永远都将是没有生命的东西。我同情他们，同情死去和石化了的人们。同情是我对人类还保有的唯一一种爱。

山间炎热的狂风把我席卷起来，裹在一阵忧伤的昏暗中，我试图抵抗，却没有成功。就连动物们也在忍受焚风的折磨。"猞猁"疲倦地趴在一株灌木下面，"老虎"尖叫着，整天都在抱怨，怀着迫切的柔情紧紧地跟随着它的母亲。但它的母亲不想管它，于是"老虎"就跑到了草地上，冲着一棵树跑过去，不断地高声喊叫。当我吓了一跳，开始抚摸它时，它就哀哀地叫着，把它滚烫的鼻子塞进我的手里。"老虎"突然之间不再是我的小玩伴了，而是一只几乎已经成年的公猫，受到了情欲的折磨。因为老猫不想理它，而且最后还变得相当暴躁，"老虎"就跑进了森林里，绝望地找寻一只母猫，可是它找不到什么母猫。我诅咒这阵暖风，满怀着阴郁的念头上了床。两只猫晚上都跑出去了，很快，我听到了"老虎"在森林里的歌唱。它拥有华丽的嗓音，这是卡奥卡奥先生的基因，但是比它父亲的声音更年轻、更温柔。可怜的"老虎"，它的歌唱将是徒劳的。

整个晚上我都处于半醒半睡的状态，想象自己的床是一只漂在深海里的小船。这种感觉几乎就像是发烧一样，让我觉得疲惫又眩晕。我总是觉得要坠入深渊了，眼前浮现出可怕的场景。所有这一切都发生在起伏不定的水面之上，很快我就没有力气告诉自己这一切不是真实的了。这一切都很真实，理智和秩序不再能派上用场。快到早晨的时候，老猫跳到了我的床上，把我从这种可怕的状态中解救了出来。所有的混乱突然化作云烟，我终于睡着了。

到了早晨，天空中乌云密布，潮湿的风已经停了下来，但云层下面依然很闷热。晨光慢慢地显露出来，空气浓稠而潮湿，沉重地闯入肺中。"老虎"没有回家。"猞猁"忧伤地走来走去。比起焚风，它更多受到我的坏心情的影响，因为我离它远远的，无法和它交谈。我干牛圈里的活儿，在给贝拉挤奶之前不得不先让它站起身来。小公牛也表现得特别不安，疑神疑鬼。干完活儿之后，我躺到了床上。毕竟我在晚上没有怎么睡着。门窗都开着，"猞猁"趴在门槛上，看守着睡梦中的我。我真的睡着了，做了一个生动的梦。

我置身于一个非常明亮的空间里，好像是在一个大厅里，一切东西都是白色和金色的。墙边摆放着华丽的巴洛克式家具，地板上铺满了昂贵的镶木板。当我从窗户里望出去时，我看到了一个法式公园，里面有一个小亭子。人们在什么地方演奏着《小夜曲》。我突然意识到这一切都已经不复存在了。一种蒙受了可怕的损失的感觉压倒了我。我把双手按在嘴上，以免喊出声音来。然后明亮的灯火熄灭了，金色的光芒变得暗淡，音乐过渡成单调的噪声。我醒来了。雨水敲打在窗玻璃上。我非常平静地躺在床上听着。《小夜曲》在雨中走向了终结，我再也没办法寻回它了。人们在睡梦中，可以在脑海里再次唤醒一个已经消逝的世界，这真是一种奇迹。我一直无法理解这一点。

那天傍晚，我们都像从噩梦中解脱了出来。"老虎"从留给猫的小门里爬了进来，皮毛蓬乱，上面沾满了泥土和松针，但已经摆脱了疯狂。它尖叫着，从恐惧中挣脱，喝完牛奶后就精疲力尽地爬进了柜子里。老猫仁慈地接受了我的抚摸，"猞猁"蜷缩在自己睡觉的地方，好像是确信我变回了那个它所熟悉的人类。我又开始玩以前的纸牌游戏，在灯光下听着敲打在窗户上的雨声。然后把一个桶放在屋檐下，想收集一些用来洗头的水，又走到牛圈里喂食和挤奶，最后躺了下来，一直睡到了雨天清凉的早晨。接下来的几天里，雨一直平静地飘落着，我待在房屋里。我洗了头发，头发现在蓬松了起来，感觉轻盈多了。雨水让它变得柔软而光滑。我对着镜子把头发剪短，刚好盖住耳朵，然后打量着我被晒褪色的头发下晒黑的脸孔。镜子里的人看起来很陌生，两颊稍微有点凹陷，嘴唇变得更薄了。我觉得这张陌生的脸上缺少了某种我不知道的东西。因为没有其他人生存下来，没有人可以去爱这张脸了，它在我看来就有些多余了。它赤裸又可怜，我为它感到羞耻，却不想为它做出什么改变。我的动物们依赖于我熟悉的气味、我的声音和我特定的动作。我完全可以不去管我的脸，它已经不再被需要了。这个念头在我的心里激起了一丝空虚感，我不得不想办法摆脱这个念头。我试图给自己找点事情做，告诉自己，在这种情况下还为自己的脸感到惋惜是很幼稚的想法，但失去了某种重要事物的感觉还是折磨着我，挥之不去。

第四天，雨水变得令人烦躁，我开始觉得自己把下雨当作焚风过后的解脱真是不可思议。但我无法否认自己之前就是受够了焚风的折磨，我的动物们也都同意这一点。在这件事情上，我们都很相似。我们都希望能够有风平浪静的天气，每个星期下一天雨，用来睡个饱觉。但没有谁会照顾到我们的焦躁情绪，我们不得不又等了四天，听着轻柔的潺湲声和拍溅声。当我和"猞猁"在森林里散步时，潮湿的树枝打在我的腿上，潮气渗进了我的衣服里。有时候，下雨的一天在我的记忆里能变得有一个月那么长，我毫无指望地呆呆注视着灰暗的天光。但我很清楚，在这两年半里，连续下雨的时间从未超过十天。

在这段时间里，牛圈里会发生某种让我害怕的变化。贝拉渴求着伴侣，整天都在咆哮。这不是什么新鲜事，每过几个星期都会重新上演一次，我已经学会了不去留意，因为我对此无能为力。我在今天无法理解，为什么自己就没有进行更多的考虑。在我心里一定有什么东西压抑着小公牛总有一天会长大的念头。我的确是从它出生的那一刻起就在期待着这一天。但有一天，当它明确地开始接近自己的母亲时，我还是大吃了一惊。我的第一反应是愤怒与惊恐。它挣脱了绳索，颤抖地站在我面前，眼睛因为充血而发红。实际上，它看起来很吓人。但是它控制住了自己，进一步的事情没有发生。

我首先走进了房间里，坐在桌边思考。我不知道该怎么办。我到底可不可以把这两只动物单独留在一起，要不要想办法避免比公牛更衰弱的贝拉受到伤害？在接下来的一段时间里，公牛的需求会变得越来越迫切，而贝拉看起来有点怕它。我必须把它们分开。不管我有多希望公牛展现出雄性气概，我首先还是为此感到恼火。我很清楚，我必须在牛圈里给它建立一个坚固的围栏，让它无法闯出来。对它来说，木板不够坚固，必须得用树干。因此我砍断了两棵小树，但我发现自己还是没办法把围栏建立起来。我的体力不够，也不懂怎样才能合理地完成这项木匠活儿。我生气又失望地哭了，然后开始思考其他解决办法。公牛得搬到仓库里去。这个决定给我带来了大量的工作。每天把干草运到两个牛圈里会让我觉得非常累，对公牛来说，搬家也意味着被流放到寒冷和黑暗之中。但我别无选择。

我在仓库里挖了一条沟，用来排出粪便，又在地板上铺了木板和稻草，然后从牛圈里拿了两副床架过去，它们一直以来都是这头公牛的饲料槽。因为没有找到应对黑暗的办法，我就用锯子在木板墙上锯出了一个窗户，在开口处钉上了一块从房间里拿出来的玻璃。现在，仓库里至少有一点光亮了。然后我在墙缝里塞满了泥土和青苔，在饲料槽里放上了干草，在里面放了一碗水。最后，我把公牛牵了过去。它对这次搬家不是很高兴，我也不高兴。它站在那里，大大的头低垂着，沉闷地盯着前方，任由我摆布。它没有破坏任何东西，只是因为长大而受到惩罚。我和"猞猁"去森林里，这样就不必一直听那对母子的咆哮声了。我还要干两遍牛圈的活儿，而且心里有一种很残忍的感觉。这两只可怜的动物除了彼此和它们温暖的身体之间的秘密对话，已经一无所有了。我希望贝拉很快就会生下一头小牛，这样就不会感到孤独了。至于那头公牛，我看不到什么希望。

三个星期后，事实证明公牛还不够成熟，或者是贝拉在经历过那么久的空窗期后已经不再能受孕了。我至今都不太清楚到底是怎么回事。当贝拉再次开始咆哮时，我把公牛带到了贝拉的身边，公牛快乐地跟在我的身后。整个过程我都吓得魂飞魄散，公牛有可能会伤到自己娇柔的、矮小的母亲，甚至有可能置贝拉于死地。它的动作就像一头野牛。贝拉的反应却很平静，这让我稍微放心了一点。又过了三个星期，贝拉又开始咆哮，那种可怕的场景再一次上演。这一次也没有任何结果，我根本不知道该怎么做。也许那头公牛根本就不应该这么做。我决定再观望几个月。之前我可以很轻松地忍受贝拉的咆哮声，现在我只想让它感到满足，然后就可以不去听这种咆哮声了。我不得不每一次都带着"猞猁"在森林里走尽可能远的路。此外，我发现这头公牛特别亢奋，我几乎不敢走进牛圈。在这段时间里，它有时又会变回一头巨大的、好脾气的小牛犊，温柔地和我玩着游戏。在接下来的几个月里，我经常会咒骂受孕和怀孕的周期，它使这对平静的母子的牛圈变成了一个充满寂寞和间歇性疯狂的地狱。

现在，贝拉已经很久没有咆哮过了。要么就是它真的怀上了一头小牛，要么就是它已经不再能受孕了，只在乎牛圈里温润的暖意、进食和反刍，偶尔会想起一些早已死灭的沉闷记忆。在我们孤独地一起生活了这么久以后，贝拉已经不仅仅是我的奶牛，也是我可怜而有耐心的姐妹，比我更有尊严地忍受着自己的命运。我真心期盼它能够生出一头小牛。这样我的监禁时光就可以延长了，我又有了新的负担，贝拉有了小牛也会很快乐，我将不会考虑这是否符合自己的计划。

整个十一月和十二月初，我都忙于建造新牛圈，然后就是处理公牛和贝拉的亢奋。这不可能会是一个平静的冬天。我一直都很喜欢动物，但在过去只是以很浅薄的方式喜欢它们，以城市人的眼光看待它们。当我突然只能指望它们时，一切就都改变了。一定会有一些囚犯试着驯服老鼠、蜘蛛和苍蝇，并开始爱它们。我相信他们在那种处境之下这么做是很自然的事情。动物和人类之间的界限很容易消解掉。我们都来自同一个大家庭，当陷入孤独或不幸时，我们就会很愿意和我们的远房亲戚建立起友谊。当它们感到疼痛时，它们也像我一样在蒙受着苦难，而且它们也像我一样，需要食物、温暖和一点柔情。

顺便说一句，我的喜爱和理性没有什么关系。我在梦中生孩子，不只是人类的孩子，还有小猫、小狗、小牛、小熊和非常奇特的毛茸茸的小动物。但所有这些动物都来自我的身体，它们从来没有让我感到害怕或厌恶。只是在我用人类的文字和词汇写下这件事的时候，看起来会有一点奇怪。也许我只能用鹅卵石在青苔上画下这些梦境，或者是用一根木棍在雪地里刻画。但是我做不到。可能要彻底变化，我的一生还远远不够。也许有些人在这方面更有天赋，但我只是一个普通人，失去了自己的世界，正走在寻找新世界的道路上。这条道路非常痛苦，远远望不到尽头。

十二月六日，第一场雪飘落了，"猞猁"快乐地迎接了这场雪，老猫却很不欢迎它，"老虎"怀着天真的好奇心表现出了惊讶。显然，它觉得这也是一种白色小纸球的游戏，充满信心地走进了雪地。珍珠以前的表现也是这样的，只是更小心，也没那么热情。珍珠没有时间学会愉快地与雪相处。那个时候，我还没有意识到"老虎"剩下的时间也不多了。我继续做自己的工作，从谷仓里取干草，去弄鲜肉。鹿群似乎察觉到了冬天的临近，因为它们现在经常出现在林中空地上，在黎明时分或者黄昏刚刚降临的时候吃草。我尽量不在这里射杀它们，而是依照以前的路径去远处狩猎。我不想把它们从森林草地上赶走，在冬天，它们在这里是最容易找到食物的。此外，我很喜欢观赏它们。"猞猁"早就明白了，林中空地上的鹿并不是可以狩猎的野生动物，而是一种类似于远房亲人的存在，受到我和它的保护，就像那些从十月末就又开始每天探访我们的乌鸦一样。

那时候，我的双腿突然变得无力，有时会感到疼痛，尤其是在床上的时候。过度的劳累开始显现出后果，在之后造成了一段持续性的痛苦。

十二月十日，我发现了一条奇怪的笔记："时间流逝得真快。"我不记得自己写过这句话。我不知道在那年十二月十日发生了什么，让我在"贝拉和公牛在一起""新雪"和"取干草"下面写下了"时间流逝得真快"。在那个时候，时间真的流逝得特别快吗？我想不起来了，所以对此无话可说。我相信时间一直都是静止的，只有我在时间里活动，有时候很慢，有时候又匆匆地向前追赶。

自从"猞猁"死后，我就能够清楚地感受到这一点了。我坐在桌边，时间保持着静止。我看不见它，闻不出它，听不到它，但它从四面八方包围着我。它的宁寂和静止令人恐惧。我跳起来，跑出房屋，试图从时间中逃离。我找事情做，忙于处理各种事项，然后就忘记了时间。然后突然间，时间再次环绕了我。也许我正站在房前看着乌鸦，时间就又出现了，无影无踪，静静地包裹着我们，包裹着草地、乌鸦和我。我必须习惯它，习惯它的冷漠与无处不在。时间无穷无尽地延伸开来，像一张巨大的蜘蛛网。上百亿个微小的茧房挂在它的丝线中，一只躺在阳光下的蜥蜴、一栋着火的房子、一名垂死的军人，所有的死者和生者。时间广阔无边，还有位置留给新的茧房。它是一张灰暗且无情的网，每一秒钟都紧紧地缠绕着我的生活。也许它之所以对我来说如此可怕，就是因为它会把一切都保存下来，从来都不让什么东西真正地走向终结。

如果时间只是存在于我的头脑中，而我又是最后一个人类，时间就会随着我的死亡而走向终结。我脑子里涌起了这个念头。也许我可以亲手杀死时间。这张巨大的网会撕裂，和它悲哀的内容物一起坠入遗忘之中。人们肯定会为此而感谢我，但在我死后，将没有人知道是我杀死了时间。说到底，这个念头根本就没有意义。事情还是会照常发生，我就像之前的上百万人一样，在这些事情当中找寻着某种意义，因为我的虚荣心不允许自己承认事情的全部意义就在于它本身。我不小心踩死的任何一只甲虫都不会在这个悲伤的意外中找到某种与宇宙意义的神秘关联。在那一刻，当我落下脚时，它刚好就在我的脚下，愉快地待在光线里，然后是一阵尖锐的疼痛，然后就什么都没有了。只有我们才会对这一切进行判断，寻求某种并不存在的意义。我不知道自己以前是不是也有过这样的认识。摆脱一种原始的、几乎是流淌在血肉里的巨大虚妄是很困难的。我同情动物，我也同情人类，因为他们并非自愿来到这个世界上的。也许人类更值得同情，因为他们拥有足够的理智，用来抵抗事物的自然进程。他们因此变得邪恶而绝望，不那么有资格得到爱。很可能还有其他生活方式。再也没有比爱更理性的动机了。它使爱与被爱着的人们的生活变得更容易忍受。只是我们没有及时地认识到，这就是过上一种更好的生活的唯一可能和唯一希望了。对无穷无尽的死者队列来说，人类唯一的机会已经永远错过了。我总是无法抑制地想到这一点。我无法理解，我们为什么不得不在错误的道路上一头撞到底。我只知道现在已经太晚了。

在那个十二月十日之后，雪平静而均匀地下了一个星期。天气完全符合我的期望，没有刮风，令人平静。对我来说，没有什么比一场暴风之后静静飘落的雪花或者夏天的雨水更宁静的东西了。有时候，灰白的天空一角会泛出玫瑰的红色，森林沉陷到温柔的、闪闪发光的雪幕后面。可以感觉到太阳正悬挂在我们这个冰雪的世界里，但阳光照耀不到我们。乌鸦一连几个小时停在云杉树枝头，一动也不动地等待着。它们有着厚厚的鸟喙，昏暗的轮廓在灰粉色的天空下有某种触动我的特质。陌生却又如此熟悉的生活，乌黑羽毛下鲜红的血液，它们在我的眼里就是斯多葛派忍耐的象征。那是一种没有什么期待的忍耐，仅仅是等待，准备好淡然地接受好的或是坏的结果。我对乌鸦的了解不算多，如果我死在这片林中空地上，它们就会把我啄碎、吃掉，忠诚地履行它们清除森林里的腐尸的职责。

在那天，和"猞猁"穿过森林的漫步无比美好。细小的雪花轻柔地飘到我的脸上，雪片在我的脚下吱呀作响，我几乎听不到身后"猞猁"的声音。我时常观察我们在雪地上的脚印，我留下了沉重的鞋印，那只猎犬留下了小巧的脚掌印。人类和狗就化为最简单的形式。空气很纯净，但并不冷，走出去呼吸新鲜空气很令人愉快。如果我的双腿更强健，我甚至可以一整天都在落雪的森林里走来走去。但它们并不强健。傍晚，我的腿就变得紧绷，开始发烫，不得不经常用湿毛巾包裹着。在整个冬天里，腿的问题加重了，但是在夏天又有所好转了。我觉得完全依赖自己的双腿是件很麻烦的事情。但我尽量不去关心这个问题。在一定程度上，人可以很好地适应疼痛。既然我没办法治好自己的腿，就只能适应疼痛。

圣诞节越来越近了，一切都预示着圣诞的森林会有白雪闪耀。我不太喜欢这样。我依然不太确定自己想起这一天傍晚的时候会不会感到恐惧。我很容易受到回忆的侵扰，必须保持谨慎。雪一直下到了十二月二十日。积雪现在已经有一米深了，在灰色的天空下就像一床柔软的、微微发蓝的白色被子。阳光不再刺眼，光线一直都冰冷而苍白。我现在还不需要为那些野生动物操心。积雪还没有结冰，那些动物还可以在林中空地吃草。如果现在有一场霜冻到来，雪就会结成冰层，变成一个危险的陷阱。在二十日的下午，天气变得暖和一些了。云层染上了页岩般的灰白色，像水滴一样细小而薄的雪花片飘落下来。我不喜欢这种融雪的天气，但对野生动物来说，这是一个意外之喜。我晚上睡得很差，听着从山上吹下来的风的呼啸声和瓦片的吱嘎作响声。我有很长一段时间都清醒地躺在那里，双腿比之前更痛了。早晨，有些地方的积雪已经融化了。小溪的水位高涨，峡谷的道路上也流淌着融雪形成的细流。我为那些野生动物感到高兴。也许不应该感到高兴，因为如果在融雪之后又结冰，土地就会坚硬得无法开垦。有时，大自然对它的造物来说就是一个巨大的陷阱。

这一刻，天气看起来很有利。没有了积雪的遮掩，森林草地直接暴露在阳光下，乌云之间突然显露出了一片紫罗兰色的天空。圣诞的气氛消失了，我做好准备要摆脱这阵焚风的影响。我的心脏不太舒服，动物们都不太安分，受到了刺激。"老虎"再一次忍受着情欲发作的痛苦。它黄玉一样的眼睛变得浑浊，鼻子灼烫又干燥，它抱怨似的在我脚下打着滚。之后它就跑进了森林里。

　　亲眼看见了这一切后，我发现对动物来说，突然萌生爱欲并不是什么舒服的状态。它们可能不知道自己只需要忍耐，对它们来说，每一个瞬间都是永恒。贝拉沉闷的呼喊、老猫的哀嚎和"老虎"的绝望情绪，绝对不是幸福的表露。在精疲力尽的运动之后，就是毫无光泽的皮毛和几乎像死去一样的沉睡。

　　可怜的"老虎"就这样尖叫着，在森林里跑来跑去。它的母亲烦躁地蜷缩在地板上。当"老虎"想要表现出温柔时，老猫就又开始对它嘶叫了。我仔细观察老猫，发现它换上冬季的皮毛后悄悄变得圆润了。还有它那多变的情绪。我已经理清所有事情了。卡奥卡奥先生早就在它的儿子前面抢了先机。老猫很愿意让我检查它的身体，温柔地抚摸它的腹部，突然间它抓住了我的手，小心翼翼地咬着我的骨关节。它看起来好像是在嘲笑我的盲目。

　　在那个时候，我不是那么担心"老虎"了。它之前那次反正也回来了，而且它长大了，非常强壮。但"老虎"没有回来，那天晚上没有回来，而且之后再也没有回来。十二月二十四日，我带着"猞猁"出去找它。我用绳子牵着"猞猁"，它热切地追随着"老虎"的踪迹。在森林里当然还有许多其他动物的踪迹，"猞猁"有时拿不太准。在一个小时里它拖着我走来走去，突然陷入一阵猛烈的激动，几乎要从我手中的绳索里挣脱出来。然后我们突然就站在远在小屋上面的小溪旁边。"猞猁"抬头看我，非常温柔地吠叫。"老虎"的足迹就在这里结束了。我们越过了那条小溪，但"猞猁"似乎找不到它的踪迹了，总是会回到对岸的同一个地方。我在溪岸上搜寻着，但什么也没有发现。如果"老虎"掉到了溪水里，那么融雪的流水早就把它冲走了，但我想不明白怎么会那样。我永远也不会知道"老虎"到底出了什么事，这件事直到今天都还在折磨我。

傍晚，我坐在灯下读日历，但只是用眼睛在读，头脑已经远在外面漆黑的森林了。我不断地望向留给猫的小门，但"老虎"没有回来。第二天，焚风停止了，又开始下雪了。雪下了一整天。我知道自己不得不就这样承受新的损失，甚至没有尝试着抑制自己对"老虎"的忧虑。小屋前面的雪墙越堆越高，我不得不整天铲雪，把通往两个牛圈的道路铲出来。新的一年开始了。我继续干着活儿，有点麻木地在一片荒芜的雪原里走来走去。最终，我不再每个傍晚都等待"老虎"了。但我并没有遗忘它。它灰暗的影子至今都还会在我梦中的道路上闪现。"猞猁"和公牛后来取代了它，珍珠的影子被它驱散了。它们都离开了我，不情愿地离开了，它们原本很愿意继续过完自己短暂而天真的一生。只是我没办法保护它们。

老猫躺在我面前的桌子上，目光仿佛穿透了我。在那个时候，在"老虎"消失一个星期以后，老猫缩回了柜子里，在可怕的哀嚎声中生下了四个死胎。我把它们从它身边拿走，埋在了草地里，埋在了泥土和积雪下面。那是两只非常漂亮的虎斑猫和两只金红色的猫。它们都长得很完美，从耳朵到尾巴尖都是这样，但它们还是没能活下来。老猫病得很重，我担心也会失去它。它发了高烧，不吃东西，却一直发出小声的、疼痛的尖叫。我至今都没弄明白它那次到底是怎么了。它一整天都只能从我的手指上舔牛奶喝。它的皮毛毫无生机，非常蓬乱，眼睛沾满了眼屎。每天晚上它都拖着步子去外面，几分钟后便哀哀地叫着爬回来。它想尽办法不把自己待的地方或者是小屋弄脏。我为它做了一切能做的事，给它泡洋甘菊茶，给它吃切成小块的阿司匹林，它太虚弱了，没有力气把药吐出来。那时我才注意到，这只猫已经变成了我的新生活的一部分。自从它身患重病以后，似乎就比以前更依赖我了。一个星期过后，它开始进食了，又过了四天，它恢复了过去的生活习惯。但它的体内似乎有什么东西破碎了。它会一连几个小时都蜷缩在一个角落里，如果我抚摸它，它就会轻柔地叫着，把鼻子伸到我的手掌心里。当"猞猁"好奇地过来闻嗅它时，它不再对着"猞猁"嘶嘶叫了。它现在只会低下头，合上双眼。在生病期间，它散发出一种很奇怪的味道，非常强烈，有点苦涩。三个星期后，它才完全摆脱了这种生病的味道。但在这之后它就迅速地恢复健康了，皮毛又变得厚实而富有光泽。

在老猫还没有完全康复的时候，我突然病倒了。我有两天的时间都去峡谷里取干草，回家时精疲力尽，大汗淋漓。直到从牛圈里回来，准备换衣服时，我才注意到自己很冷，打着寒战。炉火熄灭了，我不得不再次生起火来。我喝了热牛奶，但感觉并没有变好。我牙齿打战，手几乎拿不稳牛奶碗。我立刻明白自己是真的生病了，但我非常高兴，抑制不住地大笑起来。"猞猁"走了过来，警示般地用鼻子碰了碰我。我忍不住继续笑着，笑了很久，声音大得有些不自然。但在内心深处，我的意识冷静而清晰地观察着现在到底是出了什么事。我给"猞猁"和老猫喂了食，把新的木头放进壁炉里，然后上床睡觉。但在这之前，我吃了退烧药，喝了一杯胡戈的白兰地。我发了高烧，烦躁地来回打着滚。我听到了一些声音，看到了一些面孔，有人掀起了我的屋顶，有时会有地动山摇的噪声，我凝视着黑暗，察觉到"猞猁"靠近了我的床边。它没有走进壁炉洞里，而是最终像我希望的那样，躺在了露易丝的羊皮毯上。我心里非常担心那些动物们，无助地哭了。

将近早晨的时候，感觉轻飘飘的时刻出现得更频繁了，当雪天的微弱光线照进房间里时，我站了起来，瑟瑟发抖地穿好衣服，走进牛圈里。我还可以进行非常清晰的思考，希望至少可以每天给贝拉挤一次奶。我拖着步子爬上山坡，给贝拉和公牛取干草，一次取了两天的干草。然后我把水槽倒满。一切都进行得非常缓慢，我的肋骨下面疼得厉害。然后我回到房子里，给"猞猁"和猫放了肉和牛奶，接着放了许多新锯好的木头用来取暖。我让小屋的门虚掩着，这样"猞猁"就可以出门了。如果我要死了，那么它必须得到自由。贝拉和公牛很容易就可以撞破它们的门，门闩很薄弱，如果它们想挣脱拴在脖子上的绳索，那些绳索也不会勒住它们。那也不是什么结实的绳子。但这一切对它们来说也没有用处，因为牛圈外面等待着它们的只有寒冷和饥饿。我又吞了药片，喝了白兰地，然后头晕目眩地躺到了床上。但我知道自己还是得振作一下。我走到桌子旁边，在日历上写下"一月二十四日生病"，然后拖着一罐牛奶走到床边，最终熄灭了蜡烛，躺了下来。

烧热在我的血管里猛烈地叩击着，我仿佛飘浮在一朵灼热的红云之上。小屋开始变得热闹，但那根本就不是原来的小屋了，而是一个高高的、黑暗的大厅。总是有人走来走去。我不知道这里还有这么多人。他们都是陌生人，行为举止非常令人厌恶。他们的声音听起来就像鹅叫，我无法抑制地嘲笑他们，这时候我又回到了那片灼热的红云之上，在寒冷中醒了过来。大厅变成了一个地洞，里面住满了动物，到处都是巨大的毛茸茸的阴影，贴着墙壁走来走去，蜷缩在所有的角落里，用血红的眼睛盯着我。有一瞬间，我觉得我躺在自己的床上,"猞猁"呜咽着,轻轻舔着我的手。我很想安慰它,但只能发出一些低语。我知道自己的状况很糟糕,但只有我能拯救自己和这些动物。我决心坚定这一信念,永远不忘记它。我迅速地吞下药片,喝了牛奶,继续走上了火热的旅程。他们又来了,人类和动物,身形巨大,无比陌生。他们喋喋不休着拉扯我的毯子,手指和爪子刺痛了我的肋部。我任由他们摆布,嘴唇上有盐粒,那是汗水和泪水。然后我醒了过来。

天气阴沉而寒冷,我感到头痛。我点亮了蜡烛。现在是四点钟。房门打开着,风把雪花吹进了小屋的中央。我穿上睡袍,关上门,开始生火。一切都进行得非常缓慢,但最终,一丛稳定的火焰开始燃烧,"猞猁"几乎要把我撞倒了,快乐地叫着。烧热在任何一个瞬间都有可能侵袭我。我穿上暖和的衣服,悄悄地走进牛圈。贝拉抱怨着迎接了我。我开始怀疑自己已经发了两天烧,一直卧床不起。我给这只可怜的动物挤了奶,取来干草和水。我相信我干这点活儿用了整整一个小时,因为我很虚弱。我还不得不去照顾一下那头公牛,在我拖着步子回家的时候,天色已经破晓了。在这期间,天气至少是暖和起来了。我给"猞猁"和老猫在地上放了牛奶和肉,自己也喝了一点牛奶,那种味道让我恶心。然后我用一根绳子把门拴到长椅上,这样"猞猁"就只会撞开一条门缝了。我想不出更好的解决方式。我已经察觉到烧热又回来了。我再次躺下,吃了药,喝了白兰地,新的恐惧又将我攫住。有什么东西沉重地压在身上,突然从四面八方抓住了我,想要我倒下，我知道事情不能如此。我拼命挣扎，发出尖叫声，或者是以为自己发出了尖叫声，突然之间，一切都消失了，床猛地停了下来。一个身影向我躬身，我看到了我丈夫的面孔。我看得清清楚楚，并不感到惧怕。我知道他已经死了，我很高兴再次看到他的面孔，那张我经常触碰的、熟悉而善良的人类面孔。我伸出一只手，那张面孔溶解了。我没办法抓住他。一阵新的热意在我的身体里涌动着，拉扯着我。当我清醒过来时，窗外已经闪烁着晨光了。我感觉自己已经退烧了，感到非常疲惫，身体里像是被蚀空了。"猞猁"躺在那张小小的羊皮毯上，老猫睡在我和墙壁之间。它醒了过来，尽管我没有挪动，但它还是伸出了爪子，缓慢地伸开，放到了我的手上。我不知道它是不是知道我之前生病了，但每当我从高烧中醒来时，它都躺在我身边，注视着我。我刚开始和"猞猁"说话，它就发出了快乐的呜咽声。

我并非独自一人，我不能抛下它们。它们正如此耐心地等待着我。我又配着白兰地喝了牛奶，吃了药。当我觉得自己已经退烧时，我就站了起来，拖着步子走到牛圈里，去照顾贝拉和公牛。我不知道自己有过多少次这样的经历，因为当我陷入不安的半梦半醒的状态中时，我总是会梦到自己走进牛圈给贝拉挤奶，然后立刻又回到了床上，意识到自己并不在牛圈里。一切都以一种无解的方式搞混在一起了。但我还是不得不真的站起来干活儿，否则我生病这件事情就会影响到我的动物们。我完全不知道这种状态持续了多久，那段时间里我总是昏昏沉沉的。我的心脏在胸腔里跳得响亮，而"猞猁"总是试着唤醒我。最终它会把我弄起来，让我环顾四周。

外面明亮而寒冷，我知道我的病已经好了。我的头脑又变得清楚了，肋部的刺痛也停止了。我知道自己必须站起来，但我用了很长很长的时间才离开自己的床。我的手表和闹钟都停摆了，我既不知道日期，也不知道时间。我虚弱地踉跄着生了火，走到牛圈给因胀奶而大叫的贝拉挤奶。我不得不在雪地里拖着水桶走，因为我拎不动。当我从房间里拿干草时，在楼梯上歇了三次。我干了活儿，在一段似乎无限长的时间后回了家，"猞猁"一直在我的脚边、手边舔来舔去，推挤着我，红褐色的眼睛流露出关心与欢愉。我给它和老猫喂食，两只动物都很饿，我强迫自己喝了一点热牛奶，然后倒在了床上。但"猞猁"不让我睡觉。在它持续不断的努力下，我不得不脱掉衣服，再爬到毯子里。我听到火焰在壁炉里噼啪作响，有一瞬间，我的心跳变得紊乱，像一个生病的孩子一样，期待着母亲能把蛋奶拿到床头来。我很快就睡着了。

我肯定睡了很久，因为我是被"猞猁"的呜咽声吵醒的，我感觉自己非常健康，但也非常虚弱。我站起来走来走去，干完日常的活儿之后还是有点头晕。乌鸦尖叫着落到了空地上，我把手表调到了九点钟。从此以后，它显示的就是乌鸦时间。我不知道自己病了多久，在经过了长时间的思考以后，我从日历上划掉了一个星期。从那以后，日历也不再准确了。

接下来的一个星期非常艰难和疲惫。我没有做什么多余的工作，但一直很疲倦。幸运的是，我还有半只冰冻起来的鹿，从家里去到那边不需要走上很远。我吃苹果、肉和土豆，做一切能让自己恢复力气的事。一种对橙子的可怕渴望攫住了我，再也吃不到橙子的想法让我的眼睛里溢满了泪水。我的嘴巴受了伤，肿了起来，在寒冷的环境里无法愈合。"猞猁"一直都像对待一个无助的孩子那样对待我，当我睡着时，它有时会充满恐惧地把我唤醒。老猫继续躺在我的床上，对我非常温柔。我不知道这是一种依赖还是一种对抚慰的需要。它失去了自己的孩子，还生了一场致命的大病。

我们都慢慢地各自回到往日的生活中去。只是"老虎"小小的身影在我康复的快乐之上投下了一层阴影。我相信，如果它没有跑掉，老猫也没有生病，我就不会病倒。我之前有很多次回到家里的时候也是全身湿透的，但这一次，我缺乏抵御疾病的力量。忧虑使我变得衰弱，容易受到感染。在高山牧场的那段生活稍微使我有了一点改变，这场疾病又让我有了进一步的改变。我逐渐开始摆脱自己的过去，适应一种新的秩序。

二月中旬，我已经恢复到了可以和"猞猁"去森林里散步和取干草的程度。我很小心，确保自己不会过度劳累。天气还是很冷，但野生动物的日子似乎过得不错。我还没有找到一只冻死或饿死的动物。恢复健康真是令人感到快乐，我呼吸着飘着雪的纯净空气，感觉到自己依然活着。我喝了许多牛奶，比以前更容易感到渴。我满怀着爱意，特别关照贝拉和公牛，以弥补我在生病期间给它们造成的恐惧和困难。但这两只动物早就忘了那回事。我抚摸着它们的皮毛，向它们许诺会在高山牧场上度过一个美好而漫长的夏日，以此作为对它们的报偿。它们在我身上蹭着鼻子，用湿润而粗糙的舌头舔我的手。

当我在今天回想起这段时光时，这段日子总是笼罩在"老虎"失踪的阴影之下。我几乎为那几只小猫一生下来就死了感到高兴，这样就不会对它们产生新的爱意与忧虑了。

二月末的时候，贝拉疯狂地渴望与公牛交欢，我再次屈服了，想再试一次。之后的结果证明我的希望是徒劳的。我决定无论如何都要等到五月。我对这件事不太确定，心里的负担越来越重。公牛长得越来越高大，似乎并没有受到寒冷天气的折磨。它的皮毛变得更浓密了，有一点蓬松，仿佛总有一圈温煦的雾霭环绕着它巨大的身体。也许这头公牛原本是可以在户外过冬的。我当然总是依靠自己空空如也的头脑为这些动物做出打算。但动物们的表现千差万别。"猞猁"对炎热和寒冷的耐受力都很好，毛发更长的老猫却憎恨寒冷，可是卡奥卡奥先生也是一只猫，却可以生活在冬天森林的冰与雪之中。我有点怕冷，但也不能像"猞猁"一样整天都躺在温暖的壁炉洞里。而且每次我在水塘里看到鳟鱼时，一阵凉意就漫上脊背，它们让我感到难过。它们至今依然让我感到难过，因为我就是想象不出来住在青苔丛生的石头中间也可以很舒服。我的想象力很有限，无法渗透冷血动物平滑、苍白的血肉。

还有那些昆虫，它们对我来说是多么陌生啊。我观察它们，为它们感到惊叹，但我很高兴它们只有这么小。如果有一种像人类一样大的蚂蚁，那对我来说将是一场噩梦。我相信自己只能接受人类大小的黄蜂，因为它们毛茸茸的，在我看来很像一种微型的哺乳动物。

有时我也希望能把这种陌生转换成对它们的熟悉，但我远非如此。陌生和邪恶对我来说仍是一回事。我看出来动物也没办法摆脱这一想法。在那年秋天，出现了一只白色的乌鸦。它总是飞在其他乌鸦更后面一点，独自落在一棵树上，它的同伴都避开它。我不理解为什么其他乌鸦不喜欢它。对我来说，它是一只特别美丽的鸟，但它的同类觉得它很丑。我看着它独自一个蜷缩在云杉树上，呆呆地注视着草地，它是一个本不应该存在的怪物，一只白色的乌鸦。它一直就坐在那里，直到那一大群乌鸦飞走，然后我会给它一点吃的。它非常温顺，允许我接近它。有时候，它看到我走过来的时候就已经落到地上了。它无法得知为什么自己会受到排挤，它不知道生活中还有其他可能性。它总是被排挤，总是孤身一个，因此它不像惧怕自己黑色的同胞一样惧怕人类。也许它实在是太招它们的厌恶了，它们都懒得杀死它。我每天都在等着这只白乌鸦，引诱它来，而它用发红的眼睛专注地打量着我。我能为它做的事太少了。我的剩饭也许能够延长它那不该被延长的生命。但既然那只白乌鸦还活着，我就愿意这样做，梦想着森林里还有另一只白乌鸦，而这两只乌鸦可以找到彼此。我不相信这一点，心里却非常希望如此。

因为我生了一场病，二月似乎显得非常短暂。三月初，天气突然变得暖和起来了，树枝上的冰雪融化了。我担心老猫又要出门冒险去了，但它并没有表现出发情的迹象。那场病狠狠地伤了它的元气。它经常就像一只小猫一样，很快就感到疲惫，然后就睡着了。它友善而耐心，"猞猁"很喜欢待在它的身边。它们甚至会紧挨着彼此躺在壁炉洞里睡觉。我对这个变化感到有一点不安，我觉得这个征兆说明了老猫还没有完全康复。我的身体也还有些虚弱，这也很危险。到开始春季的劳作之前，我必须想办法让自己的力气恢复过来。我的左肋部依然有一点作痛。我不能深呼吸，当我取干草或者是锯木头时，就会喘不过气来，这给我的工作造成了阻碍。疼痛并不剧烈，只是不断地对我发出警告。我至今都能在变天的时候感受到那里的疼痛，但自从那个夏天以来，我又可以深呼吸了。我担心那场病使我的心脏变得衰弱了一点。但我没办法顾虑这点了。

整个三月都显得有一点劳累和危险。我得注意自己的身体，却又没有什么保护自己的办法。阳光已经吸引我坐到了长椅上，但坐在那里太累了，我不得不放弃。总是不得不考虑自己的身体状况是一件很无聊的事情，在大多数时间里，我干脆把这件事忘得一干二净。大地依然冰冷，很快太阳就沉落了，空气又变得像冬天里一样生硬和冰冷。雪下的青草保持着很好的状况，有些地方还是青绿色的。野生动物可以在森林草地上找到充足的食物。

整个三月我都忙于做木工。我的工作开展得很慢，因为我经常喘不过气来，但做木工对于生存是非常重要的，必须完成这项工作。我所做的一切都有点像是在梦游，我好像是踩在棉花上而不是踩在坚硬的木地板上。我没有太担心，在仓促的狂喜和浅淡的愁闷之间摇摆着。我注意到自己就像那只老猫一样，在生病以后退化到了某种孩子一样的生活方式中。在入睡之前，我经常就像是躺在父母卧室隔壁的胡桃木小床上一样，谛听着透过墙壁传到自己身边的单调低语，让它催我入眠。我总是告诉自己，我最终还是不得不变得强壮，变回一个成年人，但实际上我渴望回到温暖和安静的儿童卧室里，甚至回到被劫掠到日光下之前的那种温暖和安静中。我很清楚地意识到自己的危险，但在这么多年后再次放手不管的诱惑太强烈了，我没有抵抗的能力。"猞猁"对此很不高兴。它逼着我动起来，和它去森林里散步，做各种事情，让我从倦怠中清醒过来。我小小的、幼稚的自我对"猞猁"非常生气，根本不想看见它。就这样，我在三月潮湿的光芒中漫步，被太早从土地里萌发出来的花朵吸引了。小小的獐耳花、报春花、紫堇花和蝴蝶花。它们都是那么可爱，给我带来了欢愉。

谁知道如果不是有"猞猁"，我这样的日子还要过上多久。

它已经习惯了独自进行小规模的远足，有一天中午，它呜咽着回来了，抬起血肉模糊的前脚掌给我看。我一瞬间变回了那个成熟的女性。"猞猁"看起来是被一块沉重的石头砸到了。我给它清洗了前爪，因为我无法确定它有没有骨折，就把它的腿和一根小木棍绑在了一起，用涂有药膏的绷带缠住。"猞猁"很愿意让我做这一切，对我的关心感到非常高兴。接下来的两天它待在壁炉洞里，一直在里面打盹。我责备自己因为失职而让这只猎犬经受了这种折磨。我根本没有关心它，让它自生自灭了。我重新检查了它的前爪，发现并没有骨折。"猞猁"开始舔掉自己身上的药膏，我就没有再换上新的绷带。"猞猁"也知道什么对自己有益，只是想舔伤口。一个星期后，它又可以跑了，最开始还是有点跛，但很快就跑得和之前一样好了。只是爪子变得比之前宽大和不匀称了些。

之前的几个星期在我的眼里突然显得不再那么真实了。我再次思考我的工作，为搬到高山牧场上做准备。这时冬天又回来了。白雪覆盖了溪边草地上的树木，也覆盖了我像受到保护的孩子一样入睡的美梦。在我的世界里，根本就没有安全，只有来自四面八方的危险和艰苦的工作。我过这种生活也是合理的，一想到自己最近的表现，我就感到恶心。

小屋附近的木头堆已经被烧完，我便去另一处较远的柴堆，把木柴从雪地中拖回来。雪地平滑而坚硬，工作开始令我感到快乐。我的双手很快就又撕破了，粘满了树脂，扎进了木刺。锯子变得有一点钝了，我不敢打磨它，怕自己因为不熟练而把它弄坏。因此锯木头就成了一项很艰苦的工作，每天黄昏，我回到床上的时候都觉得精疲力尽。但最终，我开始变饿了，吃起肉来也有胃口了。很快我就察觉到，自己又变得强壮和灵活了。"猞猁"一直和我跑来跑去，似乎不再能察觉到前爪的伤口。我们现在是三个病号，三个强健的病号，因为老猫最终也振作了起来，摆脱了它那不自然的柔情。那头公牛长得越来越高大和强壮，已经填满了仓库，导致我觉得仓库看起来就像一栋玩具房。我期待着再次让它的蹄子踩上高山牧场的那一天。

只是每个傍晚，当我想到搬家的事情时，关于老猫的念头就会折磨着我。带它过去没有任何意义。它只能在房子周围跑来跑去，如果我把它留在这里，它至少不需要面临遥远的归家路上的危险。我看得出来，它正在日渐变回它那过去顽固不化的自我，我只能希望它能在夏日的森林里平安地度过这一段时间。如果它的病还没有好，我肯定要把它带上。在经历了这场不幸以后，它在我心中的分量增加了许多，因此，眼前的告别完全败坏了即将搬到高山牧场上的喜悦之情。我现在宁可留在狩猎小屋。我无法控制自己对高山牧场的抗拒，在度过那个美好的夏天之后，我心里的抗拒也没有完全消失。也许这只是因为我贪图舒适，害怕眼前的苦工。也许我在那个时候就应该听从自己心里隐秘的愿望，但我相信自己还亏欠贝拉和公牛一个在高山牧场上度过的新的夏天。

整个四月都寒冷而潮湿，在四月下旬，下起了暴风雨，我不得不待在小屋里。我不喜欢被迫休息。我整个人都充满着工作的热情，现在只能修改衣物，这样到了夏天才有衣服穿。我的双手裂了口子，总是会有线缠在上面，针也会从手指之间滑落，我不得不重新找针，重新纫针。我目前还不需要担心衣服的事情。但鞋子的情况就要糟糕很多了。我有一双有着凹槽状胶底的坚固的登山鞋，非常耐穿，此外，我还有露易丝的登山鞋，那双鞋对我来说有点太大了，不过，在必要的情况下也可以穿。但我穿来的那双浅口鞋的状况已经很差了。衬里撕坏了，鞋尖和鞋跟都磕坏了，几乎没法再撑上一个夏天。在此期间，我用鹿皮给自己缝了一双鞋。这双鞋不太好看，但穿起来很舒服。可惜这双鞋穿不了多久。那时候我还没有想到这一点。长筒袜和短袜的状况也很差。我的羊毛长筒袜早就被消耗完了，我不得不把一张羊毛毯拆下，用彩色羊毛织袜子。

我早就不再穿得体的衣服了。我早就找到了对我来说实用的衣物：胡戈的衬衫，我已经把它们的袖子都改短了；我穿旧的绒毛裤；一件呢绒短外套；一件羊毛背心；在冬天还有胡戈的长皮裤，穿在身上皱巴巴的。在夏天我穿短裤，它们是用露易丝晚上在小屋穿的优雅的巴洛克式长裤裁剪出来的。我的睡袍保持着良好的状况，我只在家里穿。总而言之，都是些不怎么好看，但很实用的衣服。我几乎不考虑我的外表是什么样子。我的动物们也不在乎我穿什么样的衣服，它们肯定不是因为我的外表而喜欢我的。可能它们根本就不知道什么叫作美感。我也几乎无法想象人类怎么能在它们的眼里显得美丽。

我用了好几天来做这些麻烦的修补工作。天气很冷，风很大，"猞猁"没有一次展现出对远足的渴望。它坐在壁炉洞里，吸吮着温暖的气息。那只猫躺在我放在桌子上的衣服上。它很喜欢躺在衣服上，珍珠和"老虎"以前也是这样。如果我说了什么话，它就会开始发出呼噜声，有时候，我的目光就足以使它兴奋。风环绕着小屋咆哮，我们在里面温暖又舒适。当寂静变得太过广大、太过压抑时，我就说上几句话，那只猫会发出小小的呼噜声作为回答。有时我会唱歌，那只猫也没有表示反对。如果完全不去回想过去的事情，我本会感到非常满意，但我很少能成功地做到这一点。

四月二十六日，我的闹钟停了。当它的指针停下来时，我正坐在那里缝着衬衫。一开始，我根本没有注意到发生了什么，意思是，我只注意到有什么东西和之前不一样了。直到那只猫竖起耳朵，把头转向床边的时候，我才注意到这新的寂静。闹钟坏了，就是我去隔壁山谷远足时在山上的狩猎小屋里找到的那个闹钟。我把它握在手里摇晃，它嘀嗒了一声，然后就寿终正寝了。我用剪刀把它拧开。我觉得它看起来没有问题。我没有在齿轮里发现什么不对的地方，没有任何东西碎掉，但它还是不能嘀嗒作响了。我清楚自己没有任何办法让它再次走动起来了。所以我就不去管它，又把外壳拧上了。现在是乌鸦时间下午三点，而它从此显示的就是这个时间了。我不知道为什么还要留着它。它一直就站立在我的床头边，显示着下午三点。我只剩下自己的手表了，它总是被放在抽屉柜里，因为我怕工作的时候把它打碎。

现在我没有任何表了。在从高山牧场回来的路上，我弄丢了那块手表。也许是贝拉的蹄子把它踩进泥土里了。那时候我觉得它不再重要了，就没有回去找。但我也可能永远都找不到它。那是一块很小的手表，是一个金制的玩具，是几年前丈夫送给我的礼物。他总是喜欢看我戴精致漂亮的东西。我宁可要一个实用的大手表，但今天我很高兴当时假装收到礼物很开心。现在，这块小手表也丢了。它显示的时间甚至早就不是准确的乌鸦时间了。这些小手表从来都不准。我在一开始很想念那个闹钟。在新的、令人压抑的寂静中，我有好几个晚上都睡不着觉。夜里我会醒来，耳边回荡着熟悉的嘀嗒声，但唤醒我的只是自己的心跳声。那只猫第一个察觉到了闹钟的死亡，"猞猁"根本就没有注意到这件事。一只钟表走向寂静可能并不意味着什么危险或是野兽的征兆，因此它什么也没有注意到。它对熟悉的声音不太敏感，即使是剧烈嘈杂的声音。但如果在夜间狩猎的时候，有一根树枝发出了非常轻的断裂声，它就会站稳，在那里试图感知。现在没有谁来帮我分辨这些无害的和有威胁性的声音了。我必须自己小心。那只猫在白天和晚上都竖着耳朵仔细倾听，但并不是为了我。

等到天气真正改善以后，已经是五月了。我在森林里度过了两年，突然注意到我几乎再也没有想过有人最终会找到我。我在这里的第一个五月忙于给土豆田松土和施肥。第二个五月也是这样度过的。一夜之间，夏天就要开始了，与冻僵的黄褐色春花一起，一切都同时迎接阳光。我再次开始伐木，在阳台下面堆积新的库存。我不能毫无准备地突然面对冬天。五月十日，天气有了夏日般的温暖，而且这样的天气一直维持了下去，我把土豆种到了地里，满足地发现我这次种的土豆更多了。此外，我还把田地扩大了一小块。我也种了豆子，完成了最重要的春季农活。我决定马上动身去高山牧场。干草的库存已经吃紧了，我让贝拉和公牛到草场上去吃草。公牛一整个冬天都在吃啊吃，有时还可以喝到质量上乘的脱脂奶。我再一次去谷仓里取干草，这样秋天回来的时候手边就有存货了。果树开满了花，青草在一个星期内长高了许多，在墙壁那边，荨麻菜也长得很高了。今年的花开得特别晚，但至少我还可以指望它们不会受霜冻影响。

接下来的几天又变得清凉多雨，但五月霜这一次表现得非常温和。五月十七日，天气又好转了，我开始搬家。今年的搬家工作似乎比去年还要繁重，因为我依然觉得气短，只能气喘吁吁、拖着步子背着重物。高山牧场上的青草已经长得浓密而碧绿了，树荫下还留有一点积雪。

那只老猫愠怒地观察着我的准备工作。当我想要抚摸它时，它就用眼睛冷冷地盯着我，并没有发出呼噜声。它立刻就明白了我要做什么，而我可以理解它的不情愿。我觉得在它的目光下很有负罪感。最后几个晚上，它不再睡在我的床上，而是睡在坚硬的木头长椅上。在我们动身的那个清早，它甚至没有回到家里。那天从一开始对我来说就是一种伤害。我现在可以说服自己，那只猫是想要警告我。但这只是一个谎言。它只是不想被独自抛下，其中并没有什么神秘的联系。没有人愿意被抛下，就连一只老猫也是这样。

那是一个晴朗的初夏日子，但我的内心感到沉重。即便是短期的道别，对我来说也变得无比艰难。我是一个喜欢闷在家里的人，一直都不喜欢旅行。我的心还留在陈旧的狩猎小屋里，那里现在已经上了锁，窗户也关上了。一栋被抛弃的房屋是一件令人悲伤的东西。我发现我走在了一条林木包围的小路上，对四周一点也不熟悉。这一次我没有在桌子上留纸条，我一点也没有想到要这样做。将近中午时，我们抵达了高山牧场，我几乎要喘不上气来了。"猞猁"欢呼着跑到草场上，然后跑进了小屋里。它想起了去年夏天，又开始把高山牧场当作自己的家了。我让贝拉和公牛去草场上，然后走进小屋。现在我的不适感也并没有消失，但我振作起来，稍作休息以后就去工作。我去牛圈里取掉落的树枝，洗掉地板上一年以来积攒的尘土。我难以避免地不断想到"老虎"，当我打开那个柜子时，我期待着一瞬间看到那只小公猫蜷缩成一团，睡在里面。我的膝盖发软，我必须控制住自己，直到这一阵软弱无力的劲头过去。

过了一会儿，我坐在屋前的长椅上，忧伤地注视着前方。

一切都还在那里，排水槽、斧头和木头堆，好像正等待着我们开始旧日的晨间游戏。我知道自己不能再继续想下去了，但无法就这样排遣掉心里的悲伤。我总是不得不等待一段时间，直到这段悲伤变得成熟，自行从身体里排出。但我还可以工作。我前去寻找掉落的树枝，在整个下午把一捆又一捆树枝拖回小屋。我打算把它们放在那里，在太阳下晒干。我在中午时就已经把被子和稻草床垫都拿到草地上去了。它们还不是很潮，但是闻起来有点霉味。在冬天，这里的积雪一定覆盖了小屋的屋顶。这一次，我也带了更多的土豆过去，把它们放在房间里。但是我不知道这次该去哪里找面粉。即使小屋里还有面粉，也应该早就发霉了，或者是被老鼠吃掉了。第三天，我射中了一只小鹿，然后把所有肉都用盐腌过，放在桶里，埋在雪中一个被荫蔽的凹陷处。我还是觉得很压抑，但贝拉和公牛很满意。有时它们会停止吃草，小跑着来到小屋这边，把大脑袋伸进门里。它们来这里不仅是因为喜爱我，而且因为我习惯让它们从我的手上舔一点盐吃。

直到第五天，我才和"猞猁"去了那个俯瞰点。乡间现在是一片鲜花盛开的碧绿旷野。我几乎已经分不清田地和草地的颜色。到处长满了杂草。在第一个夏天，小道上就长满了草；现在，我看到那条宽阔的大街上也只剩下几个晦暗的岛屿。草的种子在裂缝里扎了根。很快，这些街道将不复存在。这一次，看到遥远的教堂塔楼几乎不再能使我感到触动了。我等待着熟悉的愁闷与绝望向我侵袭而来，但它们没有到来。我觉得自己好像已经在森林里生活了五十年，那些塔楼对我来说不过是石头和砖瓦的建筑而已，它们已经和我没有关系了。我甚至想到，贝拉现在产的奶不多，我把黄油桶留在山谷里是对的。于是我站了起来，再次和"猞猁"走进森林。我惊讶于自己的冷漠。有些东西发生了改变，我必须接受新的现实。这个念头引发了一丝不适感，但我只需要想过这个念头，把它抛在脑后，就可以摆脱这种不适感。我不能刻意维持自己生活中那些陈旧的悲哀。过去的生活已经强迫我撒了太多的谎，但是现在，谎言的所有借口和理由都不存在了。毕竟，我已经不在人类中间生活了。

六月初，我终于觉得自己适应了高山牧场，但事情永远都不会再像去年一样了。在高山牧场上度过的第一个夏天已经一去不返了，我不想要任何事情重演，因此刻意不让自己重新陷入旧日的魔力。不过，高山牧场并没有让我为难，它在我面前封闭了，露出了一副陌生的面孔。

我要做的事情比去年少一些，因为不再需要做黄油、收集乳脂了。贝拉产的奶很少，公牛终于不得不喝水了。贝拉产的奶刚好满足日常的需求，我只能用那一点黄油打出奶油来。可怜的贝拉，如果奇迹再不马上发生，它就再也生不出小牛了。

像去年一样，我经常坐在屋前的长椅上注视着草场。草场和那时相比没有任何变化，气味依然甘甜，但我再也无法沉浸在旧日的陶醉中了。我勤奋地把掉落的树枝锯成小段，还剩下很多时间可以带着"猞猁"去森林里散步。但我不再进行大规模的远足了，因为我在去年夏天已经划定了自己的界限。那道墙壁通往哪里，对我来说已经无所谓了，我也没有兴趣再去发现十栋散发着老鼠气味的伐木工小屋。荨麻菜现在已经穿过了破裂的门，挤进了那些小屋，填满了每一道缝隙。我宁可和"猞猁"穿过森林。相比于在长椅上无所事事地坐着，注视着草场，散步对我来说更好一些。定期沿着那些已经有草开始生长的老路散步总是能够重新使我得到宽慰，而且这也是"猞猁"每天的乐趣所在。每次远足对它来说都是一次巨大的冒险。那时我经常会跟它说说话，它几乎听得懂我所说的一切。谁知道呢，也许它懂的词比我所设想的更多。在那个夏天，我完全忘了"猞猁"是一条狗，而我是一个人类。我知道这一点，但这一区分已经不再有意义。就连"猞猁"也不一样了。自从我如此关心它，它就变得更平静了，好像不再一直惧怕只要离开五分钟，我就会消失在空气里了。当我在今天思考这一点时，我相信被独自抛下就是它在作为狗的一生里唯一有过的巨大恐惧。我在这个过程中也学会了很多东西，几乎理解了它的所有动作和声音。现在，我们之间终于出现了一种缄默的互相理解。

六月二十八日，接近傍晚的时候，我和"猞猁"从森林里走出来，这时我看到了那头公牛是如何征服贝拉的。我甚至没有注意到它在夜里跑到了贝拉身边。当我在玫瑰色的黄昏天空下看到这两头巨大的动物互相交融时，我相信这次肯

240

定会有一头小牛了。在这样的黄昏天空下，以这样伟大的方式，没有人类的介入，一定要这样才可以。我直到今天都不知道我的判断是不是正确的。无论如何，从那以后，贝拉就不再渴求公牛了，那只公牛也只忙着往它巨大而强壮的身体里塞进更多甘美的草叶，在太阳下打瞌睡或者是在草场上跑跑跳跳。它是一只非常美丽和强健的动物，脾气也很好。有时候，当我挠着它的额头时，它会把沉重的头靠在我的肩上，舒服地抽着鼻子。也许它以后会变得野蛮和暴躁。但那时它也只不过是一头巨大的牛犊，值得信任，非常有趣，随时准备美餐一顿。我相信它没有自己的母亲那么聪明，但聪明本来也不是它一生的使命。有趣的是，它甚至会服从于"猞猁"，尽管相比之下，"猞猁"只是个会吠叫的侏儒。

　　如今，我相信贝拉的确怀上了一头小牛。它在秋天的产奶量变多了，而且绝对变胖了。如果是这样的话，根据那本农用日历，小牛会在三月底出生。贝拉现在还不是特别胖，但确实比以前胖了，这也可能只是因为我给它带回来了上好的干草。在四个星期之前，我还不敢抱有奢望，直到今天我依然怀疑这一点，也许我只是在说服自己去相信我所希望的事情。我必须耐心地等待。

　　在高山牧场上的时候，这种不确定性对我的折磨还要更甚。贝拉是否会生一头小牛，这件事对我来说太重要了。否则我可能就要为两头完全派不上用场的动物非常辛苦地工作，我没办法杀死它们。只有贝拉似乎对我们的未来毫不忧虑。观察它是一件令人感到开心的事。它一直扮演着领导的角色，当公牛过于亢奋时，它就非常准确地用头撞那头公牛，于是公牛就会清醒过来，不再远离自己温柔的母亲-恋人。这让我非常平静，因为我知道贝拉很理智，我可以信任它。理智就存在于它的整个身体里，让它每次都能做出正确的事情。"猞猁"不喜欢扮演牧牛犬的角色，只有在我的命令之下它才会这样做。我想从这段时间直到收割干草的季节里都休养一下身体。我现在还能清楚地感受到那场病的后遗症。我吃足够多的东西，多到户外呼吸新鲜空气，睡觉时不会做梦。

七月一日，日历上标记着我第一次又能深呼吸了。最后的障碍也不存在了，我现在才注意到气短状况有多么折磨人，即使我之前都没有留意。有一个小时，我觉得自己就像是重获了新生，无法想象之前那段时间是怎么度过的。几个星期以后我就不得不开始收割干草了，站在陡峭的山坡草地上，保持呼吸顺畅对我来说是一件很重要的事情。

七月二日，我走下山谷给土豆田除草。下过了雨，杂草长得比去年那个干燥的夏天时要高。我整个上午都在田地劳作。在小屋里，我在床上又找到了那个熟悉的压痕。但我不知道它是在多久之前留下的。我抚平被子，用袋子装满土豆，然后再次回到高山牧场上。七月中旬，我又远足了一次，去视察了一下溪边草地。草长得比去年更高，也有了更多汁水。这个夏天和之前不太一样，阵雨和温暖的天气来回交替。一切都在生长，泛出绿色，这对它们来说是非常完美的天气。

因为还有时间，我就抓了三条鳟鱼，在狩猎小屋里把它们烤熟。我本来很想给老猫留下一条，但我知道我不在的时候它不会去动这条鱼，因为它一向谨慎而多疑。我想等到月亮渐圆的时候，那时的天气也许会变得稳定一些。此外我还决定，在今年稍微减轻一点工作量。因为贝拉产的奶很少，我只需要每天给它挤一次奶，我可以在狩猎小屋里过夜，一直休息到第一缕晨光出现时才开始割草。

七月末临近了。我给贝拉挤奶，把它和公牛关在牛圈里。它们对此感到很不高兴，但我也没有别的办法。我给它们准备了青草和水，然后带着"猞猁"下山，进入山谷。晚上八点钟，我来到狩猎小屋里，吃了一点冷餐作为晚饭，然后立刻躺下，这样才能在早晨保持充沛的精力。因为没有闹钟了，我不得不信赖自己的生物钟。我在脑子里清楚地给自己设定了一个大大的数字"四"，相信自己可以在四点钟醒来。在那个时候，我已经很习惯做这种事了。

但我三点钟就醒了，因为那只猫跳到了我的床上，友好地向我打着招呼。它怀着抱怨和柔情摇晃着我。我完全清醒了过来，但还是在床上躺了一会儿，那只猫紧贴着我的腿，发出呼噜声。我相信，在这半个小时内我们两个都对生活感到满足。三点半，我站起身来，在煤油灯的灯光下吃早餐。我在高山牧场的每个晚上都会怀念这种灯光。那只猫蜷缩在被子下面，继续睡觉。吃过早餐后，我喂了"猞猁"，给老猫留下了一些烤熟的肉，然后动身去往峡谷里。那里还是一片漆黑，天气非常冷。小溪急促的流水漫过了岩石，渗透到道路上。我不得不放慢脚步，这样才不会在最近被雨冲洗过的石头上跌倒。道路的状况非常糟糕。冰雪融水从春天开始就制造出了深深的沟壑，在小溪这一侧，许多地方的地表已经坍塌，土块掉进了溪水里。在即将来临的冬天把道路完全摧毁之前，我肯定要在秋天修整一下。我早就应该做这件事情了，但我一直逃避，不去想它。我找不到任何借口，觉得那天清早几乎把自己的腿摔断也是活该。来到草地上以后，我从谷仓里取出镰刀，开始割草。冰凉的溪水驱散了我的最后一丝睡意。当我开始割草时，天几乎已经亮了。镰刀在草间沙沙作响，大片潮湿的草叶落下来。我清楚地注意到，如果我休息好，就可以割更多的草。我大概割了三个小时的草，然后觉得很累。"猞猁"之前睡在谷仓里，现在爬了出来，和我一起回到了小屋。我和猫一起躺在床上，它嘟哝着紧贴着我，我很快又睡着了。小屋的门敞开着，金黄的阳光照在门槛上。"猞猁"坐在屋前的长椅上，在第一抹暖意中打着盹。我一直睡到了中午，吃了一点东西，然后又回到草地上，把草叶翻面晾晒。当我回来时，那只猫已经走了，把肉都吃掉了。我觉得很好，因为我不想看到它在我不得不再次抛下它时的失望神情。

大约七点钟时，我们都来到了高山牧场上，我立刻去了牛圈，把贝拉和公牛放了出来。我把贝拉拴了起来，让它们整晚都待在外面。我在井边洗澡后，喝了热牛奶，躺下睡觉。

次日，我又在下午给贝拉挤了奶，把它和公牛关在牛圈里。我去狩猎小屋过夜，那只猫来了，紧紧地贴在我的脚边。我带来了一瓶牛奶，猫弓了弓背，不停地撞我的头，以此表示感谢。早晨，我又割了很大一片草，但这次没有躺下来休息，而是把昨天割下来的草再次翻面。草已经晒得半干了，散发着甘甜和温柔的气息。下午，我已经可以把一部分草运送到谷仓里了，还可以把早晨割下来的草翻面晾晒。

在对工作进行了重新规划以后，我的进展飞速。只要还是在月盈期间，天气就依然保持着炎热和晴朗。这一次我想把邻近草地上的草也割了，因为我不想再缺少干草了。但天气突然改变了，当我割完一大片草地时，开始下雨了；每天都下一点雨，持续了一个星期。这样的天气令人舒适，牧场的草会重新开始生长，但不适合囤积干草。于是我就等着，反正大部分割草工作也完成了，不再需要担心。此外，我的双腿又开始剧痛。我用湿毛巾包裹着双腿，白天也尽可能地躺在床上。"猞猁"最先对我躺下不动这件事表示出了不满，但我给它看了我患病的双腿，把一切向它解释清楚，最终它甚至弄明白了这是怎么回事。它独自在草地上跑来跑去，但总是停留在可以听到我的呼唤的范围内。它在那个时候很喜欢把老鼠从洞里挖出来。天气的转变发生得很及时。尽管没办法治好腿，但它们还是慢慢恢复了，休息了几天后，我又可以继续收割干草了。收割那一小块草地的活儿持续了一个星期。这一次，那只猫对我的在场表现得更冷静了，我也希望它不要太过兴奋。可能它根本就不需要我，但对我来说，一想到它我就会感到安心。

夏天过得异乎寻常地快，不仅仅是在我的记忆里。我知道，就算在那个时候，我也觉得夏天太短暂了。在覆盆子灌木丛还没有被杂木林掩盖的那一年，我只摘了一桶覆盆子，果实特别大，但不是很甜。当然，对我来说它们一直都还是甜的。我让它们在舌尖上融化，想着所有已经消逝的甜蜜。当我想起一本冒险小说里那个用木棍捅了野蜂窝的牧人时，我不禁露出了微笑。我的森林里没有野蜜蜂，如果有的话，我也不敢用木棍去捅它们的窝，而是会离得远远的。我既不是什么牧人，也不是富有技巧的年轻人。我永远学不会用两根棍子生火，或者找到一块新的燧石，因为我不认识燧石的样子。我甚至无法修好胡戈的打火机，尽管我还有机油。我也不能给牛圈做出一扇坚固的大门。这就是我脑子里一直在思考的事情。

在八月余下的时间里，我一直待在高山牧场上，总是或多或少受到腿疼的困扰。但我又开始和"猞猁"散步了，因为如果无所事事地躺在床上，我肯定会思考太多的东西。我已经开始期待着搬回狩猎小屋了，这个夏天对我来说不过是一个间奏。

九月十日，我再次走进山谷，去给土豆田除草。土豆长得非常好。豆子也长高了许多。下了几场雷雨，但称不上狂风骤雨。这一次，我让公牛和贝拉待在草场上。晴朗的天气告诉我，不能让这两只动物错过这个阳光明媚的日子。

将近下午五点钟时，我抵达了高山牧场。突然间，我发现小屋有什么地方不太对劲，"猞猁"吃了一惊，然后怒吼着跑过了草场。我还没有听到过它在这片草场上发出如此愤怒和充满仇恨的吠叫声。我立刻就知道，有什么可怕的事情发生了。当小屋清楚地出现在视野里时，我看出了到底是怎么回事。有一个人，一个陌生的男人站在草场上，公牛站在他的面前。我能看出公牛已经死了，像一座巨大的、灰褐色的山丘。"猞猁"跳向那个人，去咬他的喉咙。我吹着尖厉的口哨，制止了它，它顺从了，但依然怒视眈眈，皮毛凌乱地站在那个陌生人面前。我冲进小屋，从墙上拿下猎枪。这只用了几秒钟，但几秒钟就要了"猞猁"的命。为什么我没有跑得更快？正当我跑过草场时，我看到了斧头的闪光，听到了"猞猁"的脑壳沉闷的碎裂声。

我瞄准并扣下了扳机，但那时"猞猁"已经死了。

斧头从那个人的手中掉落，他以一种奇怪的姿势旋转着，摔倒在地。我根本没有看他，而是跪在"猞猁"身边。我没有看到伤口，只有它鼻子里滴出的一点鲜血。公牛被用非常可怕的方式杀死了，它的头颅被砍成了好几块，躺在一大摊血浆里。我抱着"猞猁"回到小屋里，把它放在长椅上。它突然间变得又小又轻盈。然后我听到贝拉的吼叫声从远处传来。贝拉紧紧地挤在牛圈的墙边，吓得魂飞魄散。我把它领进了牛圈里，试着让它安静下来。然后我才注意到那个男人。

我知道他一定死了，这个目标很大，我不会打偏。我很高兴他死了，要让我杀死一个受伤的人类是很困难的。我本来也不想让他活下去。或者我还是想的，我不知道。我把他翻了过来。他的身体很重。我不想清楚地看到他。他的脸很丑陋。他的衣服又脏又破，是用昂贵的织物做成的，由一个好裁缝缝制而成。也许他是像胡戈那样的狩猎承租者，或者是胡戈经常邀请的律师、董事和实业家之类的人。无论他过去是什么人，现在他都已经死了。

我不想把他就这样留在这片草地上，不想让他和死去的动物一起躺在无辜的青草之间。所以我抓住他的腿，把他拖到了那个瞭望点。那里的岩石很陡峭，碎石坡上在六月份会有杜鹃花盛开，我把他从那里推了下去。我让公牛躺在原处。它太大、太重了。到了明年夏天，它的骨头会在草地上消泯，鲜花和青草会掩没它，它会慢慢沉陷到被雨水濡湿的泥土里。

我在傍晚给"猞猁"建了一处坟墓，在那丛气味芬芳的灌木下。我把坟挖得很深，把"猞猁"放进去，用泥土盖住它，再把土踩实。然后我感到非常疲惫，那是一种前所未有的疲惫。我在井边洗了澡，然后走进牛圈里去找贝拉。它一滴奶也没有，还在瑟瑟发抖。我给它盛了满满一碗水，但它没有喝。然后我坐在长椅上，等着长夜降临。那是一个明亮的星夜，冰冷的风从岩石上吹下来。但我比风更冷，没有觉得在受冻。

贝拉又开始咆哮了。最终我拿起稻草床垫，走进牛圈。我穿着衣服躺到床垫上面。直到这时，贝拉才安静了下来，我觉得它睡着了。

我在第一缕晨光中醒来，然后收好背包，又收拾了一大包行李，拿上猎枪，带着贝拉离开了高山牧场。月亮平淡而苍白地悬挂在空中，第一缕晨光染红了岩石。贝拉垂着头慢慢走着，有时它会停下来，发出沉闷的咆哮声，回头眺望。

我把所有非必需品都留在了高山牧场上，它们至今还留在那里，我不会上去取了。或者这一切也会过去，我还会再次踏上高山牧场。

我把贝拉带进旧牛圈里，给它喂了食，然后回到了狩猎小屋里。晚上，那只猫来了，躺在我身边，我精疲力尽地睡着了，没有做梦。

第二天，我继续自己的日常工作。贝拉又咆哮了两天，然后就安静了下来。只要天气好，我就让它到林中空地上吃草。接下来的一天，我开始修整道路。这项工作持续了十天。十月到来了，我收获了土豆、豆子和水果。然后我犁地，给田地施肥。我在春天锯了很多木头，阳台下面已经放不下了。干草必须得收割了，但这项工作也只持续了一个星期，最终我的身体感到难以承受，就放弃了毫无意义的逃避，沉浸在思绪里。我没有想出什么结果。我不理解所发生的事情。直到今天，我仍然在想为什么那个陌生的男人要杀死公牛和"猞猁"。我对"猞猁"吹了后退的口哨，它不得不无助地等待着，等待自己的脑壳被击碎。我想知道为什么那个陌生的男人要杀死我的动物们。我永远也不会知道这一点，也许这样更好。

十一月，冬天到来了，我决定开始写这份报告。这是我的最后一次尝试。我总不能整个冬天都坐在桌边，脑子里面思考着那个问题，没有任何人，世界上没有任何人可以回答我的问题。我写这份报告几乎用了四个月的时间。

现在我非常平静。我能看到一小段时间以后的生活。我能看到这还不是终结。一切都会继续下去。从今天早晨开始，我很确信贝拉怀上了一头小牛。谁知道呢，也许还会有新的小猫。公牛、珍珠、"老虎"和"猞猁"都再也不会复生，但还会有新生命的降临，我不能忽视它们。等到没有炉火也没有弹药的时刻来临，我将面对这一切，并寻找一条出路。但现在我还有其他要做的事情。只要天气转暖，我就会把房间改建成贝拉的新牛圈，我也会成功地凿出那道门。我还不知道要怎么做，但这肯定不会难倒我。我会待在贝拉和新的小牛犊的身边，日夜看守着它们。只要我还活着，记忆、悲伤和恐惧就会留存，在此之外，还有繁重的劳作。

今天，二月二十五日，我结束了我的报告。这里没有多余的纸了。现在的时间接近下午五点钟，天依然很亮，不用点煤油灯也可以写作。乌鸦已经飞走了，在森林上空尖叫着。等到它们都飞走了，我就会走到林中空地上去喂那只白乌鸦。它已经在等着我了。

图书在版编目（CIP）数据

隐墙 /（奥）玛尔伦·豪斯霍费尔著；钟皓楠译 .
-- 北京：北京联合出版公司 , 2024.3（2025.4 重印）
ISBN 978-7-5596-7303-9

Ⅰ . ①隐… Ⅱ . ①玛… ②钟… Ⅲ . ①长篇小说—奥
地利—现代 Ⅳ . ① I521.45

中国国家版本馆 CIP 数据核字（2023）第 241386 号

隐墙

作　　者：[奥] 玛尔伦·豪斯霍费尔
译　　者：钟皓楠
出 品 人：赵红仕
策划机构：明　室
策划编辑：孙皖豫
特约编辑：孙皖豫
责任编辑：龚　将
装帧设计：山川制本 workshop

北京联合出版公司出版
（北京市西城区德外大街 83 号楼 9 层　　100088）
北京联合天畅文化传播公司发行
北京市十月印刷有限公司印刷　新华书店经销
字数 154 千字　880 毫米 ×1230 毫米　1/32　8 印张
2024 年 3 月第 1 版　2025 年 4 月第 8 次印刷
ISBN 978-7-5596-7303-9
定价：52.00 元